NOVA HILL

THE WOODS

BAND 2

DIE VERLORENE GRUPPE

Oetinger Taschenbuch

Klimaneutral
Druckprodukt
ClimatePartner.com/53248-2011-1002

Dieses Buch wurde klimaneutral produziert. Dadurch fördern wir anerkannte Nachhaltigkeitsprojekte auf der ganzen Welt. Erfahre mehr über die Projekte, die wir unterstützen und begleite uns auf unserem Weg unter www.oetinger.de

FSC
www.fsc.org
MIX
Papier aus verantwortungsvollen Quellen
FSC® C014496

Quellenverzeichnis:
Stephen King, *Danse Macabre. Die Welt des Horrors*

Übersetzung: Joachim Körber

Originalausgabe
1. Auflage

Umschlaggestaltung: ZERO Werbeagentur
Satz: Satz für Satz, Wangen im Allgäu
Druck: GGP Media GmbH, Karl-Marx-Straße 24,
07381 Pößneck, Deutschland
Printed 2021
ISBN 978-3-8415-0657-3

www.oetinger-taschenbuch.de

Aber es ist keine Jagd. Es ist ein Tanz. Und manchmal
machen sie die Lichter in diesem Ballsaal aus.
Aber wir werden dennoch tanzen, Sie und ich.
Auch im Dunkeln. Ganz besonders im Dunkeln.
Darf ich bitten?

Stephen King, *Danse Macabre*

EPISODE 1
Zwei Lager

Ira

Tag 6, 09:40 Uhr, Lungenheilanstalt, Eingang Hauptgebäude.

Sie hat doch vorhin noch mit uns gesprochen, sie … sie stand im Schuppen, und wir haben diskutiert, und – das ist nicht möglich. Sie ist ganz normal hier rumgelaufen. Sie … das geht nicht, das …

Blut sickert von Ricardas Kopf auf den Boden und tränkt die Kieselsteine in Rot. Der Körper schlaff, die Augen starr. Da ist kein Zucken, kein Blinzeln, keine Regung.

Nichts.

Meine Kopfhaut kribbelt, jedes einzelne Haar stellt sich auf. Das ist schlicht und einfach nicht möglich. Das geht nicht, das geht nicht in meinen Kopf. Ich verstehe es nicht, ich verstehe gar nichts. Und schon überhaupt nicht, warum mich alle ansehen. Mein Magen zieht sich schmerzhaft zusammen.

»Was ist passiert?«, frage ich, meine Hand ist vor den Mund geschlagen.

»Das fragst du ernsthaft?« Tränen rinnen über Alvas Gesicht und hinterlassen Linien auf ihren Wangen. Sie schüttelt fassungslos den Kopf. Die großen Augen sind zu verachtenden schmalen Schlitzen zusammengekniffen.

»Du hast sie umgebracht«, sagt Tim.

Ich drehe mich ruckartig zu ihm um. *Was?*

Was hat er da gerade gesagt?

Das muss ich falsch verstanden haben. Aber dann erschrecke ich vor dem Ausdruck in seinem Gesicht. Entsetzen? Wut? Schock? Verachtung?

Ich kann es nicht deuten. Tim spannt seine großen Fäuste an, seine Haut an den Fingern sieht aus wie kurz vorm Zerplatzen. »Ich habe es gesehen.«

Mir klappt der Mund auf. Das passiert gerade nicht wirklich. »Tim. Ich war die ganze Zeit in der Anstalt, ich war da drin, du kannst mich nicht gesehen haben, ich bin dem Keuchenden Mann hinterher. Was redest du da?« Mein Herz klopft mir bis zum Hals.

»Hör auf, Ira!« Rote Flecken haben sich um Tims breiten Hals gebildet. Er deutet auf den großen, blutverschmierten Stein am Boden. »Du hast dich von hinten an sie herangeschlichen. Sie hatte nicht mal eine Chance. Du … Du hast ihr einfach den Schädel zertrümmert!«

»Bist du verrückt? Ich würde doch niemanden umbringen!« Ich werde jetzt selbst wütend und blicke Hilfe suchend zu Vanjo, der jedoch völlig abwesend ist, dann zu Mark, aber selbst in seinem Gesicht spiegelt sich so etwas wie Misstrauen. Sein Blick schweift ausweichend wieder zu Tim. Blut rauscht in meinen Ohren, mir wird schwummrig.

»Ich habe es auch gesehen«, sagt Paul plötzlich. Er starrt unentwegt auf Ricarda. Wie fremdgesteuert macht er einen Schritt auf sie zu, dann sackt er mit den Knien auf den harten Boden. Staub und kleine Kieselsteine wirbeln durch seinen Aufprall zur Seite. Er beugt sich über seine tote Freundin und tippt mit einem Finger gegen ihre Schulter, als wollte er testen, ob sie sich auch wirklich nicht mehr regt. Ein dumpfer Schmerz breitet sich in meiner Brust aus, und ich muss an einen kleinen Jungen denken, der verzweifelt den Schalter seines Spielzeugs drückt, nachdem es kaputtgegangen ist.

»Oh Gott!« Jetzt drückt Alva ihre Hände so fest gegen ihren Kopf, als wolle sie rauspressen, was darin gerade geschieht. »Fuck, fuck! Ich kann das alles nicht mehr, ich will hier weg, ich …!«

Alles passiert schnell und gleichzeitig und doch wie in Zeitlupe.

Es ist, als hätte mein Gehirn einen Filter hochgefahren und ich stünde außerhalb des Geschehens. Wie eine stumme Beobachterin ohne Zutritt. In dieser Zeitlupenfilterwelt ist da Vanjo, der mich so entgeistert ansieht, als wäre ich eine Fremde.

Mark, ernst und undurchsichtig wie nie.

Julian, verloren und mit riesigen weißen Augäpfeln.

Henrike, mit der Hand vor den Mund geschlagen.

Theo, bleich wie ein Geist.

Alva, kreischend und sich das blonde Haar raufend.

Tim, mit immer fester krampfenden Fäusten.

Benny, mit finster schimmernden Augen.

Und Paul, mit gesenktem Kopf über der toten Ricarda.

Ich starre auf den leblosen Körper und dann wieder auf die anderen. Ihre Blicke durchbohren mich. Sie schmerzen.

»Ich glaub einfach nicht, dass du so etwas tun kannst«, flüstert Theo. Und ich komme mir vor wie ein wildes Tier im Zoo, das alle anglotzen.

»Ihr … Ihr glaubt doch nicht wirklich, dass ich das gewesen bin?« Meine Stimme ist dünn, kommt mir selbst wie von weit weg vor.

Tim funkelt mich drohend an. »Du hast ihr den Stein auf den Schädel gehämmert.«

»Ich habe euch doch schon gesagt, ich war die ganze Zeit da drinnen!« Ich deute mit dem Finger auf die Anstalt.

Das ist ein böser Scherz, das ist ein Missverständnis, nur Einbildung, jemand hat sich gegen mich verschworen … ich war das nicht.

Ich fixiere den blutbefleckten Stein, der ein paar Meter von Ricarda entfernt liegt. Vielleicht etwas kleiner als ein Football. *Würde er in meine Hand passen? Wenn ich einen Menschen töten wollte, würde ich einen Stein wählen? Wie viel würde er wiegen … vielleicht drei Kilo oder vier?*

Es schüttelt mich.

Ich halte meine zittrigen Hände nach oben. »Seht ihr da etwa Blut?«

Abwechselnd schaue ich von ihren Gesichtern zu dem Stein und zurück.

»Für wen haltet ihr mich?« Ich schüttle den Kopf, immer wieder.

»Wir wissen doch alle, dass du sie nicht leiden konntest!« Tim pfeffert die Worte voller Verachtung aus seinem Mund.

»Aber deswegen bringe ich sie doch nicht um!«, schreie ich jetzt.

»Halt endlich die Klappe!« Tim beugt seinen Kopf gefährlich vor, seine Kiefermuskeln zucken.

»Du beschuldigst mich, einen Menschen getötet zu haben – weißt du, wie krank das ist?!« Ich merke, wie der Boden unter mir zu schwanken beginnt. Und dann blicke ich wieder Vanjo an. *Hilf mir doch endlich. Warum, verdammt, tust du nichts?*

»Ich glaub das alles nicht!« Ich drehe mich einen Moment weg vom Geschehen, da ich das Gefühl habe, mein Kopf platzt jeden Moment. Mir ist schwindlig, ich schluchze, dann wende ich mich wieder den feindseligen Gesichtern zu, die mich anstarren, als stünde ich vor dem Jüngsten Gericht. »Ich war die ganze Zeit da drin, da drin, und ihr wart weg!« Ich zeige wieder auf die Anstalt, ringe nach Luft, verschlucke mich dabei, huste. »Ich …«

Aber dann sacke ich auf die Knie. Und spüre endlich eine Hand auf meinem Rücken. Vanjo. Ich glaube, es ist Vanjo.

Ich schließe kurz die Augen, die Hand bleibt. *Einatmen. Ausatmen.* Die graue, verschwommene Fläche am Boden wird wieder schärfer, zieht sich auseinander zu kleinen Kieselsteinen. Wie ein Bild auf dem Handy, das zuerst verpixelt ist, weil es noch laden muss, und dann klar wird. Ich blinzle, erkenne jedoch, dass die Hand, die auf meinem Rücken liegt, nicht zu Vanjo gehört. Sie gehört zu Mark.

»Was für eine grässliche Schauspielerin du bist!« Es sind Alvas Worte. »Ich weiß ja nicht, wen du hier auf welche Seite ziehen willst, aber ich schwör dir, sobald wir aus diesem Wald raus sind, bist du dran!«

Immer noch schmerzt jedes ihrer Worte. Ich vergrabe mein Gesicht in den Händen. »Hör auf!«

»Das ist alles so psycho!«, sagt Alva. »Ich hab kein' Bock mehr. Es hört nicht auf, es hört einfach nicht auf!« Sie macht hektische kleine Schritte vor und zurück, keucht, die anderen reden auf sie ein. Dann wieder Schluchzen. Und durch das immer lauter und schlimmer werdende Getöse ertönt plötzlich Pauls Stimme: »STOPP!«

Zum ersten Mal verstummen wir alle und sehen zu ihm herunter. Er streichelt abwesend über Ricardas braunes Haar und blickt in ihr weißes Gesicht.

Ein erdrückendes Schweigen setzt ein. Was für grässliche Menschen sind wir nur, denke ich. Die Gänsehaut ist überall.

Paul schaukelt mit dem Oberkörper leicht vor und zurück, sein Brustkorb hebt und senkt sich so heftig, dass ich Angst habe, er bekommt wieder einen Herzanfall. *Oder springt mir jede Sekunde an die Gurgel.* »Könnt ihr mich kurz allein lassen?«, flüstert er, ohne den Blick dabei von ihr zu nehmen. »Bitte.«

Ich kann kaum hinsehen.

Henrike breitet ihre Arme aus, um uns anzudeuten, dass wir Platz machen sollen. »Kommt.«

Wir entfernen uns und geben Paul diese Minuten, um sich von seiner Freundin zu verabschieden. Die dichten Wolken werfen ein dunkles Grau auf sie herab.

Ich wage einen letzten Blick auf Ricardas Gesicht. Es ist bleich und starr. *Wer tut so etwas?*

Tag 6, 10:02 Uhr, Lungenheilanstalt, draußen.

»Kannst du mir mal bitte erklären, was passiert ist?«, frage ich Mark mit gesenkter Stimme und hake mich beim Gehen in seinen Arm ein. Ich zwinge mich, meine Atmung zu beruhigen und den Schwindel zu ignorieren, um diese wenigen Meter dafür zu nutzen, zu verstehen, was hier vor sich geht. Wir haben den Schuppen anvisiert, die anderen Camper bis auf Paul sind ein Stück vor uns.

»Ich war mit den anderen im Lager, solange ihr in der Anstalt wart.« Mark redet schnell, aber bestimmt. Wenigstens einer, der gerade funktioniert. »Tim hat draußen Wache gehalten, als er gesehen hat, wie du mit dem Stein Ricarda auf den Hinterkopf geschlagen hast und dann abgehauen bist, wohl zurück zur Anstalt. Kurz danach kamen die anderen raus und dann wieder du.«

Ich schüttle den Kopf. »Das kann nicht sein. Wen Tim da auch immer gesehen hat. Das war nicht ich.«

»Er scheint überzeugt davon zu sein«, sagt Mark.

»Was tun wir denn jetzt?« Auf halbem Weg bleibe ich stehen und blicke zu ihm auf. Aber Mark starrt weiter geradeaus. Ich kann sehen, wie es in seinem Kopf arbeitet. *Wieso kann er mich nicht anschauen?*

»Ich weiß es nicht«, sagt er streng.

Ich löse meinen Arm aus seinem. »Mark, du glaubst mir doch?«

Seine Augen schimmern. Mein Herz hämmert.

»Ja«, sagt er, und ich atme endlich aus. Doch ich habe Marks Zögern bemerkt. Sonst hat er auch nie gezögert. Mark nicht. Mark hat mich immer vor den anderen beschützen wollen, er …

Plötzlich dringen Rufe vom Schuppen zu uns.

»Scheiße!«, flucht er, und dann sehe auch ich es. Tim kommt

mit vollbepackten Armen wieder aus dem Lager heraus. Er hat die restlichen Waffen geholt.

»Was zur Hölle tust du da?« Ich schließe die letzten Meter zu den anderen auf.

»Siehst du doch!«, sagt Tim, während er Theo ungefragt eine der Eisenstangen in die Arme drückt. »Ich verteile die Waffen.«

Und jetzt schwingt er mit einem der langen Knüppel in meine Richtung. Ich weiche erschrocken ein Stück zurück und halte abwehrend die Hände nach oben. »Das ist doch lächerlich!«

Tim schnaubt. »Ich will mich jedenfalls wehren können, wenn du den Nächsten ermordest!«

»Ich ermorde niemanden! Können wir nicht erst mal ganz normal miteinander reden?«

»Nur zu«, sagt er und richtet den Knüppel auf meine Brust. »Rede!«

»Jetzt nimm schon die Waffe runter, Mann!«, sagt jemand.

Ich drehe den Kopf nach rechts. Ich hätte erwartet, dass Mark mich verteidigt, oder zumindest gehofft, dass es Vanjo wäre, aber es ist tatsächlich Benny. Er steht Tim breitbeinig gegenüber, obwohl der sogar einen halben Kopf größer ist.

Die beiden funkeln sich an.

Dann, langsam, lässt Tim die Eisenstange sinken. Ich hole Luft und gebe Benny mit einem kurzen Nicken ein *Danke* zu verstehen. Er zieht Rotz hoch und spukt ihn neben die Feuerstelle. »Alter, das ist schlimmer als im Kindergarten mit euch!« Er lässt sich auf einen der Baumstämme sinken.

Die anderen halten immer noch sicheren Abstand zu mir. Die Einzigen, die näher an meine Seite gerückt sind, sind Vanjo, Mark, Henrike und Benny. Wobei Vanjo mich immer noch keines Blickes gewürdigt hat. *Steht er unter Schock? Ist es, weil er Opa damals hat sterben sehen?*

Ich presse meine Lippen zusammen und verstecke meine unruhigen Finger in den Taschen meiner Jacke. Vorsichtig lasse ich mich auf einem der Baumstämme nieder. Die letzten dunklen Rauchschwaden, die vom Feuer aufsteigen, kratzen in meinem Hals.

Stille ist eingekehrt, nicht mal ein Windhauch streicht übers Anstaltsgelände. Die Camper starren mich immer noch an, als stünde ich kurz vor meiner Verurteilung. Tim hat den Knüppel neben sich in den Boden gerammt, und er bewacht ihn wie ein Richter seinen Hammer.

Ich friere.

Theo ergreift das Wort. »Tim hat dich hier draußen gesehen, und jemand wurde ermordet. Ich will dich nicht mehr in meiner Nähe haben.«

Das sitzt.

Dass ausgerechnet er sich gegen mich stellt, hätte ich nicht erwartet.

»Ich sehe es wie Theo.« Alva rutscht auf der Bank näher zu Tim. Auch Julian drängt sich zu ihnen. Eine ganze Fraktion hat sich gegen mich verschworen. Es macht keinen Sinn, zu protestieren. Das ist mir nun klar.

Aber erklären kann ich mir nicht, was Tim da beobachtet haben will. *Wen hat er gesehen?*

Ein Mörder ist unter uns. Und ebenso wenig wie mir selbst würde ich es einem der anderen zutrauen. Ich schlucke. Ich muss irgendwas tun.

»Ihr wollt mir nicht glauben, okay. Aber ich will euch noch eine Sache sagen.« Meine Stimme bebt, ein Kloß drückt sich in meinem Hals weiter nach oben. Tim umgreift drohend den Knüppel neben sich, ich versuche, mich davon nicht irritieren zu lassen. »Ich bin dem Keuchenden Mann in der Anstalt begegnet, und er ist nicht unser Feind. Er wollte mich nicht angreifen … er … er wollte uns warnen, versteht ihr? Wir sind hier nicht sicher. ›Sie wird euch vernichten‹, hat er gesagt. Er will, dass wir uns im Wald verstecken und …« Ich stocke. *Moment* … Nun, wo ich es selbst ausspreche, ergibt alles einen Sinn. *Sie wird euch vernichten.*

Wer *Sie* auch sein mag. Ihr erstes Opfer ist gefallen. Es ist, als fasse eine kalte Hand in meinen Nacken. Die Bedrohung, die wir von Tag eins an diesem Ort gespürt haben, ist realer denn je. »Der Keuchende Mann hatte recht.« Ich sage es eher zu mir selbst, aber dann hebe ich den Kopf. »Jemand will uns vernichten. Und Ricarda war vielleicht nur die Erste.«

Für einen Augenblick ist es still.

»Sorry, ey, aber ich hab kein' Bock mehr auf eure Voodoo-Geschichten.« Alva steht auf und rauscht in den Schuppen. Ich schaue ihr hinterher, öffne den Mund, schließe ihn dann wieder. Verdammt, ich bin es müde, mich rechtfertigen zu müssen.

»Ich werde jedenfalls auf den Keuchenden Mann hören. Wer noch, kommt mit mir in den Wald, bevor es zu spät dafür ist.«

Wenn die anderen wirklich denken, ich wäre zu einem Mord fähig, dann will ich vielleicht auch gar nichts mehr mit ihnen zu tun haben. Ich straffe die Schultern. Genau. *Umdenken, Ira.*

»Ich komme mit dir«, sagt Mark und greift nach meiner Hand. Ich blicke auf unsere verschränkten Finger. Endlich mobilisieren sich in meinem Inneren wieder Kräfte. *Danke.*

Tim verdreht die Augen. »War ja klar.« Er funkelt Mark finster an. »Macht, was ihr wollt, ich bleibe hier.«

»Ich auch«, sagt Theo.

Julian blickt verunsichert von Vanjo zu mir und von Tim wieder Richtung Schuppen. Er kaut auf seiner Lippe herum.

Komm schon, Julian. Komm schon. Ich weiß ganz genau, was seine Meinung über die Anstalt ist. Er spürt diese Gefahr, und er weiß eigentlich, dass ich recht habe. Aber schließlich bleibt sein Blick am Schuppen hängen, und mir wird klar, dass seine Angst größer ist.

»Tut mir leid, Ira«, sagt er, kann mir dabei nicht mal in die Augen blicken.

Ich seufze.

»Aber ich bin an deiner Seite«, erwidert Henrike. Wir nicken uns zu.

»Ich auch«, sagt Benny.

Also steht es fest: Vier auf meiner Seite. Vier auf Tims Seite. Ohne ein weiteres Wort verlassen wir die Feuerstelle, ich konzentriere mich darauf, das Gleichgewicht nicht zu verlieren. Merke ich vielleicht längst nicht mehr, was hier vor sich geht?

Ich habe wieder Gedächtnislücken. Es geht wieder los, mein Kopf spielt verrückt, ich werde verrückt. Der Keuchende Mann ist in der Anstalt vor meinen Augen verschwunden. Entweder ich bin nicht mehr zurechnungsfähig oder etwas sehr, sehr Merkwürdiges passiert hier.

Es hat keine Woche gedauert, um unsere Gruppe zu spalten. Jetzt, wo wir besser zusammenhalten müssten denn je.

Tim, Julian, Theo, Alva und Paul bleiben hier.

Vanjo.

Er hat bis jetzt keinen Ton von sich gegeben. Wie versteinert sitzt er dort. Ich gehe zurück zu ihm, lege meine Hand auf sein Knie. »Alles gut bei dir?«, flüstere ich.

So kenne ich meinen Bruder nicht. Bestimmt ist es wegen Opa. Ich weiß, wie traumatisch es damals für ihn war, unseren Großvater sterbend aufgefunden zu haben.

Ich presse betreten die Augen zusammen. Armer Vanjo. *Ich bin da*, sage ich in Gedanken zu ihm, doch dann erhebt er sich auf einmal.

»Ich werde kurz nach Paul sehen«, sagt er, und seine Stimme klingt, als würde er sie verstellen. So redet er nur, wenn er sich bemüht, höflich vor Leuten zu sein, die er eigentlich nicht leiden kann. *Was ist nur los?* Hat er es auch gesehen? Hat er gesehen, wie ich den Stein über Ricardas Kopf gehauen habe und wollte mich nur verteidigen? Aber er war doch in der Anstalt dabei, das kann doch gar nicht sein … jetzt verschwimmen schon wieder die Ereignisse. Es wäre nicht das erste Mal, dass Vanjo mich irgendwo gesehen hat, wo ich gar nicht war.

»Ist gut, wir warten auf dich«, sage ich.

»Ich werde nicht mit euch kommen.«

»Mhm?«

»Ich bleibe bei Alva und den anderen«, sagt er.

»Was meinst du?«

Jemand klopft mir auf die Schulter. »Jetzt nicht«, sage ich. Doch das Klopfen wird immer energischer. »Ira!«

»Was?!« Ich drehe mich genervt zu Mark um.

»Lass uns bitte schnell gehen«, sagt er, und ich folge seinem Blick ins Innere des Schuppens. Dort versucht Alva, Tim zu beruhigen, dem die Nerven wohl nun komplett durchgehen. Sie redet auf ihn ein, doch er stößt sie weg. Vermutlich ist es wirklich am besten, wenn wir verschwinden, bevor er ein weiteres Mal explodiert. Und da stampft Tim bereits aus dem Schuppen. »Verschwinde endlich!«, brüllt er. Spucketropfen fliegen aus seinem Mund, er rauscht auf mich zu. Seine Hände schnappen wie Pranken nach dem Kragen meiner Jacke, ehe ich überhaupt zu einer Regung fähig bin. »Warum hast du das getan?« Ich werde durchgeschüttelt. »WARUM?!«

»Los, weg hier!«, sagt Mark, während er mich von Tim befreit. Dann ein Schubsen und Gerangel. Weitere Beschimpfungen, die übers Gelände schallen.

Ich stolpere, gehorche dann. *Moment.* »Was ist mit Vanjo?«, frage ich und suche in dem ganzen Durcheinander nach seinem Gesicht. »Er muss mit uns kommen.«

»Er will nicht, Ira, wir müssen gehen«, sagt Mark drängend, wir steuern auf das Eingangstor zu.

Nein.

»Vanjo!«, rufe ich. Und endlich finden sich unsere Blicke. *Komm*, forme ich wortlos mit den Lippen, während ich weiter weggezerrt werde. Aber mein Bruder schüttelt den Kopf.

»Ich verstehe nicht …«, stammle ich. Eine dumpfe Leere breitet sich in mir aus. »Wieso tust du das? Vanjo, rede mit mir!«

Er schaut mich nur aus starren Augen an, die Arme hängen schlaff an seinem Körper herunter, während die anderen immer noch am Ausrasten sind. Der grüne Stoff seiner Bomberjacke flattert im Wind.

Um uns wird es plötzlich dunkel. Die Anstalt verwandelt sich in die Turnhalle. Die Laterne vor dem grauen Klotz sirrt. Von der Seite rauscht ein Auto heran. Die Wut. Der Schreck. Dann der Aufprall.

Tag 6, 12:03 Uhr, Moorwald.

Das ist das Ende.

Ich bin mitten im Dickicht des Waldes und laufe über den sumpfigen Boden, der meine Schuhe ansaugt. Das Moor wird mich verschlingen. Ich bin im Wettlauf mit den Bäumen, die ihre Äste nach mir ausstrecken. Sie spielen Fangen mit mir, und ich entkomme ihnen nur knapp. Ich mochte dieses Spiel noch nie. Die fanatischen Gesichter der Mitschüler und Mitschülerinnen, wenn sie mit gefletschten Zähnen riefen, *ich hab dich!*

Konnte man das Spiel als Gejagte denn überhaupt je gewinnen?

Ich rümpfe die Nase. Im Wald riecht es säuerlich. Der Untergrund ist ein einziger brauner Matsch. *Wie konnten wir Vanjo nur dort zurücklassen?*

Das hätte ich nicht akzeptieren dürfen. Ich hätte ihn deutlicher warnen müssen. Er ist in Gefahr. Sie alle sind dort in Gefahr. Bald wird *Sie* alle holen. Einen nach dem anderen. Es fühlt sich nicht richtig an, Zuflucht im Wald zu suchen. Nicht ohne meinen Zwillingsbruder. Als hätte uns jemand gewaltsam voneinander losgerissen. *Aber so war es nicht.*

Vanjo wollte nicht mit. Ich lege eine Hand um meine enge Kehle.

Seit einer ganzen Weile folge ich Benny, Mark und Henrike. Aber ich fürchte, wir sind schon viel zu tief ins Moor geraten. Überall verschimmeltes Geäst und faule Rinde. Die Bäume und Pflanzen gehen zugrunde. Es ist nicht anders als bei Menschen. Am Ende geht es immer ums Überleben.

Meine Bauchgegend schmerzt. Wir brauchen etwas zu essen. Irgendwann schaltet der menschliche Körper auf nur noch stumpfes Funktionieren um. Wenn alle Kraftreserven aufgebraucht sind, lässt das Denkvermögen nach.

Den anderen hinterher. Über die Wurzel, am Hügel vorbei, unter dem Ast hindurch. Immer den anderen hinterher.

Wenn ich mit der Zunge über meine Zähne fahre, fühlen sie sich rau an. Seit einer Woche konnte ich meine Zähne nicht mehr putzen. Wenigstens hat Benny aus dem Schuppen noch zwei unserer Rucksäcke mitgehen lassen. Sonst hätten wir nicht mal Wasserflaschen oder Schlafsäcke.

Manchmal reden Mark, Henrike und Benny etwas. Doch ich höre nicht wirklich zu. Sie fragen sich, wer Ricarda getötet hat. *Aber doch keiner von uns.*

Nein.

Nicht einmal Benny. Nicht einmal dem Kerl, der Marius ein Messer in den Bauch gerammt hat, würde ich diesen Mord zutrauen. Ich beobachte ihn von hinten. Selbst auf dem Weg durch den Wald, wo überall Stolperfallen aus Gestrüpp oder Wurzeln oder glitschigem Moos unseren Weg behindern, hat er die Hände lässig in die Hosentaschen geschoben und unterhält sich mit Henrike. Ich bin wirklich überrascht, dass er sich auf unsere Seite gestellt hat. Ein Friedensangebot?

Das wäre nicht seine Art. Er denkt nur anders. Er misstraut diesem Ort noch mehr als mir.

Es laut auszusprechen, wage ich jedoch nicht. Aber je besser ich Benny kennenlerne, desto mehr kann ich ihn leiden. Ob wir uns sogar angefreundet hätten, wenn ich nicht wüsste, dass er Marius' Angreifer war?

Meine Muskeln brennen. Eine solche Strecke hätte mich früher nie erschöpft.

Der Wald lichtet sich. Nur kleine junge Bäume säumen unseren Weg. Das Gras sieht hier saftiger und grüner aus. Farn ragt wie Hunderte aufgefaltete Fächer aus dem Boden. Abrupt stoppen die drei vor mir ab. Sie murmeln nervös etwas vor sich hin.

Henrike macht einen kleinen Schritt zur Seite, damit ich aufschließen kann.

»Ira, sieh doch!«, flüstert sie beinahe ehrfürchtig.

Mein Herz klopft. Ich sehe dort Erde … aufgehäufte Erde, etwa eineinhalb Meter lang und einen halben Meter breit. Auf der Spitze des klumpigen Erdhügels hat jemand ein Kreuz hineingesteckt. Es besteht aus zwei aneinandergebundenen Holzstücken. Mein Körper ist mit kaltem Schweiß bedeckt.

»Ist das … *ein Grab*?«, frage ich zögerlich.

Benny zuckt mit den Schultern. Henrike nickt stumm. Ich mache einen kleinen Schritt nach vorn und gehe in die Hocke, meine Knie geben beinahe nach. Ich betrachte das Grab von Nahem, ein merkwürdiges Gefühl packt mich.

Die Erde sieht sehr dunkel aus, als hätte sie gerade erst jemand mit einem Spaten aus dem Boden gehackt. Nur ein paar wenige Gräser stehen an den Seiten heraus. »Es sieht frisch aus, findet ihr nicht?« Ich wende mich den anderen zu, erschrecke vor dem Ausdruck in Marks Gesicht. Er ist völlig erstarrt.

Henrike zieht am Zipfel meiner Jacke, um mich wieder hochzuziehen und weiter weg vom Grab. Ein Schauer rieselt mir den Rücken hinab, einmal, zweimal. Als hätte ich für einen Augenblick meine komplette Körperbeherrschung verloren.

»Ist das nicht unheimlich?«, flüstert sie.

Benny wischt sich nervös übers Gesicht. »Zumindest ist es nicht älter als ein paar Wochen.«

Aber dann schüttelt Mark den Kopf, den Blick immer noch wie hypnotisiert auf dem Grab. »Nee, älter … ich glaube das sieht nur so aus.«

»Wie kommst du da drauf?«, fragt Benny.

Mark zögert, es ist, als wäre die Frage noch gar nicht bei ihm angekommen. Ich fasse mit meinen Fingern vorsichtig nach seinen. Er zuckt kaum merklich zusammen, blinzelt. Ich lege den Kopf leicht schräg. »Alles gut?«, frage ich leise.

Er nickt schwach. Sein Blick findet meinen, für einen Moment ist er noch woanders, dann drückt er meine Hand fester. »Ja«, sagt er und anschließend wieder an Benny gerichtet: »Keine Ahnung, nur ’ne Vermutung.«

Aber Benny hat die Brauen noch immer misstrauisch zusammengezogen.

»Sieht aus, als hätte sich jemand die Mühe gemacht, Verzierungen in die Stöcke des Kreuzes hineinzuschnitzen.« Ich bin froh, dass Henrike nun das Wort an sich reißt, sie überlegt kurz. »Fast … liebevoll, nicht wahr?«

»Aber eine Leiche hier mitten im Wald vergraben? Im einundzwanzigsten Jahrhundert?«, frage ich. »Wieso sollte das jemand tun?«

»Um die Leiche zu verstecken«, sagt Benny. »Um etwas zu vertuschen, wahrscheinlich. Mich schockt hier langsam gar nichts mehr.«

»Mich auch nicht«, erwidert Mark und seine Augen verfinstern sich. *Ob er schon mal jemanden verloren hat?*

Vielleicht hat ihn dieser Anblick getriggert. Ich würde ihn gern umarmen. Bestimmt hat das viel zu selten jemand getan. *Wegschieben, Ira.* Solches Denken kann ich mir gerade nicht erlauben. Und wieder packt mich ein Schauder. Henrike schmiegt sich an mich.

Dieses einzelne Grab, nah genug an der Anstalt, um es wiederfinden zu können, und dennoch so tief im Wald, dass es niemand zufällig entdeckt – es trifft etwas in uns.

»Ricarda ist tot, wir verstecken uns im Wald und finden ein frisches Grab?« Henrikes zarte Finger krallen sich in den bunten Stoff ihrer Jacke. »Es fühlt sich an, als würde uns der Tod verfolgen.«

»Als würde dieser Ort den Tod magisch an sich reißen«, füge ich hinzu.

»Das Gesetz der Anziehung.« Henrike blickt uns gedankenversunken an. »Schon mal davon gehört?«

Ich schüttle den Kopf.

»Es besagt, dass Gleiches auch Gleiches anzieht. Wie eine unsichtbare Verbindung. Gedanken, die ständig um etwas Negatives kreisen, erzeugen auch Negatives.«

»Okay, Mädels, jetzt kommt mal wieder runter«, sagt Benny. »Der ganze Scheiß hier trifft auch mich ziemlich hart. Aber ein random Grab mitten im Wald hat nichts mit irgendeinem Gesetz der Anziehung zu tun.«

»Moment. Ich erkläre es anders.« Henrike streicht sich eine lockige Strähne hinters Ohr. »Es geht um die innere Einstellung. So ähnlich wie beim Placeboeffekt. Wenn man an die Wirkung einer Pille glaubt, hilft sie, auch wenn in ihr nur Zucker enthalten ist. Es ist die Kraft deiner Gedanken. Wenn man an sich glaubt, schafft man Dinge. Wenn man jemanden anlächelt, lächelt der andere zurück. Die Schwingung, die du aussendest, kommt zu dir zurück. Viele nutzen dieses Prinzip für ihre persönliche Entwicklung. Sie visualisieren die schönen Dinge, die sie im Leben haben wollen. Dabei spielt es keine Rolle, ob es um Liebe und Partnerschaft, Gesundheit, Geld, Beruf oder Erfolg geht. Man zieht an, was man aussendet.«

Wir lassen ihre Worte einen Moment sacken. In Marks Stirn graben sich Falten. Sein typischer Nachdenk-Ausdruck, so hatte er schon während des Biologieprojekts auf die Karte gestarrt, um den richtigen Weg zu finden.

Benny fasst sich an den Kopf. »Sorry, Henrike, aber das ist wirklich hartes Gequatsche gerade. In Einzelfällen mag das ja hinkommen. Aber du kannst das nicht auf alles beziehen. Dann würde ja auch Karma existieren, und das würde wiederum bedeuten, dass wir alle schlechte Menschen sind. Sonst wären wir nicht in dieser Anstalt gelandet. Jeder Wissenschaftler würde dir sofort erzählen, dass es kein *magisches Anziehungsphänomen* oder so was gibt. Ehrlich.«

»Na ja, Fakt ist, es funktioniert«, schaltet Mark sich plötzlich ein. »Auch Gedanken sind neuronale Repräsentationen im Gehirn und senden energetische Frequenzen aus. Gesetze wie die Schwerkraft existieren ja auch. Wieso sollten keine Gesetze existieren, die auf geistiger Ebene stattfinden?«

Benny schaut immer noch skeptisch.

»Kennen wir das nicht sogar im Alltag? Da gibt es doch auch manchmal einen Perspektivenwechsel im Gehirn«, sage ich und mache eine drehende Handbewegung, um meiner Erklärung Ausdruck zu verleihen. »Also, du möchtest zum Beispiel bestimmte weiße Sneaker. Dann spazierst du durch die Stadt, und plötzlich fällt dir jeder Schuhladen auf. Überall sind die weißen Sneaker, selbst an den Passanten in der Fußgängerzone fallen sie dir auf. Du veränderst deinen Fokus und ziehst dadurch die Schuhe an. Je mehr Aufmerksamkeit du einer Sache schenkst, desto mehr Chancen und Möglichkeiten tun sich auf, das ist ja auch irgendwie logisch.«

»Schon«, sagt Benny. »Aber du redest da gerade von Schuhen. Wir reden hier von etwas viel, viel Größerem.«

»Wenn es im Kleinen funktioniert, kann es doch auch im Großen funktionieren«, sagt Henrike.

»Mikrokosmos, Makrokosmos«, füge ich hinzu und schenke Mark ein kleines Lächeln, das er erwidert. Als wäre diese Erklärung nur für uns beide bestimmt. Es erinnert mich an unsere Diskussion über Fraktale. An das Blatt, das er mir geschenkt hat. Meine Kopfhaut prickelt.

»Ist auch egal.« Benny schultert seinen Rucksack, blickt wieder finster zum Grab. »Jedenfalls kann das hier nicht von selbst hergekommen sein.«

Auch ich werfe einen letzten Blick auf das Grab. Der Geruch von Erde drängt sich in meine Nase, erinnert mich an die Tage, wenn ich Mama auf den Friedhof zu Opa begleitet habe. An das schwere Gefühl, das sich dort immer auf meine Schultern gesetzt und mich jedes Mal bis nach Hause verfolgt hat.

Den Glauben an Zufälle habe ich längst verloren. Dieses Grab ist ein weiteres Puzzleteil in diesem grausamen Spiel, in dem wir gefangen sind. Eine Warnung, auf der Hut zu sein.

Wer auch immer sich unter dieser Erde verbirgt, wenn er hier in diesen Wäldern liegt, scheint er kaum eines natürlichen Todes gestorben zu sein.

»Ich will hier weg«, flüstert Henrike.

Ich nicke, es fällt mir schwer, den Blick loszureißen. Am liebsten hätte ich das Kreuz aus Stöcken wieder tiefer in die Erde gesteckt. Es ist bereits etwas schief, vom Wetter mitgenommen. Der nächste Sturm wird es mit sich reißen. Aber dann sagt auch Benny, dass wir losgehen sollten, und wir lassen das Grab endlich hinter uns. Nur die seltsame Stimmung tragen wir weiter durch das Moor. Keiner von uns redet. Ich bin froh, dass die Geräusche unserer Schuhe die Stille des Waldes durchbrechen. *Hier kann man nie wissen.*

Benny und Henrike übernehmen für eine Weile die Führung. Wir kommen auf einen etwas breiteren Pfad. Alte überwucherte Reifenspuren sind auf dem Boden zu erkennen, bis sie wieder mit dem wilden Grün verschwimmen. Irgendwann verschwimmt es immer. Gedanken, Zeit, Wege. Ziele.

Tag 6, 13:53 Uhr, Moorwald.

Etwas Großes lugt zwischen zwei Bäumen hervor. Ich recke den Kopf. Ein Gestell, getarnt in olivgrünen Farben. Sieht aus wie … *ein altes Fahrzeug?*

Wir beschleunigen unsere Schritte. Unser Atem wird lauter. Tatsächlich. Der große Ast eines Baumes hat sich bereits über das vermooste Dach gelegt. Und auch unten um die Reifen herum hat die Natur ihr Werk getan.

Ich traue meinen Augen kaum, aber dort steht ein alter, verrosteter Jeep. Die grüne Plane, die nur noch halb über die Ladefläche gespannt ist, wird von einem Meer aus Flechten bedeckt. Das Auto wirkt unnatürlich groß. Aber vielleicht auch nur, weil wir schon lange nichts mehr so Weltliches gesehen haben.

»Fuck«, sagt Benny und schiebt sich die Kapuze vom Kopf. Mark tritt näher an das Fahrzeug heran. Unwillkürlich will ich *Vorsicht* rufen, aber da streicht er mit der Hand schon über die verrostete Fahrertür. Ich hole Luft. *Es ist doch nur ein Auto, oder?*

Ein gezacktes Symbol ist auf dem Blech zu erkennen. Könnte ein Stern sein? Marks Finger fahren nun genau über die verblassten Spitzen, die wohl einst in einem kräftigen Rot geleuchtet haben. Ich zucke innerlich zusammen, so als könne sich dieses Auto jeden Augenblick in ein Ungeheuer verwandeln. *Entspann dich, Ira.*

»Das muss ein altes Militärfahrzeug der Sowjets gewesen sein«, sagt Mark schließlich.

Und jetzt weiß ich, wieso mir dieses Symbol so bekannt vorkommt. »Der Stern der Roten Armee.«

Wir sehen uns alle verwundert an. Henrike hat die Arme fest um ihren Körper geschlungen, auch ihr ist nicht wohl bei dieser

Sache. »Meinte Theo nicht sogar, dass die Anstalt früher ein Stützpunkt war?«

»Ja, dann ist das wohl wirklich aus DDR-Zeiten.« Benny fährt sich mit der Hand über sein kurz geschorenes Haar. »Komisch, dass die so ein Fahrzeug nicht geborgen haben, findet ihr nicht?«

Die runden, zersplitterten Scheinwerfer des Jeeps schielen mich wie Augen an. Aus dem Kühlergrill über der verbogenen Stoßstange hängt verwelktes Gestrüpp heraus. Mir kommt plötzlich die Assoziation eines bärtigen, strengen Gesichts in den Kopf. Wie in den animierten Filmen, wo die Autos anhand ihres Aussehens zu charakteristischen Figuren werden. Nur wirkt dieser Wagen nicht freundlich wie in einem Disney-Streifen, sondern eher wie aus einem tragischen Kriegsfilm, der mich mit einem zerschlagenen Gefühl zurücklässt und an dem ich noch nach Tagen zu knabbern habe.

»Schon seltsam, so ein Stück Geschichte zwischen all den Vorfällen um die Anstalt«, sagt Henrike.

»Und der beste Unterschlupf, den wir finden könnten«, bemerkt Mark nun sachlich.

Benny späht ins Innere der Fahrzeugkabine, beugt seinen Kopf gefährlich weit hinein. In meinem Nacken kribbelt es.

Der Jeep hat scheibenlose, breit ausgeschnittene Fenster und eine sehr tiefe Fahrertür, sodass wir mühelos hineinsteigen könnten. »Die Sitze im Inneren sind verdreckt, aber durch das Autodach relativ gut erhalten. Auf der Rückbank könnte es etwas kuschlig werden, aber reinpassen werden wir auf jeden Fall alle.« Bennys Stimme klingt aus dem Inneren gedämpft.

Mark inspiziert solange die Ladefläche des Jeeps. Dort hätten vermutlich noch mehr Leute Platz gehabt, doch die grüne Plane, die man dafür einst als Dach aufspannen konnte, ist so kaputt, dass wir sie nicht mehr als Überdeckung verwenden können.

Außerdem ist der Boden der Ladefläche voll mit Erde, die durch den Regen matschig geworden ist.

Der Entschluss ist somit gefasst. Wir schlagen hier unser Lager auf und verbringen die Nacht im Fahrzeug. Ich versuche, gegen das innere Sträuben anzukämpfen. Es würde mir guttun, mich dort reinzulegen. Kurz die Augen schließen und alles vergessen.

Ich klettere also hinein, stoße mit der Hüfte gegen das rostige Lenkrad, wische mit dem Ärmel den Dreck vom Beifahrersitz. Henrike reicht mir die zwei Schlafsäcke herein, die wir aus dem Camp mitgenommen haben. Auf dem dunkelgrünen Armaturenbrett sind nur wenige Knöpfe und Regler. In der Frontscheibe ist ein kleines Loch, von dem sich weite spinnennetzartige Risse über die Scheibe ziehen. Ob das von einem Schuss stammt?

Wir regeln alles schnell und sachlich. Bald steht fest, dass Benny und Mark mit den Rucksäcken losgehen und nach etwas Essbarem suchen werden. Ich soll solange mit Henrike hierbleiben und mich ausruhen, ich sähe beunruhigend aus. Bestimmt wegen der Augenringe. Die bekomme ich sonst nie, aber wenn, dann sind sie dunkellila.

Ich protestiere nicht, lasse um mich herum alles geschehen. Allein den Kopf auf der Beifahrerlehne abzulegen, lässt mein System augenblicklich abstürzen. Nur noch am Rande muss ich an die Sowjets denken. An den Soldaten, der wohl genau hier gesessen haben muss, wo mein Körper jetzt das Lederpolster berührt.

Mein Magen krampft. Der Hunger ist plötzlich übermächtig. Als würden meine Organe mit ihm zusammenschrumpfen, jegliche Nährstoffe aufgebraucht. Ich hasse diese brutalen Intervalle. Scharfe Magensäure kommt mir die Speiseröhre hoch. Ich presse die Augen zusammen, bis der Krampf wieder abebbt. *Verdammt.* Wenn Benny und Mark nicht doch mal etwas Essbares finden, beiße ich bald in Baumrinde.

Henrike deckt mich mit einem der Schlafsäcke zu. Ihr lavendelartiger Eigengeruch, der noch an dem Stoff hängt, beruhigt mich. Der Krampf ist vorbei. Übrig bleibt ein Gefühl, das Muskelkater ähnelt.

Ich verändere nichts mehr an meiner Position. Es ist das erste Mal seit unserer Ankunft in der Anstalt, dass ich auf etwas Bequemem sitze. Es fühlt sich wie eine Ewigkeit an. Die Flucht vor dem Keuchenden Mann, Ricardas Leiche, Tims Ausraster, Vanjos Verrat. Aber ich will nun nicht mehr denken. Ich will einfach kurz nichts tun.

Meine Augen flattern. Dieser Erschöpfungszustand lässt alles surreal aussehen, fast wie im Film. Ich beobachte einen bunten Blattkäfer, der ein paar Zentimeter neben mir auf dem rostigen Schalthebel des Wagens hochkrabbelt. Seine winzigen Füße sind nicht dicker als ein Faden, und sein Panzer schimmert metallisch. Vor meinem blauen Schlafsack macht er halt. Vorsichtig tippt er mit einem schwarzen Füßchen den Stoff an, doch dann krabbelt er wieder davon. Verängstigt vom Unbekannten.

Ich schließe die Augen. Aber ob ich nur döse oder wirklich kurz schlafe, weiß ich nicht.

Henrike meint, ich wäre immer wieder kurz eingenickt. Sie sitzt auf dem Fahrerplatz und war die ganze Zeit bei mir. Ich habe nicht mal bemerkt, dass sie bis eben meinen Rücken gestreichelt hat. Für richtiges Schlafen bin ich trotzdem zu aufgewühlt. »Hast du eine Ahnung, warum Vanjo nicht mit uns gekommen ist?«, frage ich mit geschlossenen Augen.

»Leider nein, Ira. Es ging alles so schnell … ich verstehe es selbst nicht«, flüstert sie.

»Ich dachte, es wäre eine Phase.« Die Worte sprudeln jetzt aus mir raus, bevor ich sie überhaupt zu Ende gedacht habe. »So eine Phase, die jeder mal durchmacht. Die zum Erwachsenwerden gehört, nicht weiter dramatisch. Zuerst waren es nur kleine Rituale. Unsere Gute-Nacht-Nachrichten auf Whatsapp, die wir weggelassen haben. Dann gab es auch keine gemeinsamen Schulwege mehr, keine Lästerstunden über Mama und Papa. Die Lachanfälle, unsere dummen Witze über Tante Dunja, die nur wir verstehen. Und auf einmal hatten wir unterschiedliche Freunde, Vanjo ging nicht mehr zum Turnen, das viele Kiffen und Betrunkensein. Hätte ich es nicht hinnehmen dürfen? Vielleicht geht etwas in ihm vor, etwas, das ihn so sehr belastet, dass er es nicht aussprechen kann oder selbst nicht versteht. Stattdessen haben wir gestritten, und noch öfter gestritten, bis wir nur noch das Nötigste miteinander gesprochen haben und über andere Leute erfuhren, was im Leben des Zwillings passierte.« Ich atme lange aus. »Er ist so anders geworden. Trotzdem muss der alte Vanjo noch irgendwo da drin sein. Also, wie konnte er mir nicht glauben, dass ich nichts mit Ricardas Tod zu tun habe?« Ich schlage die Augen wieder auf und hebe etwas den Kopf. »Oder ist es wegen Alva?«

Henrike schürzt die Lippen. »Das glaube ich nicht. Meinst du wirklich, die beiden sind sich so nahegekommen?«

»Keine Ahnung.«

»Ich denke jedenfalls nicht, dass das der Grund ist«, sagt sie. »Es gibt bestimmt eine Erklärung für Vanjos Verhalten.«

»Wenn er mir gegenüber nur nicht so verschlossen wäre.«

»Das tut mir sehr leid, Ira. Ich hätte gerne einen Zwilling gehabt.« Sie hält inne und sieht versunken durch die verdreckte Frontscheibe. »Meine Geschwister sind alle sehr viel älter und wohnen nicht mehr zu Hause, daher war es schon immer schwer, eine richtig enge Bindung zu ihnen aufzubauen.«

Ich komme mir kurz etwas blöd vor. *Hätte ich mehr auf sie eingehen sollen?*

Doch dann schleicht sich ein interessierter Ausdruck auf ihr Gesicht zurück. »Welches Sternzeichen seid ihr eigentlich?«

»Schütze.«

»Ein Feuerzeichen.« Henrike schmunzelt. »Habe ich mir fast gedacht. Ich bin Zwilling – witzigerweise. Ein Luftelement. Wir stehen uns im Tierkreis direkt gegenüber. Das bedeutet, dass wir unterschiedlicher nicht sein könnten, aber uns genau deshalb anziehen und ergänzen.«

Ich erwidere ihr Lächeln. Für einen Moment habe ich vergessen, dass wir uns gerade tatsächlich in einem alten Militärjeep inmitten des Moorwaldes verstecken. Mein Körper ist unter dem Schlafsack endlich wärmer geworden, sogar meine Zehen spüre ich wieder.

»Danke«, flüstere ich. »Ich bin froh, dass du mitgekommen bist.«

»Nicht dafür.«

»Ich hoffe einfach nur, sie passen auf. Du hättest den Keuchenden Mann sehen sollen, wie er mit mir gesprochen hat. Er … Er hat nicht gelogen. Er wollte uns warnen, das weiß ich ganz sicher, und er hatte recht. Kurze Zeit später war Ricarda tot.« Ich beiße mir fest auf die Lippe. »Scheiße, wieso kann Vanjo jetzt nicht mit uns in diesem Jeep sein?«

»Ich weiß, dass Vanjo gut auf sich aufpassen wird«, erwidert Henrike ernst. »Wir müssen einfach einen Weg finden, wie sich die Gruppe wieder einigt. Wenn sie erst mal den Schock verdaut haben und Tim sich abgeregt hat, lassen sie vielleicht besser mit sich reden.«

»Ja«, flüstere ich. Und irgendwie muss ich nicht viel mehr sagen, nicht zu Henrike. Auch sie hat in Vanjo eigentlich einen Verbündeten gefunden, das habe ich bemerkt.

Henrike streicht sich nachdenklich über den Mund. »Ich spüre, dass etwas an diesem Ort vor sich geht. Die anderen wollen lieber die Augen davor verschließen. Aber nur, weil sie sich fürchten oder nicht den Mut haben, die Dinge näher zu betrachten. Ich meine, komm schon, Ira. Alles, was an diesem Ort geschehen ist, und jetzt noch Ricardas Tod obendrauf …« Sie holt tief Luft. »Wir sind nicht einfach nur ein paar Jugendliche, die sich im Wald verlaufen haben. Hier steckt mehr dahinter, etwas, das mächtiger ist als wir und … ich glaube, du spürst das auch.«

Das unruhige Kribbeln ist wieder da, genauso stark, wie ich es gefühlt habe, als ich zum ersten Mal die Tore der Anstalt durchschritten habe. Henrikes Augen leuchten in ähnlichen Farben wie die des Waldes, und kurz erinnert sie mich an eine Elfe. Ich fasse nach ihrer Hand. »Ja«, sage ich schließlich. »Ich weiß genau, was du meinst.«

Tag 6, 16:48 Uhr, Moorwald, alter Militärjeep.

Jemand klopft wild gegen den Jeep, Blech knarzt. Ich schrecke hoch, aber es sind nur Mark und Benny, die wieder zurück sind. Wir müssen tatsächlich länger weggenickt sein. Ich bin noch etwas benommen und wacklig auf den Beinen, als ich herauskrabble. Doch die Aufregung in den Stimmen der Jungs katapultiert mich ins Hier und Jetzt.

»Leute!«, sagt Benny, und schwingt seinen Rucksack vom Rücken, sodass er dumpf auf dem Waldboden aufschlägt. »Wir haben einen Bach gefunden, wir haben einen fucking Bach gefunden!« Seine Hände zittern leicht, als er den Reißverschluss aufschiebt und gefüllte Wasserflaschen herausholt.

»Nicht dein Ernst!«, sage ich, und sofort wird mir wieder meine ausgedörrte Kehle bewusst. Wasser, endlich Wasser! Und dann streckt Mark uns auch noch ein paar braune, handgroße Pilze entgegen. »Und wir haben Steinpilze gefunden, die dort in der Nähe wachsen.«

»Seid ihr sicher, dass die essbar sind?«, fragt Henrike.

»Mein Onkel hat die früher oft gesammelt und dann Risotto gemacht. Ich bin mir sicher. Die hatten genau diese fetten Stiele und einen hellbraunen Kopf«, sagt Benny und dreht den Pilz vor unseren Gesichtern.

»Ich glaube auch, dass es ein Steinpilz ist«, sagt Mark.

»Solltest du das als Biologiestudent nicht wissen?«, frage ich.

»Na ja, ich habe jetzt auch keinen Master in Pflanzenkunde, aber zumindest wachsen sie in Symbiose zu den Buchen und Fichten.«

Ich runzle die Stirn und denke mir dann nur, *egal. Völlig egal.* Hauptsache, etwas im Bauch.

Wir schlagen die Zähne in das weiche Fleisch der Gewächse.

Pilze haben noch nie so intensiv geschmeckt. Irgendwie nach vielen Gewürzen, nussig, nach Wald und Dreck und auch wie Mehl. Ich schlucke, spüle mit Wasser nach. Es ist eiskalt, eben genau so, wie man sich frisches Wasser aus einem Bach vorstellt. Endlich lindert etwas dieses Kratzen in meinem Hals. Ich muss mich bemühen, langsam zu essen und zu trinken, um meinen Magen nicht zu überfordern.

Kaugeräusche. Und schon nach wenigen Sekunden ist es, als hätte man bei uns allen vieren einen Schalter umgelegt. Unsere Gehirne sind endlich aus dem Stand-by-Modus hochgefahren. Sitzen, anfassen, fühlen, denken, reden. Alles funktioniert wieder in Echtzeit. Und sofort bin ich in Gedanken zurück bei der Anstalt und meinem Bruder. Vanjo sollte jetzt hier bei uns sein. Er braucht auch hiervon.

»Ich glaube ja, dass es einer aus unserer Gruppe war, der damals die Essensvorräte gestohlen hat.« Benny rupft sich einen kleinen Happen von dem weißen Pilzstiel ab.

Ich verstecke mein Gesicht beschämt hinter meinen Händen. »Die Ratte bist jedenfalls nicht du, wie ich unangenehmerweise vermutet habe.«

Er kaut, winkt ab. »Wahrscheinlich hätte ich das an deiner Stelle auch gedacht.«

»Nein wirklich, es tut mir leid.«

Benny winkt nochmals ab, spricht mit vollem Mund weiter. »Ist auch egal, aber wir sind den anderen gerade ein großes Stück voraus. Diese Zwei-Gruppen-Scheiße und das Versteckspiel bringen nichts, wenn wir eh alle verhungern würden.«

»Wir müssen ihnen von dem Bach erzählen«, sagt Henrike.

»Du hast recht.« Ich nicke. »Es geht hier um unser aller Überleben.«

Benny hebt die Brauen. »Dir ist schon klar, dass Tim dir vor ein paar Stunden am liebsten noch mit einem Knüppel eins übergezogen hätte?«

»Der wird sich hoffentlich etwas abgeregt haben«, sage ich.

»Ich weiß ja nicht, ob sich dieser Hohlkopf überhaupt noch mal irgendwann abregt«, gibt Benny zurück. »Guck ihn dir an, der kommt mit gar nichts mehr klar. Ich fänd's ja auch nicht richtig, ihnen den Bach vorzuenthalten, aber mit Reden kommen wir nicht weit.«

»Aber vielleicht mit Verhandeln«, sagt Mark. Er deutet auf die Wasserflaschen in unserer Mitte. »Wir könnten ihnen ein Friedensangebot machen. Wenn alle versprechen, sich zu vertragen und Ira in Ruhe zu lassen, dann zeigen wir ihnen den Bach.«

»Mhm.« Ich reibe mir den Nacken. »Sozusagen eine nett verpackte Erpressung.«

Wir besprechen alle Einzelheiten. Auf jeden Fall werden wir vorher noch mal zusammen zum Bach gehen und die Flaschen wieder auffüllen. Die Nacht über suchen wir Schutz in der Führerkabine des Jeeps, gleich am Morgen brechen wir dann auf, zurück zur Anstalt.

»Wie geht es euren Mägen?«, fragt Henrike.

»Immer noch leichte Krämpfe, aber besser, wieso?«, fragt Benny und klopft sich auf die Brust, nachdem er aufgestoßen hat.

»Ich finde es trotzdem gruselig, mich von dem zu ernähren, was an diesem Ort wächst«, meint Henrike. »Denkt mal an die verschimmelten Nüsse.«

»Oder das vergammelte Brunnenwasser aus dem Bunker«, füge ich hinzu.

»Das wird schon.« Mark fährt sich durch das schwarze Haar, ich glaube, er will uns einfach nur beruhigen.

»Dass wir diesen Bach erst jetzt entdeckt haben, ist schon komisch, das geb' ich zu«, sagt Benny. »Normalerweise kann ich mich auf meine Orientierung ganz gut verlassen. Aber hier – keine Chance.«

Ich stoße Luft aus der Nase. »Nach normalen Gesetzen funktioniert hier jedenfalls nichts.«

»Als wäre alles um die Anstalt herum ständig in Bewegung. Als würden die Wege ihre Richtung ändern wie die Treppen in Hogwarts.« Henrike richtet nervös ihr Stirnband. Dieser Kommentar hätte von Julian stammen können.

»Hauptsache, wir sind mal einer richtigen Treppe gefolgt.« Mark legt Henrike eine Hand auf die Schulter. »Sieh's mal so.«

»Ok, aber erst, wenn ich mir bis morgen früh wegen der Pilze nicht die Seele aus dem Leib gekotzt habe«, sagt sie tapfer.

Benny nickt mit dem Kopf zum Jeep. »Hey, die Russen haben es hier scheinbar auch 'ne Weile ausgehalten.«

»Das waren auch ausgebildete Soldaten«, sage ich.

»Sind wir das nicht auch längst?«

Ein kurzes Schweigen tritt ein. Ich mustere Benny für einen Moment. Er wirkt so anders, als ich ihn am Anfang wahrgenommen habe.

Ich schließe die Augen und denke an Marius und an unsere Mohnfelderstraße und ob ich diese Menschen überhaupt je wiedersehen werde. Haben sich die Soldaten an diesem Stützpunkt ähnlich gefühlt? Vielleicht sogar die russischen Männer, die diesen Jeep einst hier abgestellt haben?

Auch sie waren ihrer Heimat so fern und in einer neuen Welt. Etliche Kilometer weit weg, ihrem alten Leben entrissen. Stets in der Erwartung, dass sich ihre Mission von der einen auf die andere Sekunde ändern könnte.

Tag 6, 20:13 Uhr, Moorwald, alter Militärjeep.

Wir haben uns ins Innere des Fahrzeugs gesetzt, als sich die Wolken über uns zusammengeschoben haben. Sie lassen keine Sicht auf die Sterne oder den Mond zu. Während der Regen wenigstens etwas Ehrliches hatte, erinnert das tiefe Wolkenschwarz nur jedes Mal daran, dass wir Gefangene sind.

Benny und Henrike auf den vorderen Sitzen scheinen schon zu schlafen, jedenfalls hört man von ihnen regelmäßiges Atmen. Aber ich bin aufgeregt vor morgen. Die Trennung der Gruppe kann einfach keine dauerhafte Lösung sein. Der Keuchende Mann hat die Wahrheit gesagt, da bin ich mir sicher. Wir müssen zusammenhalten, bevor dieser Ort ein nächstes Opfer fordert. Die Gefahr ist realer denn je. Das müssen die anderen einsehen. Auch Vanjo. Ich würde es mir nie verzeihen, ohne ihn Schutz im Wald gesucht zu haben, wenn ihm etwas passiert. Die letzten Jahre mit ihm waren schwierig, aber ich dachte, hier hätten wir uns endlich wieder angenähert – und jetzt das?!

Ich schlucke den Kloß in meinem Hals herunter und dränge mich dichter an Mark. Wir liegen mit angewinkelten Beinen auf der Rückbank des Fahrzeugs. Obwohl wir zusammen in einen Schlafsack eingemummelt sind, dringt ein beißender Geruch von Rost in meine Nase. Ich bin froh, dass ich in dieser Position nicht nach draußen schauen kann. Jedes Mal, wenn ich mich aufrichte, erwarte ich, plötzlich auf den Eingang der Anstalt zu blicken. Egal, wo wir uns befinden. Vor meinem inneren Auge lauert *sie* immer.

Marks Hand liegt auf meiner Hüfte. Er streichelt mit dem Daumen über den Stoff meines Pullis. Er kann genauso schlecht einschlafen wie ich. Keiner redet, und trotzdem fühlt es sich laut zwischen uns an, weil unsere Gedanken noch wild sind. Den ganzen Tag war ich wegen Vanjo so zerstreut, dass ich Marks Fürsorge gar nicht richtig wahrgenommen habe. Ich presse mich nun umso dichter gegen seinen Oberkörper. Er war immer bei mir. Sein Herz schlägt kräftig, wie meines.

Hoffentlich auch ein bisschen wegen mir, denke ich.

Ich erinnere mich gerne an unseren Kuss und wie geschwollen sich meine Unterlippe danach anfühlte. Mir kommt es vor, als wären Wochen seitdem vergangen. Wir haben schon so viel zusammen durchgemacht, dass ich mich ihm näher fühle, als ich es bei Marius je tat. Meine Nasenspitze liegt auf der Höhe von Marks Halsschlagader. Er müsste nur mein Kinn mit der Hand anheben. Aber ein weiterer Kuss würde mich jetzt völlig überrumpeln.

Plötzlich raschelt der Schlafsack. Er sucht mit seinen Fingern den Bund meines Pullovers, findet dann meine nackte Haut und schiebt seine Hand unter den Stoff. Ich halte den Atem an. Seine Handfläche glüht. Langsam wandert er weiter über meinen Bauch. Ich zucke kurz zur Seite, weil die zarte Berührung seiner Fingerkuppen kitzelt. Dann hält er inne.

Nicht aufhören.

»Ich werde dich nie wieder loslassen«, haucht er so leise, dass nur ich es hören kann, und dann malen seine Hände weiter Linien über meinen Bauch. Wärme breitet sich in meinem ganzen Körper aus.

»Zusammen schaffen wir es nach Hause, das versprechen wir uns, okay?«, flüstere ich.

Er drückt mir einen Kuss auf die Stirn. »Okay.«

Tag 7, 03:13 Uhr, Moorwald.

Draußen knackt es.

Mit einem Schlag bin ich wach, sehe mich um. Mark scheint zu schlafen. Ich kann kaum etwas erkennen in dieser Finsternis, nur ein kleines Licht, das draußen umherhuscht, dann ein weiteres Knacken. *Was ist da?*

Mit angehaltenem Atem schäle ich mich aus Marks Armen und klettere über die Rückbank auf die Ladefläche und dann nach draußen. Sacht lande ich im feuchten Laub.

Eine schwarze Gestalt steht mit dem Rücken zu mir und dreht sich in diesem Moment um. Grelles Licht fällt direkt in meine Augen und macht mich blind. Ich reiße die Hände schützend hoch, mein Herz setzt einen Schlag aus.

Ich blinzle, dann erkenne ich Benny, der mich mit seinem Handy anstrahlt. »Verdammt!«, sage ich, und lasse die Schultern sinken. »Ich dachte, da wäre jemand Fremdes! Was machst du hier draußen?«

Benny wirkt beunruhigt, sieht zuerst über die Schulter und dann wieder in mein Gesicht. »Sorry. Ich dachte, ich hätte was gesehen, deswegen bin ich aufgestanden.« Er reibt sich die Lider, seine Augen sind ziemlich gerötet. Außerdem immer noch gezeichnet von den alten Blessuren der Auseinandersetzung mit Vanjo.

Ich schließe einen Schritt zu ihm auf. »Was hast du denn gesehen?«

»Kein Plan, ob ich mir das eingebildet habe, aber ich könnte schwören, dass ich vorhin ein grünes Licht gesehen habe.«

»Ein Licht?« Ich schlucke.

»Ja, wie von einem Scheinwerfer oder so was.« Er deutet mit ernster Miene nach links. Ich folge mit dem Blick der Richtung seines ausgestreckten Fingers. »Dort, bestimmt ein paar Hundert

Meter entfernt. Ich dachte ja echt kurz an Suchtrupps, aber da waren keine Stimmen oder andere Geräusche.«

»Grün sagtest du?«

»Ja, aber vielleicht lag's auch nur an meiner Müdigkeit.«

Ich massiere mir die Schläfen, überlege. *Doch.* Auch ich erinnere mich an ein grünes Licht im Wald. Es war die Nacht, in der Paul am Feuer saß und diese merkwürdigen Selbstgespräche geführt hat. Ich war pinkeln, als ich das leuchtende Grün sah. Mein Puls schießt in die Höhe. »Ich dachte auch erst, dass es an der Müdigkeit lag«, sage ich.

»Was meinst du damit?« Benny dreht sich ein Stück weiter zu mir vor, die Handytaschenlampe hält er nun unter Hüfthöhe, und sie wirft komisches Licht über unsere Gesichter.

»Gestern Nacht habe ich auch ein solches Licht im Wald gesehen.«

»Fuck.« Benny fasst sich an die Stirn und tritt nervös einen Schritt vor und wieder zurück. Die kleinen, knackenden Äste unter seinen Schuhen klingen bedrohlich laut im nächtlichen Wald.

Ich reibe mir die Arme. »Denkst du, uns beobachtet jemand?«

»Das denke ich schon, seit wir hier feststecken.«

»Nein wirklich, woher sollte denn sonst so ein Licht kommen?«

»Keine Ahnung, Mann.«

»Wie lange ist es her?«, frage ich.

»Vielleicht ein paar Minuten.«

»Dann sollten wir noch mal ein bisschen warten und Ausschau halten.«

»Ja, hast recht.« Wir nicken uns zu. Ich rücke dichter an ihn.

Der Lichtkegel von Bennys Handytaschenlampe erhellt gerade mal einen Kreis von zwei Metern. Sonst nichts. Winzige Motten fliegen in den Schein. Es sind nur die Umrisse der nächsten Bäume und Sträucher zu erkennen. Eine Weile blicken wir still in die Ferne, Bennys Atem ist neben dem Zirpen der Insekten das einzige Geräusch.

Ich schlucke schwer. Mit einem Mal fühle ich mich einsamer denn je. Nur Vanjo würde es schaffen, jetzt die richtigen Worte zu finden, damit ich mich nicht in diesem Gefühl verliere.

»Hoffen wir mal, dass es doch nur Einbildung war«, sagt Benny jetzt, denn auch wenn dort keine seltsamen Lichter mehr auftauchen, kann er die Angst in meinem Gesicht wohl nur zu deutlich erkennen.

»Mhm«, antworte ich. Wir schweigen ein bisschen, aber das macht es nicht besser.

»Dein Zwilling wird schon noch hier aufkreuzen«, sagt er und legt den Kopf dabei schräg. Ich bin überrascht, dass er das tatsächlich anspricht.

»Wieso hältst du zu mir?« Es ist das erste Mal, dass Benny und ich allein sind. Wir mustern uns gegenseitig, halten dem Blick des anderen stand und überstehen die tausend gemischten Empfindungen, die dabei hochkommen.

»Ich habe gesehen, wie du gezittert hast, als du mir vorgeworfen hast, ich hätte das Essen gestohlen. Du hättest es niemals fertigbekommen, mir auch nur ein Haar zu krümmen. Ich erkenne so was, glaub mir.«

Ich weiß, was er Marius angetan hat, und trotzdem schaffe ich es, diesen Vorfall auszuklammern. Zumindest an diesem Ort.

Denn hier und jetzt sehe ich in das Gesicht des wahren Benny. Hier, wo alle zwangsläufig ihre Masken fallen lassen. Welche Wut ihn damals auch getrieben hat, sie ist weg. Ich sehe sie nicht mehr in seinen Augen. *Oder will ich sie einfach nicht sehen?*

Benny merkt, wie ich sein Gesicht studiere, dabei blinzelt er kein einziges Mal. »Du bist niemand, der so leicht die Kontrolle verliert«, sagt er.

»Hast du sie denn damals verloren?«, frage ich vorsichtig.

Nun reißt er den Blick von mir und reibt seine Finger nervös aneinander. »Ich war damals ein anderer«, sagt er. »Belassen wir es dabei.«

Mein Puls rast. Sollte ich noch etwas dazu sagen? Ihm einen Teil von der Schuld nehmen?

Ich öffne gerade den Mund, da kommt Benny mir zuvor. »Was würde ich jetzt für 'ne scheiß Zigarette tun.« Er lacht müde auf, versucht diesen Moment ganz bewusst zu überspielen. Also bohre ich nun auch nicht weiter und erwidere sein Lachen. »Oder 'ne Flasche Rum«, sage ich.

»So wie Jack Sparrow auf der verlassenen Insel?«

»Ja, so wie Jack Sparrow.«

Wir schmunzeln. Tröstliche Bilder aus dem Film schießen mir durch den Kopf. Lustige Schwertkämpfe, gewaltige Schiffe und Piratenkostüme. Es tut gut, kurz an etwas so Banales zu denken.

»Danke auf jeden Fall«, sage ich. »Dass du mich für keine Lügnerin hältst.«

Benny schnaubt, und dann bekommt sein Gesicht wieder den alten Ist-mir-doch-alles-egal-Ausdruck. »Weißt du, an deiner Stelle würde ich viel mehr darauf scheißen, was die anderen sagen. Tim hat sowieso schon Realitätsverlust. Ein mitlaufender Theo, 'ne hysterische Alva, Julian, der sich in die Hosen macht, oder Paul, der aussieht wie 'ne tickende Zeitbombe. Die gehen mir alle am Arsch vorbei. Ihr seid die Einzigen, die noch ein bisschen was im Kopf haben.« Benny tippt sich mit dem Finger an die Schläfe, dann tritt er an den Jeep, bereit, gleich wieder in der Fahrerkabine zu verschwinden, hält dann aber noch mal inne. »Denk bloß nicht, das hier ist so was wie ein Freundschaftsangebot. Ich glaube, der Zug ist bei uns abgefahren. Aber solange wir hier sind, sind du, Henrike, Mark und Vanjo die Einzigen, die sich als nützlich erwiesen haben, um von diesem Drecksort wegzukommen.«

»Also hältst du eigentlich nur zu mir, weil du darin deinen größten Nutzen siehst?«

»Wenn du so willst.« Er grinst. »Jack Sparrow hätte das auch nicht anders gemacht.«

Ich schürze die Lippen. »Na gut, dann nutzen wir uns eben gegenseitig aus.«

Benny drückt die Schultern nach hinten, sie geben ein knackendes Geräusch von sich. Ich mache mich ebenfalls gerade, sodass wir uns aufrecht gegenüberstehen. »Deal«, sagt er.

»Deal«, sage ich und wir geben uns die Faust.

Tag 7, 11:43 Uhr, Lungenheilanstalt, Eingangstor.

Wir sind zurück.

Am Schauplatz, am Tatort: vor den Toren der Anstalt.

Mein Herz hat auf dem ganzen Weg schon heftig geschlagen. Aber nun, wo wir tatsächlich da sind, glaube ich, es wird gleich aus meiner Brust herausspringen.

Mark, Henrike, Benny und ich durchqueren das schwere Eisentor. Ich straffe die Schultern, wünsche mir, nun ebenfalls eine Waffe zur Hand zu haben. Aber das ist nicht die Intention, mit der wir hergekommen sind.

Alva ist die Einzige, die draußen vor dem Feuer sitzt. Sie sieht uns sofort und erhebt sich von dem Baumstumpf neben der Feuerstelle. Ihre Augen weiten sich. »Was tut *ihr* denn hier?!«, ruft sie von Weitem.

Noch bevor wir antworten können, dreht sie sich zum Eingang des Schuppens. »Tim!«, schreit sie. »Vanjo!«

Bei dem Namen meines Bruders jagt mir ein Stich durch die Brust.

Wir wagen uns noch ein paar Meter weiter, machen jedoch mit sicherem Abstand vor Alva halt. Mark schiebt sich vor mich. »Wir wollen nur mit euch reden«, ruft er Richtung Lagerfeuerstelle, wo gerade Tim zusammen mit Vanjo aus dem Schuppen tritt.

Vanjos und mein Blick treffen sich, jetzt zieht sich alles in mir zusammen. Ich muss mich anstrengen, nicht sofort auf ihn zuzurennen, ihn anzuschreien, zu umarmen, zu schütteln. Irgendetwas!

Mein Kiefer spannt sich an, als Tims Gesicht sich wieder zu dieser wutentbrannten Fratze verzerrt. »Was tut sie hier?«

»Wir wollen nur reden, Tim, wirklich.« Ich bin froh über die Standhaftigkeit in Marks Stimme.

Tims Nasenlöcher blähen sich auf. »Ich schwöre euch, ich gehe ihr an die Gurgel, wenn ihr nur einen Schritt näher kommt!«

Inzwischen sind auch Paul und Julian aus dem Schuppen gekommen. Sie starren mich an wie den Teufel in Person. Am schlimmsten dabei ist Paul. Der schlaksige Kerl, der denkt, dass ich ihm seine Freundin genommen habe. Seine Augenränder scheinen von gestern auf heute komplett schwarz geworden zu sein, er wirkt erschreckend fremd. Ich muss woanders hinsehen.

»Bring die restlichen Waffen mit, Theo!«, brüllt Tim, ohne mich aus dem Visier zu nehmen.

»Beruhige dich!«, ruft Mark nun doch etwas energischer und hebt die Hände vor seinen Körper. »Wir wollen euch nur helfen! Wir sind nicht eure Feinde!« Langsam lässt er seine Hände wieder sinken, wartet Tims Reaktion ab, der uns immer noch finster anschaut. Hinter ihm seine Schützlinge. Ich weiß nicht, wovor ich mich mehr fürchten soll, vor seinem nächsten Ausraster oder vor der gruseligen Ruhe in Pauls Gesicht? Oder davor, dass Vanjo scheinbar immer noch auf deren Seite ist?

»Wenn ihr helfen wollt, dann erklärt uns, wer die Leiche von Ricarda weggebracht hat!«, feuert Tim nun zurück.

»Was meinst du damit?«, fragt Mark.

»Die Leiche ist weg«, sagt er hart. »Wir waren wirklich nur kurz im Schuppen verschwunden, und als wir wieder rauskamen, lag sie dort einfach nicht mehr.« Tim funkelt mich böse an. »Das warst doch auch du! Du hast sie da weggetragen, du spielst mit uns, das ist es doch! Hast du noch immer nicht genug?«

Ich taumle ein Stück zurück. Die Leiche ist *weg*? Ich blicke zum Anstaltsgebäude, dort vor den Eingangstreppen lag sie. Ricarda mit blutig rotem Kopf. *Und jetzt ist sie einfach weg?*

Mir wird heiß und kalt zugleich. Mark schiebt sich weiter vor mich. »Tim, sie kann es nicht gewesen sein, sie war die ganze Zeit bei uns. Und bitte, hör dir doch mal selbst zu. Wieso sollte Ira so etwas tun?«

»Keine Ahnung, sag du's mir. Aber die Leiche ist nicht mehr da, sie ist verschwunden, Mann!«

»Das ist einfach nur grausam, Tim. Keiner von uns würde so etwas tun!«, sagt Henrike und presst betreten die Lippen zusammen.

»Und ihr wart sicher alle im Schuppen?«, hakt Benny nach.

»Ja«, sagen Theo und Tim fast gleichzeitig.

Julian, der schräg hinter den beiden steht, wendet sich nun mit hängenden Schultern zu seiner Gruppe. »Ich habs doch gesagt. Es war die Anstalt, die sich Ricarda genommen hat. Dieser Ort hat Ira zur Mörderin gemacht, und dieser Ort war es auch, der sich ihre Leiche geholt hat.«

Für einen Moment widerspricht keiner. Ein bitteres Schweigen tritt ein. Eines, in dem mir deutlicher denn je wird, dass einer von uns elf Jugendlichen bereits nicht mehr da ist. Dass wir nur noch zu zehnt sind.

Um meine Kehle wird es eng. Alva legt sogar für einen Moment ihre Hand vorsichtig auf Pauls Schulter, doch sein blasses Gesicht regt sich kein Stück, so, als würde er die Berührung gar nicht wahrnehmen. Ich zerre am Kragen meiner Jacke, um etwas mehr Freiheit um den Hals zu spüren.

»Und warum sollte irgendwer die Leiche mitnehmen?«, fragt Tim an Julian gerichtet.

Der zieht verschreckt die Schultern nach oben.

»Um uns Angst zu machen?«, wirft Mark ein. »Vielleicht will jemand sehen, wie wir hier nach und nach verrückt werden.«

»Wir sind doch schon verrückt geworden«, sagt Vanjo an unsere Gruppe gewandt. Er weicht meinem Blick dabei aus, als würde er fürchten, dass dann die Härte aus seinem Gesicht schwinden könnte.

Für einen winzigen Augenblick scheint Tim zu zweifeln, aber da beginnt er schon wieder, seine Hände zu Fäusten anzuspannen und an Fahrt aufzunehmen. »Wer auch immer diese Leiche hat verschwinden lassen oder welche Psychokacke Ira euch verkauft hat, ist egal. Ich weiß, dass sie Ricarda getötet hat, und nichts von dem, was ihr sagt, wird daran etwas ändern!«

»Boah, Tim!«, faucht Alva. »Lass uns doch wenigstens anhören, was sie zu sagen haben.«

Danke, Alva. Ich hole zittrig Luft. Beobachte, wie Tims Brustkorb sich hebt und senkt. »Dann redet«, antwortet er widerwillig und verschränkt die breiten Arme.

Mark nickt. Er nimmt den Rucksack von seinen Schultern. Alle folgen gespannt seinen Bewegungen. Julian reckt seinen Hals ein kleines Stück vor.

Es herrscht gebannte Stille.

Mark öffnet den Reißverschluss des Rucksacks. Mit der rechten Hand fasst er hinein und holt die erste unserer Wasserflaschen heraus, stellt sie stumm auf dem Boden ab. Dann fasst er ein zweites und drittes Mal hinein, stellt langsam die anderen beiden Flaschen vor unseren Füßen auf.

Mein Puls schlägt mir bis zum Hals, als er sich wieder aufrichtet und in unsere Reihe zurücktritt. *Er macht das gut. Sehr gut.*

Ich kann den Durst in den Augen der anderen förmlich sehen. Tim schluckt, sein Adamsapfel schiebt sich dabei wie eine Kugel durch seinen Hals.

Mark deutet auf das Wasser. »Das ist unser Friedensangebot.«

»Richtiges Wasser zum Trinken?« In Alvas Gesicht löst sich etwas.

»Ja«, antwortet Mark sachlich. »Wir haben einen Bach im Wald gefunden. Uns war sofort klar, dass wir euch Bescheid geben müssen. Außerdem wollen wir, dass ihr mit uns kommt. Ihr seid in der Anstalt nicht mehr sicher. Und jetzt hat auch noch irgendjemand die Leiche verschleppt. Bitte, ihr müsst mit uns kommen!«

Alva stürzt sofort auf das Wasser zu.

»Halt!«, schreit Julian, woraufhin ihre langen schlanken Beine abbremsen. »Das könnte ein billiger Trick sein. Wir können keiner Quelle an diesem Ort trauen. Vielleicht ist das Wasser schlecht, genauso wie die Nüsse, die Ira uns damals geben wollte.«

»Er hat recht«, sagt Tim. »Keiner rührt das Wasser an.«

»Echt jetzt?« *Oh nein.* Benny ist am Überkochen. »Das ist wirklich euer Ernst!?«

»Dann trink du doch selbst von dem Wasser!«, feuert Tim zurück.

»Bitte!«, sagt Benny, schnappt sich grob eine der Flaschen und nimmt ein paar kräftige Schlucke. Durch seinen Übereifer tröpfelt dabei etwas Wasser auf seinen Hoodie. »Checkt ihr es denn nicht? Keiner von uns will euch vergiften oder umbringen! Keine Ahnung, welchen Blödsinn ihr euch in eurer Panik zusammengesponnen habt. Aber reißt euch mal zusammen, das ist einfach nur dumm!« Er gestikuliert wild mit der offenen Flasche.

Jetzt packt auch mich der Ärger, und ich schalte mich ein: »Ihr seid in Gefahr, nun glaubt uns endlich!« Ich blicke flehend in die Richtung meines Zwillingsbruders. »Vanjo, bitte hör doch auf mich!«

Aber spätestens jetzt, nachdem ich meine paar Sätze losgeworden bin, gerät die Verhandlung außer Kontrolle.

Tim kann nun nicht mehr an sich halten, prescht vor. Benny geht sofort auf ihn los. Zu dritt versuchen Henrike, Mark und Theo, die beiden auseinanderzuhalten, eine weitere Prügelei zu verhindern.

»Lasst mich los!«, keucht Tim unter den nach ihm greifenden Armen. Doch ich nutze den Moment und suche im Gerangel der zwei Fronten nach Vanjo. Ich kralle meine Finger in seine Bomberjacke, aber er entwischt mir wegen des glatten Stoffes wieder. Für eine Sekunde blicken wir uns an. *Sag mir, was los ist!*

Mein Herz hämmert, sein Blick ist ernst. Er öffnet den Mund, ringt mit sich, doch plötzlich übertönt Tims nächster Wutanfall alles andere. »HAUT AB!«

Sein Schrei lässt mich zusammenfahren, auch die anderen halten inne. Diese Wut, die aus Tim herausbricht, fühlt sich noch gefährlicher an als beim letzten Mal. Was ist nur in ihn gefahren?

Es schüttelt mich. *Als würde die Anstalt aus ihm sprechen.*

Die zwei Fronten rücken auseinander, lassen wieder die Lücke zwischen uns entstehen. Mark breitet seine Arme schützend vor uns aus. »Zurück!«

Ich weiß, es ist das einzig Richtige, bevor Tim völlig die Beherrschung verliert und nach den Waffen greift, aber ich wollte den Moment nutzen, um ungestört mit Vanjo zu reden.

Er hat sich bereits von mir losgemacht und schüttelt nun leicht den Kopf, als wolle er sagen: *Nicht. Nicht hier darüber sprechen.*

Es kostet mich ungeheure Kraft, wieder zu Mark, Henrike und Benny aufzuschließen, aber ich habe keine Wahl. Ich trete zurück, aus den Augenwinkeln sehe ich Paul, der wohl immer noch in einem Schockzustand steckt. Oder gleich die nächste Herzattacke bekommt. Er steht etwas abseits des Gerangels und fummelt an seiner Hosentasche herum, zieht ein zerknülltes Taschentuch heraus und – *Moment.* Noch etwas anderes blitzt aus der Tasche hervor. *Was ist das? Ist das …?*

Ich beiße fest die Zähne zusammen. Ja, es ist die Verpackung der Schokoriegel! Woher …? Paul stopft das bunte Plastikpapier wieder hastig in seine Hosentasche und scannt die Umgebung. Zu spät, ich hab ihn ertappt. Ich beuge mich vor, aber Mark wirft mir einen drängenden Blick zu, sodass ich mir jetzt doch nichts anmerken lasse und neben ihn rücke. Mein Herz trommelt wild.

Mark packt mich am Ellenbogen. »Schnell, lass uns gehen.«

Und auch wenn sich alles in mir sträubt, ein zweites Mal ohne meinen Bruder zu gehen: *Ich muss.*

Tag 7, 12:04 Uhr, Waldrand.

Adrenalin schießt durch meinen Körper. *Scheiße, was ist da gerade passiert?*

Wir sind durchs Eisentor bis in den Wald gerannt, gut hundert Meter hinter der Anstaltsmauer stoppen wir ab, keuchen. Benny kickt mit dem Fuß wütend gegen einen Baumstamm. »Wie kann man nur so bescheuert sein?!«

»Benny, du nicht auch noch«, sagt Henrike unter schnellem Atem, ihre Wangen sind gerötet, und über ihrem Mund zeichnet sich ein weißes Dreieck ab. »Wir haben es wenigstens versucht.«

Mark wischt sich mit dem Handrücken über die nasse Stirn. »Tim hat sich da längst in was verrannt. Der ist am Ende mit den Nerven. Völlige Überreizung. Das mit Ricarda war einfach zu viel für ihn.«

Benny sieht ihn mit weit aufgerissenen Augen an. »Am Ende mit den Nerven ist gut, bei dem ist eine Sicherung durchgebrannt! Die kommen ja überhaupt nicht mehr klar. Sollen die doch alle verrecken!«

»Benny!«, mahnt Henrike und blickt vorwurfsvoll in meine Richtung. *Ja, ich weiß, damit wäre auch Vanjo einbegriffen.*

»Schon gut, Henrike«, murmle ich.

»Nee, Mann. Ira. Was ist eigentlich mit deinem Bruder los, hä?« Benny fixiert mich. Die kurzen Haare an seinen Schläfen sind voller Schweiß. »Irgendein Zwillingscode? Oder weshalb das ganze Drama? Ich will nicht umsonst mein Leben für ihn in diesem OP-Saal riskiert haben!«

»Lass gut sein«, sagt Mark scharf und drückt Benny an der Brust ein Stück von mir weg. Das Blut in meinen Ohren rauscht.

»Vielleicht ist es doch, wie Julian gesagt hat.« Meine Stimme bebt. »Dieser Ort verändert uns. Er hat Vanjo verändert und jetzt Tim. Er bringt das Schlimmste in uns zum Vorschein.«

Benny atmet noch ein paarmal kräftig ein und aus, dann lässt er die Schultern wieder sinken, kickt ein letztes Mal wütend gegen den Baum und hinterlässt ein halb abgebrochenes Stück Rinde, das vom Stamm absteht. »Was weiß ich, Mann!«

Aber ich gehe gar nicht weiter auf Benny ein. Mich interessiert im Moment eine ganz andere Sache. »Da ist irgendwas faul«, sage ich. »Es war gut, dass wir uns zurückgezogen haben. Meinetwegen dreht Tim durch. Aber habt ihr Paul beobachtet?«

»Wieso Paul?«, fragt Mark irritiert.

»Ich hab gesehen, wie ihm die Verpackung eines Schokoriegels fast aus der Hosentasche gefallen wäre.«

»Und?« Bennys Nasenlöcher sind noch aufgebläht, aber er scheint sich etwas abgeregt zu haben.

»Ich weiß nicht. Aber irgendwas stimmt hier doch nicht. Was, wenn *er* uns an der Nase herumführt? Bestimmt hat er das restliche Essen versteckt.«

»Ich fand den ja schon von Anfang an strange«, sagt Benny.

»Es könnte auch von einem alten Riegel gewesen sein.«, meint Henrike. »Er hat gerade seine Freundin verloren, Ira, ist es nicht etwas hart, ihn dann zu beschuldigen?«

»Ist es dann nicht noch merkwürdiger, dass er nicht längst die nächste Herzattacke bekommen hat?«, frage ich.

Henrike leckt sich über die Lippen. »Und wenn er doch nur apathisch ist? Ich weiß immer noch nicht, worin der Zusammenhang bestehen soll.«

»Das weiß ich auch nicht, aber wenn Paul wirklich das Essen versteckt hat und wir es den anderen beweisen können, vielleicht gewinnen wir dann so wieder ihr Vertrauen zurück«, sage ich. »Außerdem brauchen wir das Essen!«

Benny spuckt zur Seite aus und sieht dann entschlossen in mein Gesicht. »Versuchen wir's.«

Ich blicke aufgewühlt in die Gesichter der anderen beiden. Aber auch Mark ist einverstanden. »Wir werden sie erst mal ausspionieren«, sagt er. »Nur so können wir es herausfinden.«

Henrike sieht mich prüfend an. »Bekommst du das hin, Ira?«

»Ja«, antworte ich.

»Auch wegen Vanjo?«

»Erst recht wegen Vanjo.«

Tag 7, 16:36 Uhr, Lungenheilanstalt, Außenmauer.

Mark und ich sind auf eine hohe Eiche geklettert, deren Äste uns Sichtschutz geben. Von hier aus können wir das Anstaltsgelände beobachten, es sind knapp hundert Meter, die uns von der Feuerstelle trennen. Aus dieser Entfernung fällt mir erst wieder auf, wie sehr sich die Natur bereits über die Anstaltsruine hergemacht hat. Wie viele Jahre würde es wohl dauern, bis sie komplett zugewuchert wäre?

Henrike und Benny sind bereits zurück zum Jeep. Wir wollten nicht riskieren, zu viert womöglich aufzufallen.

Ich muss meine Arme und Beine fest um den Ast klammern, auf den ich mich hochgeschwungen habe. Kalter Schweiß steht mir auf der Stirn. Ich kann wirklich froh sein, dass ich als Leistungsturnerin eine so gute Ausdauer besitze. Durch lange Anstrengungen kann ich mich zum Glück durchbeißen. Aber nach sieben Tagen komme auch ich an meine Grenzen.

Die Camper von Weitem zu beobachten, fühlt sich seltsam an. Sie müssen mich wirklich für verrückt halten, wenn sie es nicht einsehen, auf die Warnung des Keuchenden Mannes zu hören. Sie glauben nicht daran, dass Ricarda nur ein erstes Opfer war. *Unfassbar.* Sogar jetzt, wo doch offensichtlich ist, dass irgendein Fremder ihre Leiche verschleppt hat!

Tim steht am Feuer und gestikuliert wild. Er regt sich bestimmt noch über uns auf. Die anderen müssen sicher auch bald von seinen Aggressionen abgeschreckt sein. Ich kann mir nicht vorstellen, dass Julian sich wohlfühlt. Wäre Vanjo nicht bei ihm, wäre er sicher mit uns in den Wald gekommen. So gut kenne ich den kleinen Kerl, nach allem, was wir zusammen durchgemacht haben.

Ich blicke in den Himmel. Die Sonne, die nur in kurzen Momenten hinter den Wolken hervorbricht, steht tief. Wir sitzen hier schon ewig. Irgendwann muss sich Paul doch von der Gruppe entfernen. Wenigstens zum Pinkeln.

Ich reibe mir die Augen. Sie sind sicher rot. Durch das lange Starren fangen sie an zu brennen.

Mark mustert mich von der Seite. Ob er mich nach all diesen Strapazen noch hübsch findet?

Alle unsere Gesichter haben sich hier verändert. Wenn ich nur daran denke, wie perfekt gestylt Alva noch am ersten Tag am Feuer saß. Es hat fast etwas Intimes, die Camper von ihrer fertigsten Seite kennenzulernen. Ohne Instagram, ohne Spiegel, ohne Dusche. Und auch wenn Alva manchmal etwas aufbrausend sein kann, mir gefällt das echte Mädchen hinter den Fotofiltern. Sie hat Mut gezeigt, ist mit in die Anstalt gekommen, als wir nach dem Keuchenden Mann gesucht haben. Umso mehr tut es mir weh, dass auch sie sich gegen mich gestellt hat.

Mark wirkt immer noch erstaunlich wenig verändert. Sicher, die Augen sind müde und die dichten Bartstoppeln etwas länger geworden. Ich könnte ihn dennoch stundenlang betrachten.

»Du wirkst angespannt«, sagt er. Der Ast, auf den er sich gesetzt hat, ist schräg über mir. Immer wieder rieseln knisternde Herbstblätter davon auf mich herab.

»Du auch«, sage ich.

»Vielleicht sollten wir eine kurze Pause einlegen.«

»Nein, geht schon.«

»Ich weiß, dass du dir vom Verhandeln mehr erhofft hast.«

»Vielleicht muss ich einfach akzeptieren, dass Vanjo mich seit dem Anfall und meinen komischen Aussetzern nicht mehr für zurechnungsfähig hält. Ich muss akzeptieren, dass er diese Nachricht, seine Schwester könnte zu einem Mord fähig sein, erst verdauen muss«, sage ich und seufze tief.

»Du kannst nicht in seinen Kopf hineinschauen, Ira. Vielleicht ist er gerade gar nicht er selbst oder verwirrt oder sonst was.«

»Mag sein.« Ich will nicht mehr darüber sprechen, das wühlt mich nur auf. Außerdem habe ich die Chance verpasst, mir anzuhören, was Vanjo mir mitten im Gerangel vorhin sagen wollte. Ich hatte das Gefühl, kurz davor zu sein. Ich hatte die Hoffnung, es würde eine einfache Erklärung für sein seltsames Verhalten geben. Hätten wir uns doch nur einen Moment später zurückgezogen!

Mark rutscht auf seinem Ast hin und her, das Holz biegt sich gefährlich weit nach unten.

»Alles gut bei dir?«, frage ich und sehe zu ihm hoch. Die Haare fallen ihm in die Stirn, als er angestrengt zu mir schaut.

»Meine Beinmuskeln fangen an zu zittern«, sagt er gepresst. »Wie hast du das beim Turnen nur überlebt?«

Ich schmunzle. »Ist wohl Übung.«

»Was genau hat dich eigentlich an diesem Sport gereizt?«, fragt er, und ich bin froh darüber, dass Mark mich mit der Frage für einen Moment aus meinem Gedankenchaos rettet.

»Ich denke, es geht mir mehr darum, dass Turnen mir ein gutes Gefühl gibt. Es hat viel mit Überwindung zu tun. Wenn du Angst vor der Übung hast, hast du schon verloren.«

Er nickt, hat wieder eine bequemere Position gefunden. »Eine Sache, die man auf's Leben übertragen kann.«

»Du meinst, weil ich ständig heule, Angst habe und du mich schon hundert Mal aus irgendwelchen Situationen hier gerettet hast?« Ich lache leise auf.

»Ich habe das wirklich nicht ironisch gemeint. Ich halte dich auf keinen Fall für einen Schwächling. Du bist auf das Anstaltsdach geklettert, hast dich bereit erklärt, den Köder für den Keuchenden Mann zu spielen, man hält dich für eine Mörderin und du sitzt immer noch hier bei mir.«

Das Engegefühl in meiner Brust lässt etwas nach. Ich fixiere einen Punkt auf dem Anstaltsgelände. *So habe ich das Ganze tatsächlich noch nicht gesehen.*

»Ich fürchte, du traust dir selbst weniger zu, als andere das würden«, sagt Mark.

»Ja«, antworte ich schließlich, ohne ihn dabei wieder anzusehen. »Vielleicht hast du recht.«

Irgendwie ist es mir unangenehm, mit Mark jetzt über so was zu reden. Ich versuche, mich wieder auf Tim und die anderen Camper am Lager zu konzentrieren und das Gleichgewicht zu halten. Die raue Rinde des Astes pikt unangenehm in meine Handflächen.

Ich wechsle das Thema. »Was denkst du, ist mit der Leiche passiert?«

»Ich kann mir nur erklären, dass ...« Plötzlich stockt Mark und beugt sich etwas vor. »Da! Es passiert was!«

Ich fokussiere die Camper im Lager. Paul entfernt sich endlich von der Feuerstelle. Er biegt rechts hinter dem Schuppen ab und geht Richtung Hinterhof. Ich beiße mir auf die Lippe. Gleich wird sein Weg vom Lagerschuppen verdeckt, und wir verlieren ihn.

»Wir müssen ihm nach!«, sage ich.

Ich klettere hastig den Baum runter. Warte, bis auch Mark unten ist. Mein Herz trommelt ungeduldig in meiner Brust. Wir dürfen keine Zeit verlieren. Obwohl Mark und ich nur ein paar Hundert Meter an der Anstaltsmauer entlanglaufen, bekomme ich Seitenstechen. Meine Beinmuskeln sind von der Kletteraktion immer noch zittrig. Etwa auf der Höhe, auf der wir Paul verloren haben, stoppe ich ab.

Ich blicke an der etwa drei Meter hohen gepflasterten Mauer hoch. »Allein kommt man hier schwierig rüber. Aber ich könnte es schaffen.« Ich schaue aufgeregt zu Mark. »Gib mir Stützhilfe, dann kann ich Paul weiter folgen. Du wartest hier.«

»Sicher?« Marks Kiefermuskeln zucken. Ich weiß, wie ungern er mich allein losziehen lässt.

»Ja, ich bin vorsichtig.«

Aber er protestiert nicht weiter. Er weiß, dass ich von nichts abzubringen bin, das uns nur im Entferntesten helfen könnte, Vanjo zurückzuholen.

»Ist gut«, antwortet Mark widerstrebend. Er stützt sich mit einem Knie auf dem Boden ab, während er das andere Bein aufstellt. So kann ich mich an seinen Schultern hochdrücken und mit dem Fuß auf seinen Schenkel steigen. Ich stoße mich ab, greife nach der Mauerkante und bekomme sie zu fassen. Mark drückt mich von unten hoch, und mit einer klimmzugartigen Bewegung ziehe ich meinen Oberkörper auf den Vorsprung. Anschließend hieve ich mich mit dem Bauch auf die Mauer und mache mich flach, um möglichst wenig aufzufallen. Ich keuche und spüre das Blut vor Aufregung regelrecht durch meine Adern pulsieren. Mein Blick geht zur Feuerstelle. Rauchschwaden wirbeln durch die Luft. Im Moment sehe ich dort niemanden. Gut so. Dann schaue ich zum Hauptgebäude der Anstalt. Ist Paul vielleicht Richtung Hinterhof verschwunden?

»Und?«, fragt Mark leise von unten.

»Wir sind hier weit genug weg vom Lager, ich werd' ihm nachgehen«, flüstere ich zurück, dann lasse ich erst meine Beine an der Mauer herunter, halte mich noch kurz mit den Händen, schließlich springe ich. Ein schmerzhafter Ruck schießt durch meine Glieder, der Aufprall war härter als erwartet, aber ich bin drüben.

Ich ignoriere den Schmerz, husche eilig zur seitlichen Außenwand des Hauptgebäudes und presse mich mit dem Rücken dicht an die orangerote Backsteinwand, um unauffällig zu bleiben. Mein Herz pocht heftiger.

Am Hauseck werde ich bessere Sicht auf den Hinterhof haben.

Immer noch in Deckung trete ich so leise wie möglich auf, trotzdem knirschen Kieselsteine unter meinen Schuhen. Ich werfe einen hektischen Blick über die Schulter. Aber mich hat niemand gesehen.

Konzentriere dich, Ira. Ich bin fast am Hauseck, meine Beine sind schwer wie Blei. Ich ducke mich ein Stück, dann schiebe ich den Kopf ein paar Zentimeter vor, spähe in den Hof. Eine Bootcampjacke, graue Jeans, schlaksiger Kerl. Da ist er! Ich hatte recht, Paul war es, der unser Essen geklaut hat!

Er steht, keine dreißig Meter entfernt, vor dem kleinen Gebäudetrakt, der den Hof eingrenzt, und beißt in ein Stück Schokolade. Wut brodelt in meinem Bauch. *Du fiese Ratte! Du hast uns alle hungern lassen, du hast uns an der Nase herumgeführt, von Anfang an.* Eine Ader an meiner Schläfe pocht.

Seine Backen bewegen sich hastig. Mit leicht gebeugtem Rücken macht er sich über den Riegel her. Wie gern ich ihn nun vor allen verraten würde.

Paul prüft, ob er unbeobachtet ist, ich zucke schnell zurück. Mein Herzschlag poltert. Fast hätte er mich gesehen!

Ich bleibe noch kurz in Deckung, erst dann gucke ich wieder in den Hof. Paul hebt mit seinen langen, dünnen Armen ein Bodengitter an, das unten am Gebäudetrakt in den Steinplattenboden eingelassen ist. Seine Bewegungen wirken ungeschickt. Er holt eine Konservendose aus dem Versteck. *Wir haben dich, Paul.*

Tag 7, 17:23 Uhr, Lungenheilanstalt, Hinterhof.

Ich verharre, bis ich meinen Atem wieder etwas unter Kontrolle habe. Meine Wut darf mich nicht leiten, ich muss einen kühlen Kopf bewahren. Doch was tue ich, wenn Paul gleich auf dem Rückweg den meinen kreuzt?

Verdammt. Ich scanne die Umgebung, aber in unmittelbarer Nähe ist kein Baum, kein Gestrüpp, hinter dem ich Deckung finden könnte.

Ich muss mir etwas einfallen lassen!

Mein Puls rast. Paul wird sich bestimmt gleich umdrehen. Ich spähe noch einmal in den Hinterhof. Aber da ist er schon verschwunden.

Ich löse meine verkrampften Fäuste. *Das war knapp!*

Er hat zum Glück die andere Seite genommen. Das ist meine Chance, um an die Essensvorräte zu gelangen!

Ich überquere in langen Schritten den Hinterhof. Das Seitenstechen ist sofort zurück. Aber gleich bin ich da, visiere mein Ziel an.

Schnell. Vor dem Schacht stoppe ich und gehe in die Hocke. Ich keuche wie blöd, meine Hände sind schweißnass. Ich rüttle an dem Eisengitter, aber es lässt sich nur schwer bewegen. Wie hat er das nur so leicht aufbekommen? Ich ziehe fester. Das Eisen klackert gegen die Steinmauer, löst sich. *Zu laut!*

Erschrocken schaue ich über die Schulter. Der Hof bleibt unverändert leer. Gut, dass mich die anderen Camper von hier aus nicht sehen können. *Gleich bin ich zurück, Mark.* Und mit dem Essen haben wir endlich etwas gegen Tim in der Hand. Ich schiebe das Gitter nun zur Seite und fasse in die Tiefe des Schachts. Es raschelt, ich ertaste eine Dose. Dann schrecke ich plötzlich zusammen – ein Schatten in meinem Augenwinkel!

Zack.

Mein Gesicht landet mit Wucht auf den Steinplatten. Ein stechender Schmerz schießt durch meine Stirn, der sich dann gewaltig in meinem Kopf verteilt. Ich stöhne auf. Kurz ist es schwarz, dann verschwommen. Der Schmerz übertönt alles. Dröhnen.

Ich will mich aufrichten, da schnappen die Hände des Angreifers um meinen Hals und drücken zu. *Nein!*

Ich werde zerquetscht, kein Laut kommt aus mir heraus. Ich stemme mich mit Kraft gegen den fremden Körper, schaffe es, ihn kurz von mir zu schieben. Die schwarzen Punkte verschwinden vor meinen Augen, und ich erkenne, wer mich aus dem Hinterhalt angegriffen hat: *Paul.*

Mist! Er muss mich wohl doch gesehen haben. Sein Gesicht ist seltsam leer, als seine Hände jetzt wieder auf mich zuschießen. Sie legen sich um meinen Hals. Seine Bewegungen sehen seltsam fremdgesteuert aus, fast so, als gehörten seine Arme gar nicht zu ihm. Er bleibt völlig stumm, während er weiter zudrückt.

Luft! Ich bekomme keine Luft.

Hilfe! Hilfe!

Mark. Ich kann nicht mal nach ihm rufen.

Er drückt. Es wird dunkler.

Hilfe.

… keine Luft … ich …

Auf einmal ist da ein dumpfer Schlag. Nur gehört der Schlag irgendwie nicht zu mir. Und dann: Sauerstoff!

Ich fasse mir an die Kehle, sie ist immer noch so eng, dass ich das Gefühl habe, da drückt weiterhin jemand zu. Aber da sind keine Hände mehr.

Atmen.

Jetzt wird auch die zweite Gestalt vor mir scharf.

»Vanjo?«, krächze ich.

»Scht!« Er hebt den Finger vor den Mund.

Neben ihm am Boden liegt Paul, ich weiche zurück, bis ich bemerke, dass er sich nicht mehr regt. Scheiße, was ist passiert? Vanjos Fäuste zittern.

»Wie hast du mich … wie, er …«, stammle ich.

»Scht!«, zischt Vanjo erneut und kommt mit dem Gesicht dicht vor meines, hält mich grob an den Schultern fest. »Keiner darf wissen, dass ich hier bin.« Er sieht noch mal prüfend zu dem am Boden liegenden Paul, dann wieder zu mir. »Er ist bewusstlos.«

»Wie hast du mich gefunden, warum …«

»Ist jetzt nicht wichtig«, unterbricht er mich. »Bist du okay?«, fragt er, und seine Hände streicheln mir unbeholfen über den dröhnenden Kopf.

»Ja«, sage ich.

Vanjos braune Augen sind weit aufgerissen. »Hör mir genau zu, ich habe nicht viel Zeit.«

Und ich will zuhören, gleichzeitig schießen mir tausend Sachen durch den Kopf. *Mein Bruder. Mein Bruder ist hier und sieht mich an.*

Vanjo stützt mich noch immer an den Schultern, während er redet, und das ist alles, was ich gebraucht habe.

»Ich war nur auf der Seite der anderen, weil ich meine Tarnung wahren musste.« *Gott sei Dank, Gott sei Dank.* Seine Augen sind aufmerksam auf mich gerichtet. »Du bist in Gefahr, Ira.«

Mhm? Ich kneife die Augen zusammen, will etwas sagen, aber Vanjo spricht weiter. »Eigentlich ist es Paul, der gefährlich ist. Ich beobachte den seit gestern, hab ihn dabei erwischt, wie er Selbstgespräche geführt hat, wirklich creepy, glaub mir. Als wäre da noch eine andere Person gewesen und … und dann konnte ich mich plötzlich erinnern. Alva und ich haben am ersten Tag hier einen leeren Tablettenstreifen gefunden. Ich kannte den Namen.

Paul ist nicht herzkrank, das war alles gelogen! Alles erfunden, Ira. Es sind Psychopharmaka. Solche, wie sie Onkel Arno bekommen hat, nur bei Arno ist es nie so krass ausgebrochen. Aber es sind dieselben Medikamente, verstehst du?!«

Arno? Mein Gehirn rattert. Onkel Arno. Schizophren. *Psychopharmaka* – Paul.

Ich schlage die Hand vor den Mund. »Nein!«

Vanjo nickt heftig. »Paul ist völlig unzurechnungsfähig. Er hat auch das Essen gestohlen, aber das ist nicht alles. Er will Rache, er will Rache für den Mord an Ricarda. Er will dich tot sehen, Ira.«

Mir klappt der Mund auf.

»Ihr müsst euch weiter verstecken!«, sagt Vanjo energisch.

Ich versuche zu nicken.

»Habt ihr noch Waffen?«

Kopfschmerz. *Jemand will mich töten. Paul will mich töten. Mein Blut sehen.*

»Ira!« Vanjo rüttelt mich. »Hörst du mir zu?«

»Ja«, sage ich, während hinter meiner Stirn immer noch alles dröhnt.

»Habt ihr noch Waffen?«

»Ich denke schon.«

»Du denkst nur, oder du weißt es?« Vanjo beginnt immer harscher mit mir zu sprechen.

»Keine Ahnung, ich … das ist grade alles zu viel, wie …«

»Ira, verdammt!«, schimpft er und rauft sich die Haare. »Das hier ist wichtig. Du stehst ständig neben dir, seit wir hier sind. Was stimmt denn nicht?«

»Was nicht stimmt? Paul hat gerade versucht, mich zu erwürgen!« Sofort bildet sich ein Kloß in meinem Hals, und gleichzeitig entlädt sich die ganze Wut und der Schmerz, der sich gegenüber

Vanjo aufgestaut hat. »Rede nicht so mit mir! Weißt du, was ich durchgemacht hab? Ich dachte, du hättest mich im Stich gelassen!«

»Du hast doch nicht wirklich geglaubt, dass ich so etwas tun würde, oder? Ich hätt's dir ja gesagt, aber dann wäre alles aufgeflogen. Paul durfte nicht wissen, dass ich es weiß. Das war mein Vorteil, um dich zu beschützen.«

Mein Kopf tobt. »Die anderen denken, ich hätte Ricarda umgebracht, also sag du mir bitte nicht, was ich glauben soll und was nicht!«

In Vanjos Augen schimmert es. Da ist so viel, so viel, was gesagt werden muss. Auch bei ihm. Aber jetzt ist nicht der passende Zeitpunkt. Ich stehe komplett unter Strom, blicke zum am Boden liegenden, reglosen Paul. »Was willst du tun?«

Vanjo beißt sich verzweifelt auf die Lippe. »Scheiße, keine Ahnung, ich werde ihn irgendwie festhalten müssen und die anderen davon überzeugen, dass er nicht mehr frei rumlaufen darf. Ich – mir wird schon was einfallen. Versprich mir nur, dass ihr euch weiter versteckt, bis ich alles geregelt habe!«

»Ist gut«, sage ich, diesmal ohne weiter zu protestieren.

Vanjo bückt sich, dann holt er ein paar Konservendosen und Riegel aus dem Schacht. »Hier. Teilt sie euch.«

»Danke«, sage ich und greife danach. Es ist, als würde diese Geste alle Antworten beinhalten, für die wir jetzt keine Zeit mehr haben.

Wir umarmen uns fest, und ich bemühe mich, meine Tränen zu unterdrücken. Wir sollten uns längst voneinander lösen. Aber wir brauchen das jetzt. Unsere Herzen klopfen heftig.

Ein letzter Versuch. »Willst du nicht doch mitkommen? Wäre es nicht besser, wenn …« Ich stocke. Oh, nein!

Nein, nein, nein!

»Vanjo!«, schreie ich, reiße mich ruckartig von ihm los und deute mit dem Finger geradeaus. »Er flieht!«

Paul rennt zur anderen Seite des Hinterhofs! Er muss sich leise aufgerappelt haben. Wie konnten wir das nicht merken? Wieso waren wir so unvorsichtig!?

Vanjo stürmt sofort hinterher, seine Turnerbeine fliegen über den Boden. Die schnellen Schritte hallen im Hof in einem bedrohlichen Takt wider.

Aber es ist zu spät.

Paul ist bereits weit über das Anstaltsgelände geflohen, und seine Silhouette verschwindet zwischen den dichter werdenden Bäumen. Er entkommt.

EPISODE 2
Lichter

Vanjo

Tag 7, 17:41 Uhr, Lungenheilanstalt, Eingangstor.

Wer sollte mir schon glauben?

Mit einem dumpfen Gefühl in der Brust sehe ich Ira und Mark zwischen den Bäumen verschwinden. Ich habe Ira vom Hinterhof bis zum Eingangstor begleitet, wo wir auch direkt den besorgten Mark getroffen haben. Zum Glück war gerade keiner von den anderen draußen bei der Feuerstelle, sonst hätten sie uns sofort entdeckt.

Jetzt wurden die beiden schon komplett vom Dunkel verschluckt. Natürlich sind sie in eine ganz andere Richtung abgehauen als Paul. Und der Wald ist so schwarz, dass sie froh sein können, wenn sie einander nicht verlieren. Aber Paul wird sicher einen Weg vom Gelände runter finden. Dann bleibt die Möglichkeit, dass er ihre Fährte aufnimmt und ihnen folgt. Dass er zu Ende bringt, was er eben schon angefangen hat.

Mir wird ganz anders. Die Platzwunde an den Knöcheln meiner rechten Hand pulsiert schmerzhaft. Bestimmt wäre es sicherer, wenn wir uns alle gemeinsam beim Jeep im Wald verschanzen würden – die ganze Gruppe.

Aber ja, wer sollte mir schon glauben?

Ich bin ihr Zwillingsbruder, natürlich werden sie davon ausgehen, dass ich mir den Angriff von Paul auf Ira einfach nur ausgedacht habe. Jetzt ist er auch noch verschwunden. Bestimmt würden die sogar vermuten, dass ich mit Ira unter einer Decke stecke oder irgend so ein' Scheiß.

Die letzten beiden Tage habe ich bereits versucht, ein bisschen Zweifel an Iras Schuld zu äußern. Aber schon da kamen genug misstrauische Blicke. Natürlich war es nicht einfach, mich zurückzuhalten. Besonders bei der Verhandlung um das Wasser, als Tim schon wieder so aggro wurde. Aber es musste sein.

Meine Hauptmission war es nun einmal, Paul im Auge zu behalten. Gänsehaut läuft mir über den Rücken, während ich noch immer auf das Dickicht des Waldes starre, fast kommt es mir so vor, als gleite ein grüner Schein durch ihn hindurch. Der Himmel darüber ist ein dunkles Fleckenmuster, das sich langsam bewegt und dem Mond nur manchmal Platz lässt. Er steht jetzt gerade direkt über der verschlungenen Statue des Zierbrunnens, die wie ein unbeteiligter Wachturm den Geschehnissen von eben zugesehen zu haben scheint.

Paul, der Typ ist nicht Herr seiner Sinne. Bromperidol. Erst kam mir die Aufschrift auf dem leeren Tablettenstreifen, den Alva und ich schon am ersten Tag im Wald gefunden haben, einfach nur bekannt vor. Aber ich habe mir nicht wirklich was dabei gedacht. Dann kam Ricarda mit der Sache von Pauls verschwundenen Tabletten an, und da hätte es eigentlich schon klick bei mir machen müssen, aber es war, als wäre da eine Barriere in meinem Kopf.

Erst als ich Paul vor zwei Nächten ein Gespräch mit jemandem führen sah, der ganz offensichtlich nicht da war, fügten sich die Dinge zusammen. Das waren keine einfachen Selbstgespräche, wie sie wahrscheinlich jeder mal führt, Paul schien die andere Person wirklich zu *sehen*.

Und da musste ich an Onkel Arno denken, kurz bevor es richtig schlimm mit ihm wurde und er ins Krankenhaus musste. Es war ein ganz anderer Verlauf, aber er hatte den gleichen seltsamen Blick wie Paul. Und dann erinnerte ich mich plötzlich. Ja, da wusste ich es dann so sicher, als wäre es die ganze Zeit völlig klar gewesen.

Onkel Arno hat auch Bromperidol bekommen, um seine psychotischen Episoden einzudämmen. Von wegen Herzmedikament. Paul ist ein unberechenbares Risiko in unserer Mitte. Als

Ricarda ermordet wurde, dachte ich natürlich im ersten Moment, Paul selbst wäre es gewesen. Aber mehrere Leute hatten Paul ja zu dem Zeitpunkt woanders gesehen, das konnte also nicht auf seine Kappe gehen. Überhaupt heißt psychische Störung nicht gleich gefährlich, aber bei Paul … ich habe gespürt, welche Bedrohung er für Ira darstellte. Und ich sollte recht behalten.

Wieder merke ich die Wunde an meiner Hand. Ich bin froh, dass ich mir bei dem Schlag nichts gebrochen habe. Denn gut erwischt habe ich ihn, das muss man mir lassen.

Aber besser, die anderen sehen meine aufgeplatzten Knöchel nicht sofort, sonst denken die vielleicht was Falsches. Auf jeden Fall sollte ich jetzt mal endlich zurück zu ihnen.

Bevor ich mich umdrehe, werfe ich einen letzten Blick auf den Moorwald, wo die Bäume sich leicht im Wind bewegen. Es sieht aus, als wäre die Finsternis lebendig.

Dass Ira sich wieder in den Wald zurückziehen musste, ist nicht richtig. Dort draußen treibt sich jetzt nun mal auch Paul rum. Egal, ob er noch ein paar Tage humpeln wird oder nicht, egal, ob Mark an ihrer Seite ist, um sie zu beschützen, ja, egal, wie sehr meine Ira sich auch immer schon selbst wehren konnte. Der Typ ist gefährlich.

Auf lange Sicht ist der einzige Schutz, den wir alle haben, dass wir wieder als ganze Gruppe zusammenarbeiten. Ich muss die Leute aus meinem Lager davon überzeugen, dass Ira unschuldig ist. Ganz egal um welchen Preis. Ich werde es mir nie verzeihen, wenn Paul ihr etwas antut.

Doch selbst mich betrachten sie schon halb als Feind, weil sie denken, ich würde sowieso zu meiner Schwester halten.

Na ja. Tue ich ja auch.

Aber es gibt eine Person unter ihnen, an die ich vielleicht rankommen könnte. Ein flaues Gefühl macht sich in meiner Magengegend breit, während ich über den kargen Herbstboden auf den Schuppen zugehe.

Alva ist seit Ricardas Tod die Verschlossenste von allen. Sie kann kaum noch jemandem in die Augen gucken. Und selbst wenn sie nur dasitzt, ohne irgendetwas zu machen, wirkt sie seltsam gehetzt. Als würde der Schock noch in ihr feststecken und einfach nicht mehr verschwinden.

Als ich den Lagerschuppen betrete, schaue ich mich sofort nach ihr um. Da hinten sitzen Julian, Theo und Tim. Sie sind offensichtlich alle wach und unterhalten sich aufgeregt. Alva kann ich nicht entdecken.

Theo sieht mich und springt auf, während ich gleichzeitig zu den dreien hineile. Ich werde immer schneller, denn da ist ein seltsames Ziehen in meiner Brust.

»Ähm, Leute, wo ist Alva?«, rufe ich ihnen schon im Näherkommen entgegen.

»Da bist du ja«, meint Theo, ich halte vor ihm an. »Alva? Die wollte dich suchen, habt ihr euch nicht getroffen? Sag mal, was ist denn mit dir passiert, du siehst voll fertig aus. Alles okay?«

Das Ziehen in meiner Brust wird stärker. »Sie … ist mir nach? Alleine?«

Theo zuckt mit den Schultern. »Sie wollte nur eben nach dir gucken. Wir dachten, du bist wahrscheinlich bei Paul am Wachtposten.« Er mustert mich weiterhin forschend. »Und du bist dir wirklich sicher, dass alles okay ist?«

Ach du Scheiße!

»Ich muss weg!«, bringe ich noch raus, drehe auf der Stelle um und sprinte los.

»Vanjo, jetzt warte doch …«

Ich bin schon in vollem Tempo. Meine Füße rasen über den

Betonboden, beinahe strauchle ich. Mein Herz pulsiert, mein ganzer Kopf rauscht.

Als du ankamst, konntest du Paul nicht entdecken. Eine ganze Weile nicht, bevor er Ira angegriffen hat. Was hat er in der Zwischenzeit gemacht? Was ... Wo ist Alva, verdammt noch mal?!

Schon habe ich den Lagerschuppen wieder hinter mir gelassen und bin auf dem Weg zu der Stelle, wo Paul Ira angegriffen hat.

Ich habe eine Weile orientierungslos gesucht, als ich Paul nicht am Wachtposten vorgefunden habe. Für einige Minuten wusste ich nicht, wo er war, bevor er dann Ira angegriffen hat und ich ihr zur Hilfe geeilt bin. Was ist in diesen Minuten passiert? Hätte Alva möglicherweise Ira verschrecken können und musste ... ruhiggestellt werden?

Paul kam von der Schuppenseite, etwas weiter von den Gebäuden entfernt. Dort muss er sich auch irgendwo versteckt haben. Mit zittrigen Beinen gehe ich auf die kahlen Büsche zu, die von da aus in Richtung Anstaltsmauer immer dichter werden.

Bitte, bitte nicht.

Ich kann viel zu wenig erkennen, und als wäre das nicht genug, schiebt sich jetzt auch noch eine Wolkenfront vor das spärliche Licht des Mondes. Hier ist doch niemand, ich kann hier jedenfalls ... ich stolpere.

Seitlich knicke ich weg, rolle mich aber instinktiv ab, sodass mein Gewicht nicht auf nur einem Handgelenk bleibt. Richte mich sofort wieder auf. Über was bin ich gestolpert? Ich schnappe nach Luft. Über WAS bin ich gestolpert?!

Hektisch taste ich über den Boden, vor meinen Augen flimmert es. Da packen meine Hände plötzlich etwas Festes, es fühlt sich an wie ein Arm ... aber es ist nur ein großer Ast. Erleichterung durchflutet meinen Körper für einen kurzen Moment.

Okay, ich darf jetzt nicht durchdrehen.

Etwas ruhiger und gezielter suche ich die Umgebung mit den Augen ab, in der Hoffnung, vielleicht doch irgendetwas Aufschlussreiches erkennen zu können.

Und tatsächlich – dort hinten zwischen den Büschen kann ich einen schmalen Lichtschimmer sehen.

Schnell eile ich darauf zu. Das ist Alvas Handy. Die Taschenlampe auf der Rückseite leuchtet noch, und ihr kaltes Licht strahlt an den Seiten hervor. *Oh nein! Oh, nein, nein, nein.* Ich hebe es auf und leuchte nach unten.

Im feuchten Untergrund sind Abdrücke. Fußabdrücke, die sich in den Boden geprägt haben, und dann eine Schleifspur, wo Alva sich in die Erde gestemmt haben muss. Sie führen in Richtung Anstaltstor.

Mir dreht sich der Magen um, während ich der Schleifspur folge. Schon nach einigen Metern bricht sie jäh ab. Hier scheint Alva aufgegeben zu haben.

Tag 7, 17:54 Uhr, Lungenheilanstalt, draußen.

Ich gehe zurück zu den anderen. Ich renne nicht zurück, weil ich es ohnehin kaum schaffe, mich überhaupt zu bewegen. Wie betäubt setze ich einen Fuß vor den nächsten, während in meinem Kopf alles tobt.

Irgendjemand hat Alva verschleppt. Irgendjemand hat sie mit Gewalt dort weggeschleift. Man muss ihr den Mund zugehalten haben, sonst hätten wir ja etwas gehört. Aber sie ist am Leben, sonst wären da nicht diese Furchen in der Erde gewesen. Ich schlucke trocken. Oder … sie *war* da noch am Leben.

Oh Gott, so einen Müll darf ich nicht einmal denken.

Dann hätte sie niemand mehr mitgeschleppt, das würde sonst überhaupt keinen Sinn machen. Paul kann es nicht gewesen sein, er hätte die Zeit vor dem Angriff auf Ira dafür nicht gehabt.

Ich mache ein Kunstwerk aus dir.

Das Gesicht des Irren aus dem OP-Saal blitzt plötzlich vor meinem inneren Auge auf. Ob er etwas damit zu tun hat? Oder der Keuchende Mann? Oder die Warnung oben auf dem Anstaltsdach? Fuck! Ich balle die Fäuste. Ich habe keine Ahnung!

Bevor ich den Lagerschuppen betrete, hebe ich abwesend Alvas Handy vor meine Brust und betrachte es – dieses bescheuerte lila Blumenmuster der Hülle. Ein irgendwie verzweifeltes Grinsen stiehlt sich auf mein Gesicht, eigentlich hätte so ein hässliches Motiv doch abschreckend genug wirken müssen. Aber gleich darauf werde ich wieder ernst und sehe mich noch einmal um. Weitere Hinweise kann ich von hier aus nicht entdecken.

Ich schalte die Taschenlampenfunktion aus. Alva hat ihre letzten Prozente Akku aufgebraucht, um mich zu suchen. Was Romantischeres hätte man von ihr glaube ich nicht bekommen können.

»Mann, da bist du ja wieder.« Theo steht plötzlich vor mir. Der struppige, unregelmäßige Bartflaum steht im Kontrast zu seinem blassen Gesicht. »Sag mal, kannst du mir mal erklären, was verdammt noch mal hier gerade abgeht?«

Aus dem Hintergrund nähern sich Julian und Tim. Sie scheinen ähnlich verunsichert wie Theo.

Ich halte das Handy in die Luft. »Alva ist verschwunden.«

»Was?«, fragt Julian erschrocken.

»Alva ist verschwunden«, wiederhole ich mit fester Stimme. »Ich habe draußen Spuren von einem Kampf entdeckt und das Handy hier gefunden. Irgendjemand muss sie in seine Gewalt gebracht haben.«

Julian stöhnt auf. »Oh Mann, jetzt geht es weiter. Erst Ricarda, dann Alva, jetzt holt er einen nach dem anderen.«

»Das eine muss doch überhaupt nichts mit dem anderen zu tun haben!«, gebe ich entschieden zurück.

Julian schüttelt nur mit dem Kopf. In seinem Gesicht spiegelt sich wieder dieser Angstmodus, aus dem man ihn kaum rausholen kann. »Wir wurden doch gewarnt. Er kommt uns holen. Er holt uns alle!«

Tim blickt hoch. »Was meinst du mit *wir wurden gewarnt*?«

»Na, oben auf dem Dach«, gibt Julian zurück. »Als Ira, Vanjo und ich nach dem Signal gesucht haben, da hat die Stimme uns gesagt, wir sollen laufen, weil *Er* uns holen kommt. Das haben wir doch gleich danach berichtet.«

Tim verschränkt die Arme. »*Er* kommt uns nicht holen. Ich weiß nicht, wie oft ich das noch sagen muss. Ich habe Ira dabei gesehen, wie sie Ricarda ermordet hat. Und Paul hat es auch gesehen. Wo ist der überhaupt?«

Wieso glaubt Tim nur immer noch so versessen an Iras Schuld? Wenn ich jetzt auf diese Schiene gehe, dann diskutieren wir viel zu lange. Also muss ich irgendwie diplomatisch sein, so schwer mir das auch fällt. Wir haben keine Zeit.

»Paul hat mich angegriffen. Er ist in den Wald geflüchtet«, sage ich. »Ich weiß, dass ihr auch mir misstraut, weil ich Iras Bruder bin. Aber jetzt zählt erst mal nur Alva, okay? Ich kann euch für jetzt nur sagen: Paul ist gefährlich. Ich beobachte ihn schon länger.«

»Mann, geht's noch?«, fragt Tim. »Du haust hier eine Sache nach der nächsten raus und denkst, wir nehmen das einfach so hin?«

»Wir sind halt einfach nur verwirrt, Vanjo, das ist alles«, schaltet sich jetzt Theo ein.

Ich nicke. Das Problem ist, ich kann sie sogar wirklich verstehen. Manchmal weiß ich ja selbst nicht mehr, ob ich hier meiner eigenen Wahrnehmung trauen kann. So was macht etwas mit einem.

Aber Tim muss natürlich noch einen nachsetzen: »Und jetzt ist auch noch Alva weg, weil du uns die ganze Zeit irgendwelche Infos vorenthältst.«

»Ach, jetzt red doch keinen Scheiß!«, fahre ich ihn an. »Das hätte so oder so passieren können.«

Nur … hat er vielleicht recht? Hätte ich doch offener mit ihnen reden müssen, anstatt Paul im Stillen zu überwachen? Hätte ich eine andere Taktik wählen müssen als das vorsichtige Überzeugen Einzelner? Hätte man damit vielleicht sogar die Spaltung der ganzen Gruppe verhindern können? Ist Alva deswegen in Lebensgefahr?

Oder möglicherweise schon tot.

»Ihr habt recht«, sage ich, wir brauchen nun Einigkeit. »Wir können es aber nicht rückgängig machen. Wir besprechen das später. Helft ihr mir jetzt trotzdem, Alva zu retten?«

»Klar«, sagt Tim, und auch die anderen beiden nicken. Ich merke, wie in uns allen irgendwie die Entschlossenheit wächst, hier nicht kampflos aufzugeben. »Je länger wir warten, desto schlechter werden unsere und ihre Chancen«, fährt Tim fort. »Wir sollten uns sofort auf den Weg machen.«

Niemand widerspricht, niemand zögert, nicht einmal Julian. Und irgendwie erfüllt mich besonders das für einen kurzen Moment mit Zuversicht.

Schweigend setzen wir uns in Bewegung. Wir holen unsere provisorischen Waffen und verlassen den Lagerschuppen. Draußen ist es kalt. Der Wald wartet auf uns als eine wogende Mauer aus Schwarz.

Tag 7, 18:33 Uhr, Wald.

Theo bewegt sich leiser durch den Wald als ich.

Ist vielleicht ein assi Vorurteil, aber das habe ich bei seiner Körpermasse so nicht erwartet. Bestimmt hat das etwas mit seinen LARP-Geschichten zu tun, wo sie tagelang irgendwo in der Wildnis ihre Spiele spielen. Aber trotzdem finde ich es beeindruckend, mit welcher Selbstverständlichkeit er seine Füße genau zwischen die Äste auf den Boden setzt, damit sie nicht knacken, und Büsche umgeht, die rascheln könnten. Wir haben uns schon kurz nach dem Anstaltstor in zwei Zweiergruppen aufgeteilt, um die Wahrscheinlichkeit zu erhöhen, dass wir was finden. Womöglich kann ich sehr froh sein, dabei Theo bekommen zu haben.

Ich lasse ihn vorausgehen. Ab und zu hält er an und untersucht einen kleinen Baum oder so. Ob er wirklich eine Spur hat, oder bildet er sich das nur ein?

Na ja, mir bleibt eh nicht viel anderes übrig, als ihm zu vertrauen, denn allein wäre ich hier im dunklen Unterholz noch viel aufgeschmissener. Für mich sieht das alles gleich aus.

Also folge ich Theo durch den schwarzen Wald. Unsere Schritte sind auch ohne knackende Äste viel zu laut, und bei jedem noch so kleinen Rascheln reiße ich den Kopf herum. Ich hasse dieses Gefühl – nicht zu wissen, von wo ein Angreifer kommen könnte.

Da war schon wieder was! Da vorne, rechts zwischen den Stämmen. Mein Herz rumpelt, und ich kann den Blick nicht von der Stelle nehmen, während ich langsam weiterschleiche. Noch ein kurzes Rascheln, ich zucke unwillkürlich zusammen. Nur ein kleines Tier? Oder … fuck! Mein Fuß verhakt sich in einer kleinen Mulde, und ich stürze auf den laubbedeckten Waldboden, meine Hand schabt schmerzhaft über Wurzeln, der Sturz hallt wie ein Trommelschlag in den stillen Wald.

Ich verkneife mir einen Fluch und drücke mich schnell wieder hoch. Dabei spüre ich ein kurzes Ziehen in meiner Brustwunde aus dem OP-Saal. Die war eigentlich ziemlich ruhig geworden, und selbst nach der Sache mit Paul habe ich sie nicht gemerkt.

Theo ist bei mir. »Alles klar?«

Ich starre wieder an die Stelle von eben. Lausche. Nichts weiter zu hören, geschweige denn zu sehen. »Sorry. Ich dachte, ich hätte was gehört.«

»Ja, das ist normal«, sagt Theo mit gesenkter Stimme. »Ich hab da 'nen ganz guten Sinn für. Ich glaube nicht, dass da etwas Großes war.«

»Okay.« Ich blinzle ein paarmal und sammle mich. Taste nach der Waffe an meiner Hüfte. Die mit Glassplittern gespickte Holzkeule klemmt in der Halterung, die Theo vor ein paar Tagen aus Rucksackriemen provisorisch zusammengebastelt hat. Immerhin, die Konstruktion scheint gut zu funktionieren. »Dann lass uns schnell weiter«, sage ich.

Theo nickt und geht wieder voran. Ich merke aber, dass er bewusst etwas langsamer macht und dichter in meiner Nähe bleibt.

»Weißt du«, sagt er jetzt mit weiterhin gesenkter Stimme, während wir uns voranpirschen. »Das Verrückte ist, ich habe immer von so etwas hier geträumt.«

Ich rede ebenfalls gedämpft: »Eine Gruselanstalt in einem Gruselwald, wo Leute draufgehen? Ja, klingt nach 'nem Lifegoal.«

»Ja doch nicht genau hiervon«, antwortet Theo. »Aber so etwas, so ein … Abenteuer, verstehst du? Ich mache seit sieben Jahren LARP und hab schon alle möglichen Szenarien durchgespielt, von Zombies über Fantasy bis zu Grusel.«

»Warum?«

»Wie – warum?«

»Warum macht man so was?«

Theo schnaubt amüsiert. »Warum macht man irgendwas? Keine Ahnung – weil es Spaß gemacht hat. Weil es aufregend war.«

»Ich glaube, hiernach hast du dann erst mal genug Aufregung gehabt für 'ne Weile.«

»Ja, vielleicht ist das hier mein letztes LARP«, sagt Theo und wird dann ernst, weil wohl auch er rausgehört hat, wie das klingen könnte. Er schweigt einen Moment, bevor er mit rauer Stimme fragt: »Glaubst du dran, dass wir von diesem Ort alle heil wieder wegkommen? … Außer Ricarda natürlich.«

Wenn ich hier mit Julian gehen würde, wäre meine Antwort irgendwas möglichst Ermutigendes. Aber ich glaube, bei Theo kann ich ehrlich sein. »Ich weiß es nicht«, gebe ich zurück.

Theo nickt, sagt aber nichts mehr. Schweigend setzen wir unseren Weg fort. Ich spüre die Erschöpfung in meinen Gliedern, und jetzt ist da plötzlich wieder dieser pochende Schmerz in der Wunde an meiner Brust. Vielleicht sollte ich …

»Da!« Theo hält an und packt mich am Unterarm.

»Was?«

»Mann, da vorne«, raunt Theo und deutet mit dem Finger geradeaus.

Ich folge seinem Blick, und jetzt sehe ich es auch.

Weit vorne zwischen den Bäumen dringt ein gespenstisch grünes Leuchten hindurch. Ich schlucke trocken, mein Puls wird schneller. Was hat das zu bedeuten?

Tag 7, 18:39 Uhr, Wald, kurz vor der Lichtung.

Das feuchte Laub unter meinen Händen und meinem Oberkörper scheint mich einsaugen zu wollen wie Treibsand. Die nasse Kälte dringt durch meine Klamotten und lässt mich zittern. Trotzdem bleibe ich in dem kahlen Gestrüpp liegen, presse mich weiter dicht auf den Boden und kneife die Augen zusammen, um mehr erkennen zu können.

Die Lichtung ist erfüllt von dem grün flackernden Schein. Er wird gespeist von einer Reihe Fackeln, die in einem mir von hier aus nicht wirklich ersichtlichen Muster auf der freien Waldstelle angeordnet sind.

Mitten zwischen diesen Fackeln stehen mehrere Gestalten in langen schwarzen Kutten. Was machen die hier? Wie viele Fremde sind denn bloß noch an diesem grässlichen Ort?

Vier Schwarzgewandete mit dem Rücken zu uns zähle ich, und noch einen, der vor den anderen spricht. Er ist anders gekleidet, aber ich kann das in dem schummrigen Licht nicht so genau erkennen. Ich kann auch nicht hören, was er sagt. Wir müssen näher ran!

Ich tausche einen Blick mit Theo. Er nickt mir zu, scheint den gleichen Gedanken zu haben.

Es wäre viel zu riskant, die offene Fläche der Lichtung zu betreten. Ein Blick von ihrem Sprecher über die Schultern der anderen und er würde uns sehen.

Also kriechen wir durch das Unterholz am Rand der freien Waldfläche. Langsam, ganz langsam. Nur kein verräterisches Geräusch verursachen! Wir schaffen es, ein gutes Stück Weg zu machen, ohne dass die Gestalten auf der Lichtung etwas bemerken. Jedenfalls hoffe ich, dass sie nichts bemerkt haben.

»Da vorne«, flüstert Theo und deutet auf eine kleine Bodenwelle, hinter der wir sie wahrscheinlich gut beobachten können. Kurz davor wird das Unterholz etwas lichter, vielleicht sollte ich lieber schneller machen?

Nein, es bietet genug Tarnung. Wenn ich einfach so wie jetzt weitermache, schaffen wir es. Ich krieche vorwärts.

Und wenn sie schon längst wissen, dass wir hier sind? Wenn sie eigentlich nur darauf warten, dass wir möglichst nahe kommen? Gleich werden uns Hände von hinten aus der Dunkelheit packen, und dann blüht uns das gleiche Schicksal wie Ricarda.

Ich schiebe die Gedanken weg. Konzentriere mich nur auf die letzten Meter, der kalte Waldboden hat meine Hände mittlerweile zu schmerzhaft brennenden Eisklumpen verwandelt. Meine Muskeln sind müde und wollen mich runter ins Laub ziehen.

Weiter.

Die letzten paar Kriechbewegungen, dann sind wir da. Instinktiv ducke ich mich hinter die Bodenwelle, weil mir das ein kurzes Gefühl von Sicherheit gibt. Ich atme durch. Dann wende ich mich um und richte meinen Blick wieder auf die Geschehnisse dort auf der Lichtung.

Die Gestalt, die keine schwarze Robe trägt, ist nun viel besser zu erkennen. Es ist gar kein Er, sondern eine große Frau mit hagerem Gesicht. Über den Schultern … nein, über ihrem gesamten Körper hängen dunkelrote Felle. Ja, ihr ganzes Gewand ist anscheinend aus diesen Fellen gefertigt. Die Arme sind frei, und um die bleiche Haut kann ich eine Reihe goldener Ringe und mehrere dunkle Armbänder erkennen. In der Hand hält die Frau einen langen Dolch, dessen Parierstange die grünen Flammen punktuell spiegelt. Wahrscheinlich sind dort irgendwelche Steine eingelassen.

Doch was mir am meisten Sorgen macht, ist ein anderes Detail. Da – auf ihrer Stirn, da ist ein Zeichen. Es ist eingeritzt in die

Haut, glaube ich. Wieder kneife ich die Augen zusammen, bereits eine dunkle Vorahnung in der Brust. Es … Ja, ich hatte recht. Es ist das Zeichen des Gehörnten Gottes. Sie trägt eines der Wicca-Symbole, wie der Irre aus dem OP-Saal!

Ich keuche unterdrückt, Schwindel erfasst mich. Ich kann meinen Blick nicht von den in die Haut geschnittenen Linien nehmen. Plötzlich kommt es mir vor, als sauge es mich zurück in den OP-Saal. Als wäre ich wieder hilflos auf dem Stuhl fixiert. *Ich mache ein Kunstwerk aus dir.* Die rostige Klinge in meiner Haut. Ein heftiger Schmerz fährt durch die Wunde in meiner Brust.

»Hey!« Theo verpasst mir einen kräftigen Hieb in die Rippen. Das holt mich aus meinem Schock, und ich kann den Blick vom Gesicht der pelzbehängten Frau nehmen. Instinktiv schüttelt sich mein Körper. Der Schmerz von der Wunde an meiner Brust ist jetzt nur noch ein kräftiges Ziehen, aber auszuhalten.

»Was für eine dumme Harry-Potter-Scheiße«, murmle ich mit einem Anflug von verzweifeltem Humor.

»Was?«

Erst jetzt drehe ich mich zu Theo um, ich blicke ihm ernst in die Augen. »Erinnerst du dich noch, was ich über meinen Angreifer im OP-Saal erzählt habe?«, flüstere ich.

Theo nickt.

»Ich weiß nicht genau, wie, aber der Narbenmann aus der Lungenheilanstalt und die hier haben irgendeine Verbindung. Die Zeichen, die sie tragen, sind die gleichen.«

Wieder nickt Theo. »Meinst du, die gehören zur selben Gruppe?«

Bevor ich antworten kann, erklingt die Stimme der Pelzfrau volltönend über die Lichtung:

»Brüder und Schwestern. Ihr wisst so gut wie ich, wie lange wir uns diese schicksalhaften Tage des Wandels herbeigesehnt haben. Ihr wisst wie ich, welches Leid, welche Entbehrungen uns abverlangt wurden. Wir alle. Wir alle waren Ausgestoßene. Jeder Einzelne von uns wurde aus seinem angestammten Coven vertrieben. Wir alle wurden geächtet, weil wir die dunkle Seite der Göttin und des Gottes anerkannt haben. Weil wir gesehen haben, dass dies die mächtigere Seite der Magie ist. Sie haben gesagt, das sei nicht Wicca, das gehöre nicht zu ihnen. Und so haben wir uns gefunden, ein Coven der Ausgestoßenen. Ein Coven der Schwarzmagier.«

Die Pelzfrau macht eine Pause. In meinem Kopf rast es. Ohne es zu merken, habe ich während ihrer Worte den Atem angehalten. Schwarzmagier? Halten sich diese Leute wirklich für Zauberer? Und was machen die überhaupt hier? Sind sie am Ende sogar für den Mord an Ricarda verantwortlich?

Doch bevor ich den Gedanken weiterdenken kann, breitet die Pelzfrau die Arme aus und erhebt wieder die Stimme:

»All diese Wicca, die in einem geistigen Käfig leben. Sie wissen nichts. Wenn sie gesehen hätten, was wir gesehen haben – niemand von ihnen, niemand von diesen selbstherrlichen Ignoranten durfte ihm begegnen. Ihr wisst, von wem ich spreche.«

Ihr Blick schweift ab in die Finsternis zwischen den Bäumen, geht sogar über uns hinweg und ich ducke mich instinktiv. Aber natürlich kann sie uns von ihrem Punkt zwischen den Fackeln nicht sehen.

»Der Mann mit der heiligen Haut ist uns nicht ohne Grund erschienen«, spricht sie weiter. »Er ist zu uns gekommen, weil durch ihn der Gehörnte Gott zu uns spricht wie niemals zuvor. Er ist die Inkarnation der dunklen Seite des Gottes. Und wir, wir sind seine ergebenen Diener.«

Der Mann mit der heiligen Haut? Das … Damit kann doch nur einer gemeint sein. Kälte fasst nach mir. Und beinahe erwarte ich, dass der Narbenmann jeden Moment aus dem Unterholz heraustritt. *Ich mache ein Kunstwerk aus dir.*

»Schwestern und Brüder«, sagt die Pelzfrau. »Samhain rückt näher und näher. Der Tag der großen Opfer. An keinem anderen Tag ist die Trennung zwischen der unseren und der Geisterwelt so dünn. Der Mond wird bluten. Und wir sind vorbereitet. Just in diesem Moment haben unsere anderen Schwestern und Brüder bereits begonnen, die Energien des auserwählten Mädchens zu reinigen.«

Alva! Sie reden von Alva! Jetzt steht es fest, diese Wicca da sind für ihr Verschwinden verantwortlich. Und offensichtlich ist sie am Leben! Erleichterung will sich bei mir trotzdem nicht einstellen.

Von was für einer Art Opfer reden sie da?

»Noch ist Samhain nicht da, aber wir müssen uns jetzt schon mit jeder Faser unseres Körpers und unseres Geistes darauf vorbereiten. Das Mädchen wird der größte und machtvollste Tribut an den Gehörnten Gott sein, den wir ihm darbringen können. Und von nichts bin ich mehr überzeugt, als dass er uns dafür mit seiner dunklen Gnade überschütten wird. Der Mann mit der heiligen Haut hat das Blut gefordert, und wir werden es dem Gott bringen.«

Nein!

Das können sie unmöglich ernst meinen. In mir zieht sich alles zusammen. Sie können unmöglich Alva in einem Opferritual ermorden wollen! So etwas gibt es doch nicht in echt. Das ist doch … wie kann man denn nur so verrückt sein! Nun beginnt sich eine kraftvolle Wut in meinem Körper auszubreiten. Sie wollen Alva umbringen, sie denken, sie können hier mit uns machen, was sie wollen, ich werde diesen abartigen Kreaturen zeigen, wie das ausgeht. Ich …

»Hey!«

Theo packt mich am Unterarm. »Mann, Vanjo, du musst dich beruhigen, klar?«, zischt er mir zu. »Wir wissen noch immer nicht, wo Alva ist. Wenn du jetzt etwas Unüberlegtes tust, finden wir sie vielleicht nie.«

Theos Worte erden mich schlagartig wieder in der Realität. Er hat recht. Beinahe hätte ich Alvas Rettung mit meinen unkontrollierten Emotionen schon von vornherein versaut.

Vanjo, du darfst jetzt nicht den Kopf verlieren!

Ich zwinge mich, meinen Fokus wieder auf die Wicca-Leute zu richten.

»Heute, Schwestern und Brüder, wollen wir einen entscheidenden Teil zur Vorbereitung des großen Rituals beitragen«, sagt die Pelzfrau und beugt sich zur Erde hinab. »Und wir wollen der Göttin, die in der Kraft des Mondes heute für uns anwesend ist, die Ehre des Blutes erweisen. Auf dass sie uns nicht zürnt, wenn wir, nach dem Wunsch des Mannes mit der heiligen Haut, Samhain dem Gehörnten widmen.«

Erst jetzt erkenne ich, dass vor ihr eine schmale Grube ausgehoben ist, aus der sie nun etwas heraushebt. Etwas Großes … Zuckendes.

Mit überraschender Leichtigkeit hält sie einen jungen Rehbock in die Höhe. Sie hat ihn im Nacken gepackt, dort, wo eine Hündin ihren Welpen tragen würde, und streckt ihn den anderen Wicca entgegen. Die Vorder- und Hinterläufe des Tieres sind jeweils zusammengebunden. Hilflos ruckt er mit ihnen in der Luft. Die großen dunklen Augen sehen panisch umher.

Die Pelzfrau hebt ihren Dolch und streckt ihn dem Mond entgegen. Sie hebt die Stimme, ihre Worte formt sie in einem melodischen Singsang:

»Sichel der sternenklaren Himmel,
Blüte der fruchtbaren Ebene,
Strömung des seufzenden Ozeans,
Gesegnete des sanften Regens,
Höre unsere Rufe inmitten der flackernden Nacht,
Öffne uns deines mystischen Lichts,
Erwecke uns mit deinem silbernen Kuss,
Und nimm unsere demütigen Gaben.«

Sie muss den anderen Wicca ein Zeichen gegeben haben, denn nun treten sie vor. Sie greifen nach dem Rehbock. Einer von ihnen durchtrennt die Fesseln an seinen Läufen, doch das gibt dem Opfertier trotzdem keine Chance. Gemeinsam drücken die Wicca seinen Körper rücklings auf den Boden. Einer streckt den Kopf nach hinten, sodass die Kehle des Rehbocks entblößt ist. Das Tier scheint nicht mal mehr panisch, es zuckt nur noch leicht gegen die erbarmungslosen Hände, die es am Boden halten.

»Du, die du uns und alles geboren hast,
Nimm dieses Blut dir zu Ehren,
Auf dass es diese Erde befruchte,
Wie auch der Gehörnte sein eigen Leben in dir pflanzt,
Luna, Luna, Luna, Luna, Diana
Luna, Luna, Luna, Luna, Diana …«

Die letzten Worte wiederholt sie nun immer wieder mit monotoner Stimme. Die anderen Wicca setzen ein. In Wellen schwingen ihre Stimmen über die Lichtung, während die Pelzfrau ihre Hände in fließenden Bewegungen um die Klinge des Dolches bewegt.

Ich halte es kaum noch aus, da überhaupt hinzuschauen.

Sie werden das Tier ausbluten lassen. Bis zum letzten Tropfen.

Und der nächste Gedanke trifft mich wie ein Pfeil mitten in die Brust. Das ist auch das, was sie mit Alva vorhaben.

Die Pelzfrau beugt sich zum Rehbock hinab und setzt die Klinge an. Die Wicca verstummen, und unvermittelt legt sich Stille über die Lichtung, so absolut, als würde jetzt tatsächlich der ganze Wald mit gebanntem Atem dem Opfer für die Göttin lauschen. Nur ein kurzes unterdrücktes Keuchen des Rehbocks ist zu hören, als er sich in einem letzten Aufbäumen gegen die vier Wicca stemmt, die niedergekniet sind und ihn festhalten. Aber keine Chance.

Eine plötzliche Übelkeit erfasst mich. Sie ist so heftig, dass sich mein Magen in einem Krampf zusammenzieht. Ich krümme mich, greife mir an den Bauch, als unter meinem Ellenbogen plötzlich ein lautes Knacken erklingt. Ich erstarre.

Da muss ein großer morscher Ast direkt neben mir gelegen haben, den ich nicht gesehen habe. Theo schaut genauso entsetzt, wie ich mich fühle. Auch er bewegt sich keinen Zentimeter.

»Was war das?«, fragt die Pelzfrau.

Sie hat sich aufgerichtet und den Dolch sinken lassen. Ihr Blick sucht in der Dunkelheit des Waldes, sucht nach uns.

Scheiße!

Verdammte Scheiße, sie müssen uns gehört haben. Das kann doch einfach nicht wahr sein. Auch zwei der anderen Wicca haben sich jetzt erhoben, sie alle suchen mittlerweile das Unterholz mit ihren Augen ab. Wir müssen hier so schnell wie möglich weg!

Aber sie können uns von dort doch unmöglich hinter unserer Deckung sehen. Sie stehen im Fackellicht, wir sind im Dunkeln. Vielleicht verraten wir uns erst recht, wenn wir uns jetzt bewegen.

Ich tausche einen schnellen Blick mit Theo. Er sieht genauso unentschlossen aus.

Die Pelzfrau hebt den Zeigefinger ihrer freien Hand. Ihre Nägel sind spitz zulaufend wie Krallen. Sie deutet auf die Dunkelheit ein gutes Stück von uns entfernt. Ihre Augen drehen sich nach oben, ihr Finger schwenkt zur Seite. Langsam, langsam, sie kann uns unmöglich sehen!

Sie hält inne. Der Finger zeigt exakt auf die Bodenwelle, hinter der wir kauern.

»Feinde«, sagt sie mit überraschend tiefer Stimme.

Wir sind geliefert.

Im nächsten Augenblick setzen sich schon zwei der schwarzgewandeten Gestalten in Bewegung.

Da plötzlich kommt Leben in den Rehbock, der nur noch von zwei abgelenkten Wicca gehalten wird. Er blökt auf, strampelt kräftig mit den Beinen, reißt seinen Kopf herum. Ein Dolch, den einer der Wicca soeben gezogen hat, schlitzt seinen Unterbauch auf. Aber er kommt frei. In Sekundenschnelle springt er auf und prescht in den Wald.

Die Wicca fahren herum, selbst die Pelzfrau nimmt den Fokus von unserem Versteck.

Jetzt oder nie. So schnell und trotzdem so vorsichtig wie möglich krieche ich rückwärts. Noch so ein knackender Ast und sie werden uns sofort wieder auf dem Schirm haben. Wir müssen diese paar Augenblicke nutzen!

Tiefer ins Unterholz. Längst kann ich nur noch den grünen Schein über die Lichtung flimmern sehen, nicht mehr die Wicca. Zögern sie? Sind sie dem Rehbock nach? Oder sind sie schon längst ausgeschwärmt und kreisen uns ein in diesem Wald, den sie sicher so viel besser kennen als wir?

Gänsehaut zieht sich über meinen Rücken. Ich kann das Zittern meines Körpers nicht verhindern, das mich schon längst nicht mehr nur wegen dem kalten, nassen Laub unter mir gepackt hat.

Rückwärts, rückwärts. Keinen falschen Laut. Mittlerweile höre ich sogar Theo neben mir gepresst atmen. Auch dem LARP-Profi setzt das hier zu.

Noch ein gutes Stück bewegen wir uns einfach rückwärts. Beide haben wir den Blick auf die Bodenwelle gerichtet – in der Erwartung, dort jeden Moment dunkle Silhouetten zu sehen, die uns gefolgt sind. Aber niemand erscheint. Ich glaube, wir sind jetzt weit genug weg. Theo und ich tauschen einen Blick, er nickt.

Vorsichtig richten wir uns auf. Es geht nicht ganz ohne Geräusche. Aber ich hoffe einfach, dass der Abstand groß genug ist. Los, zu Fuß weiter, keine Zeit verlieren. Meine Beine gehorchen mir nur widerwillig, und ich trete geradezu unsicher auf.

Wir schlagen uns in die Finsternis des dunklen Waldes. Erst mal nur weg von dem grünen Licht, alles andere können wir danach ordnen.

Aber was, wenn das unsere einzige Fährte ist?, denke ich plötzlich, während wir immer schneller durch den Wald rennen. Mein Kopf ist heiß. Was, wenn wir gerade unsere einzige Chance vertun, Alva zu retten?

»Theo, warte mal«, keuche ich. Theo hält an.

»Was ist?«, flüstert er und sieht sich um. »Hast du etwas gehört?«

»Nein, ich …«, beginne ich, als mich plötzlich Hände aus der Dunkelheit greifen.

Tag 7, 19:24 Uhr, Wald.

Kraftvoll werde ich zu Boden gerissen. Ein harter Aufprall auf dem weichen Untergrund, die Luft wird aus meinem Körper gepresst. Jemand Großes ist über mir, sein Körper drückt mich zu Boden, eine Faust hebt sich.

»Mark! Hör auf!« Iras Stimme. Was zum …? »Das ist Vanjo!«

Die Faust löst sich. Der große Kerl lässt mich frei.

»Oh Mann, entschuldige«, sagt Mark und richtet sich auf. Er hält mir seine Hand hin.

Ich nehme sie nicht, ich muss mich erst mal kurz ordnen und bleibe auf dem Waldboden sitzen. Luft holen. Meine Brustwunde zieht schon wieder.

»Ich dachte, du wärst Paul.«

»Dann hättest du schneller zuschlagen müssen«, sage ich.

Ich wische mir ein paar feuchte Laubblätter vom Oberkörper und lasse mir von Ira hochhelfen, die neben mich getreten ist. Ihre Hände sind kalt. Ich umarme sie, löse mich aber schnell wieder von ihr. Wir haben nicht viel Zeit.

»Was macht ihr hier?«, frage ich. »Ihr wolltet doch zurück zu eurer Gruppe und euch vor Paul verstecken, wie besprochen.«

»Wie besprochen?«, fragt Theo. Er ist einen Schritt zurückgetreten und beäugt die beiden misstrauisch, vor allem Ira.

Mark ignoriert seinen Einwand und nickt. »Das sind wir auch, aber die sind uns schon auf halbem Weg entgegengekommen, weil sie irgendwelche grünen Lichter gesehen haben, die sich durch den Moorwald bewegt haben.«

»Konntest ja eigentlich nur du dahinterstecken.« Bennys Gestalt schält sich aus der Finsternis, neben ihm Henrike.

Im Dunkel des Waldes kann ich Henrike kaum erkennen, und sie hebt auch nur die Hand zum Gruß. Trotzdem macht mein

Herz irgendwie einen kurzen Sprung. Und da ist noch ein anderes Gefühl. Habe ich sie vermisst?

»Wir haben die Lichter verloren, als wir in die sumpfigeren Bereiche des Moorwaldes kamen und ein paar der Morastflächen umgehen mussten«, setzt sie den Bericht von Mark fort. »Und, na ja … dabei haben wir auch ein bisschen die Orientierung verloren. Als wir dann plötzlich jemanden durchs Unterholz kommen hörten, waren wir uns alle einig, dass das nur Gefahr bedeuten konnte.« Jetzt kommt sie doch einige Schritte näher und legt mir eine Hand auf den Unterarm. »Was macht ihr denn überhaupt hier?«

Mir ist ein bisschen schwindlig. Der lehmige Untergrund ist zerwühlt von Marks Angriff. Irgendwie sieht der Boden weiter entfernt aus als normal. Ich bin froh, dass Theo das Wort ergreift: »Erst mal sollten wir uns schnell wieder in Bewegung setzen. Es … Es könnte sein, dass man noch hinter uns her ist.«

»Was?!«, fragt Ira entsetzt. Vielleicht denkt sie dabei auch an Paul.

»Na kommt schon«, meint Theo ungeduldig, und ohne Widerrede eilen alle los, weiter in die Richtung, in die Theo und ich eben schon gelaufen sind. Die Schritte fallen mir nach Marks Angriff viel schwerer. Ich kann froh sein, dass Theo noch weiterredet, und wir deswegen nicht zu schnell machen.

»Wir haben die grünen Lichter gefunden, die ihr verloren habt«, führt er jetzt aus. »Sie kamen von Fackeln mit komischen Flammen. Wir konnten sie sehen und diejenigen belauschen, zu denen sie gehörten.«

»Was? Wer war das? Und wie viele?«, fragt Ira.

»Und warum wart ihr überhaupt im Wald?«, fügt Henrike noch hinzu und sieht sich nach hinten um.

Theo und ich gehen schweigend weiter. Wir tauschen einen

kurzen Blick, sehen dann zu Boden. Von Theo kommt nichts, es ist jetzt wohl an mir, weiterzureden.

»Sie haben Alva«, sage ich leise.

»Sie haben was?!«, keucht Benny.

Ich will antworten, ich will es wirklich. Aber mir ist so schwindlig. Ich setze an, bekomme keinen weiteren Ton raus. Zum Glück ist Theo da. Offensichtlich hat er sich entschieden, sein Misstrauen gegenüber Ira für die Rettung von Alva erst mal zurückzustellen: »Anscheinend gibt es hier neben uns noch eine Gruppe. So Leute, die sich als Hexen sehen. Wicca nennen die sich. Wir haben fünf gesehen. Aber es gibt wohl noch mehr.«

»Wicca?«, fragt Henrike entgeistert. »Dann waren die Symbole in der Anstaltsmauer von ihnen?«

Augenblicklich sind auch die anderen in Aufruhr. Sie umhüllen uns jetzt wie eine Traube, während wir vorangehen. Fragen prasseln auf uns ein. Aber ich muss nur daran denken, dass die Pelzfrau jetzt vielleicht gerade vor Alva steht und sie ihrem Gott verspricht.

Theo übergeht die vielen Fragen und berichtet einfach weiter. »Sie haben irgendetwas geredet von einem Ritual zu Ehren ihrer Gottheit. Sie wollten einen Rehbock für eine Göttin opfern. Aber das sollte wohl nur so eine Art Vorbereitung sein auf einen wichtigen Tag. Sie nennen ihn Samhain.«

Henrike zieht bei dem letzten Wort scharf die Luft ein. Doch sie sagt nichts. Gänsehaut läuft in immer neuen Wellen über meinen Rücken.

»Wenn ich das richtig verstanden habe«, spricht Theo stockend weiter, »dann wollen sie an Samhain ihr größtes Opfer bringen. Sie … Sie wollen Alva opfern.«

Ein unterdrückter Schrei des Entsetzens. Weit aufgerissene Augen. Unruhe. Und wieder gehen sie mit Fragen auf uns los.

Ich höre kaum zu, schaffe nur noch die Schritte vorwärts, mein Kopf rauscht, mir ist heiß und kalt. Ich versuche mich zu erinnern. An was? Da war irgendetwas. Ja, ich habe angehalten, weil ich die Spur nicht verlieren wollte. Ich wollte umdrehen, damit wir die Spur der Wicca nicht verlieren. Damit es noch eine Chance gibt, Alva zu retten. Wir …

»Vanjo? Vanjo, alles okay mit dir?« Ira ist vor mich getreten und stehen geblieben. Sie sieht besorgt aus. Ich habe sie und die anderen überhaupt nicht mehr wahrgenommen.

»Wir müssen sie retten«, murmle ich, meine Lippen sind ganz schwer. Mir ist so schwindlig.

Weitergehen. Aber Ira bleibt vor mir stehen und hält mich damit auf. Sie fühlt mir mit einer Hand die Stirn. »Scheiße, Vanjo, du glühst.«

Ich will nach ihrer Hand greifen, aber ich bekomme sie irgendwie nicht zu fassen. Die anderen kann ich nicht mehr richtig sehen. Sie verschwimmen im Dunkel.

»Wir müssen zurück«, krächze ich. »Damit wir ihre Spur nicht verlieren. Wir …«

Jetzt verschwimmt auch Ira vor meinen Augen. Meine Ira, ich …

Tag 7, 19:58 Uhr, Lagerschuppen.

Die Welt ist noch undeutlich, während ich blinzelnd die Augen öffne. Dann allmählich nimmt sie feste Formen an. Ich schaffe es, die Lider offen zu halten. Da sind die grauen Wände des Lagerschuppens. Und da ist Ira. Henrike, Tim, Theo, Julian, Mark, Benny.

Meine Kehle ist staubtrocken. Ich versuche, mich zu räuspern, aber es klappt nicht. Mein Kopf fühlt sich irgendwie geschwollen an. Am liebsten würde ich mich übergeben, aber auch das kommt mir gerade zu anstrengend vor. Also blicke ich einfach leer zu den anderen und lausche.

Tim, der dann ja wahrscheinlich zusammen mit Julian noch vor uns zum Schuppen zurückgekehrt ist, redet gerade mit deutlichen Gesten: »Es ist mir egal, wer oder was da draußen ist. Ich habe gesehen, was ich gesehen habe, und ich werde mich nicht in der Nähe von Ira aufhalten. Sie hat hier nichts verloren.«

»Du kannst auch mit mir direkt reden, klar?«, gibt Ira aufgebracht zurück.

»Du bist eine Mörderin, verschwinde!«, feuert Tim ihr entgegen.

»Boah, Alter, jetzt halt mal die Fresse!« Benny macht einen Schritt auf Tim zu. »Mir war ja schon klar, dass du ein Trottel bist, als wir uns wegen dir hierher zur Anstalt verlaufen haben. Aber wie hirnlos kannst du denn noch sein? Anscheinend ist da ein Haufen Irrer draußen in den Wäldern. Ganz sicher kann da eine auch Ira ähnlich sehen.«

Tim macht ebenfalls einen Schritt auf Benny zu, noch einen. Er baut sich vor ihm auf. »Wie redest du eigentlich mit mir, du kleiner Wicht?«

Benny bleibt stehen und schaut völlig unbeeindruckt zu Tim hoch. Die gehen jeden Moment aufeinander los.

Plötzlich schiebt Mark sich dazwischen. Nicht brutal, aber sehr bestimmt drückt er beide mehrere Schritte nach hinten. »Wir haben keine Zeit für das hier. Wir wären vielleicht nicht in dieser Situation, wenn wir uns bei der Verhandlung vorm Schuppen alle ein bisschen mehr zusammengerissen hätten«, sagt er mit lauter Stimme. »Die Wicca wissen, wo wir uns aufhalten. Sie könnten jeden Moment hier auftauchen. Tim, du bist mit deiner Meinung mittlerweile alleine. Also hör bitte auf, denk mit an einem Plan oder verschwinde sofort von hier.«

Das war mal 'ne Ansage. Hilfe suchend guckt sich Tim nach Julian und Theo um. Aber Theo erwidert seinen Blick nur mit stoischer Ruhe, und Julian schaut betreten zu Boden.

Tim atmet zwei Mal tief durch. Ich kann richtig sehen, wie viel Überwindung ihn die nächsten Worte kosten, die er mehr rauspresst als spricht: »Was ist der Plan?«

»Wir müssen irgendwohin, wo Vanjo sich ausruhen kann«, schaltet sich Henrike ein. »Seine Wunde wird sonst nicht verheilen und sich noch übler entzünden.«

Sie schaut zu mir rüber, stockt. »Du bist ja wach.«

Sofort eilt sie zu mir und kniet sich neben mich. Schon wenige Sekunden später sind auch Ira und Mark da.

»Warum sagst du denn nichts?«, fragt Henrike.

»Ich ...«, krächze ich und versuche noch mal erfolglos, mich zu räuspern. »Ich musste nur ein bisschen durchatmen.«

Wenigstens die paar Worte gingen.

»Schnell, gebt ihm was zu trinken«, meint Henrike, und hastig holt Julian eine Wasserflasche. Henrike setzt sie mir an den Mund. Das kalte Wasser benetzt meine Lippen, meine Zunge, rinnt meine Kehle hinab. Alter, tut das gut.

»Mehr!«, sage ich, als Henrike absetzt.

»Nicht zu viel auf einmal«, antwortet sie entschieden. »Wir brauchen jetzt erst mal einen Plan für dich.«

»Mir geht's schon viel besser.«

»Unsinn, wir haben dich den restlichen Weg durch den Wald *getragen*, weil du das Bewusstsein verloren hast, so übel gings dir. Und du siehst immer noch halb tot aus, Vanjo«, antwortet Henrike.

Ich drücke mich weiter hoch, und trotz der Proteste von Henrike versuche ich ganz langsam aufzustehen. Ira ist an meiner Seite und hakt sich unter meine Schulter, um mir hochzuhelfen. Ich versuche, dabei meine linke Seite nach Möglichkeit überhaupt nicht zu bewegen. Dort spüre ich zum Glück im Moment nur ein dumpfes Pochen, aber keine großen Schmerzen. Das kann gerne noch eine Weile so bleiben.

Als ich oben bin, humple ich mit Iras Hilfe ein paar Schritte vorwärts, sodass ich mit in der Gruppe stehe. Henrike sieht wütend aus, aber sie gibt mir noch einen Schluck zu trinken.

Ich schaue in die Gesichter der anderen. Ja, wahrscheinlich bin ich der Fertigste hier. Aber sie sehen auch allesamt abgekämpft aus. Ich versuche mit so kräftiger Stimme wie möglich zu sprechen, es gelingt nur halb: »Wir brauchen keinen Plan für mich, wir brauchen einen Plan für Alva. Es könnte jeden Moment zu spät für sie sein.«

»Samhain fällt bei den Wicca auf den letzten Tag des Oktobers«, gibt Henrike zurück. »Es sind noch zwei Tage bis dahin.«

Mark nickt. »Wenn wir Alva retten wollen, müssen wir jetzt erst mal uns in Sicherheit bringen.«

Ich schüttle energisch den Kopf, was ein leichtes Ziehen in meiner Brust auslöst. *Vorsichtig.* »Und was, wenn denen da draußen die Tage nicht so wichtig sind?«, frage ich. »Was, wenn sie das

Ganze einfach vorziehen? Ihr habt sie doch nicht mehr alle, wie konntet ihr mich überhaupt von dort wegbringen? Vielleicht finden wir die Spur jetzt nie wieder!«

Plötzlich packt erneuter Schwindel nach mir. Aber ich unterdrücke ihn, so gut es geht.

Ich spüre, wie Henrike eine Hand auf meinen Unterarm legt, eine zweite auf meinen Handrücken. Warm und sicher. »Vanjo, können wir nicht sofort einen Plan machen, wenn wir erst mal hier aus der Schusslinie sind? Bevor noch jemand in deren Hände gerät.«

Mit dem letzten Satz hat sie mich. *Verdammt, Henrike, warum kannst du so was so gut?* Ich bin mir trotzdem nicht sicher. Ich verstehe die anderen ja schon, aber … Alva.

Wie von selbst findet mein Blick den von Ira. Sie sieht meine unausgesprochene Frage, zögert einen Moment, dann nickt sie. Das Ganze wundert mich selbst, so haben wir nur früher immer unsere Entscheidungen getroffen. Irgendwann haben wir es sein lassen, uns abzustimmen.

Ich wende mich wieder der Gruppe zu, hole tief Luft. »Also gut.«

»Wo könnte denn ein sicherer und auch ein bisschen vor der Kälte geschützter Ort sein?«, überlegt jetzt Theo.

»Und ein Ort, wo sie uns nicht vermuten«, fügt Julian hinzu.

»Wir könnten uns tiefer in die Anstalt zurückziehen«, schlägt Theo vor.

»Auf gar keinen Fall.« Julians Gesicht wird offensichtlich nur bei dem Gedanken schon dreißig Prozent blasser.

»Und was ist mit den anderen Gebäuden, die wir noch gar nicht erkundet haben? Weiter hinten, wo der Wald schon deutlich über die Mauern wuchert«, überlegt Theo weiter. »Irgendwo weiter hinten ist doch zum Beispiel ein Gebäude, das wir noch nicht erkundet haben – wahrscheinlich waren das früher die Schwesternquartiere. Die wären vielleicht besser zu überblicken als das große Haupthaus, aber wir wären trotzdem viel sicherer vor einem Angriff der Wicca als hier.«

»Und wenn die noch baufälliger sind als die Anstalt selbst?«

»Und wenn das der eigentliche Unterschlupf von dem Tattoo-Mann ist?«

»Oder die Wicca dort ihr Lager haben?«

Ich kann kaum noch auseinanderhalten, wer was sagt, so schnell feuert hier einer nach dem anderen.

»Ich glaube nicht, dass sie ihr Lager hier auf dem Anstaltsgelände haben«, gibt Mark jetzt zu bedenken.

»Es ist trotzdem zu riskant.« Ira sagt das mit dieser Entschiedenheit, die ich vor unseren Erlebnissen in der Anstalt noch gar nicht richtig von ihr kannte. »Wir wissen nicht, was uns dort erwartet. Und wir haben Vanjo dabei. Das Risiko können wir nicht eingehen.«

»Und wenn wir Späher vorschicken?«, meint Benny.

»Dazu haben wir keine Zeit«, erwidert Ira.

Erneutes Schweigen legt sich über die Gruppe, alle denken angestrengt nach.

Mir fällt auf, dass niemand das Argument gebracht hat, irgendwo hinten, versteckt in den Schwesternhäusern, würden uns die Suchtrupps der Polizei vielleicht nicht finden können. Anscheinend geht niemand mehr davon aus, dass Hilfe von außen uns aus diesem Albtraum retten wird. Ein Schaudern läuft über meinen Rücken, das rein gar nichts mit meinem Fieber zu tun hat. Ich glaube es ja auch nicht.

Egal jetzt. Ich versuche ebenfalls an einer Lösung mitzudenken. Aber da ist immer noch so ein Druck auf meinem Kopf, und langsam merke ich auch, wie das Stehen anstrengend für mich wird, ich …

»Was ist denn mit dem Bunker?«

Es ist Tim, der den neuen Vorschlag macht. Diesmal gibt es allerdings nicht gleich Widerspruch. Ich sehe, wie Mark sehr skeptisch dreinblickt, wie auch Julian überlegt, etwas zu sagen. Aber es kommt nichts. Auch ich finde den Vorschlag nicht schlecht. Ich verstehe schon – wenn man uns da findet, dann gibt es keinen Fluchtweg. Aber der Bunker ist eigentlich gut verborgen. Außerdem ist es dort bestimmt wärmer als hier. Und mir ist schon wieder so kalt.

Die anderen diskutieren noch kurz über den Vorschlag, doch ich höre nicht richtig hin. Ich schlottere vor Kälte und mein Kopf drückt. Ich strauchle ein wenig. Aber da ist Ira, sie stützt mich wieder.

»Im Bunker bist du sicher«, sagt sie. »Dann kümmern wir uns um diese fiese Wunde.«

Ich nicke, weiß aber nicht, welche Wunde sie meint. Wir setzen uns in Bewegung, zum Bunker. Ach so, die Wunde an meiner Brust, na klar. Gerade fühlt sie sich ganz taub an. Aber selbst mein fiebriger Kopf weiß plötzlich wieder, dass da der ganze Schmerz herkommt. Ich versuche mich einfach aufs Laufen zu konzentrieren, während wir den Lagerschuppen verlassen und über das Gelände eilen.

Und es kommt mir vor, als ob im Tor der Anstaltsmauer ein Mann mit Narben auf der Haut steht und mir zuwinkt.

Tag 7, 20:51 Uhr, Lungenheilanstalt, Bunker.

Ich muss geschlafen haben. Wie lange, weiß ich nicht.

Vorsichtig atme ich durch, kein stechender Schmerz in der Brust, nur das altbekannte Puckern. Auch der Druck in meinem Kopf hat nachgelassen. Trotzdem fühle ich mich zerschlagen. Mir ist klar, dass ich alles andere als über den Berg bin.

Das schwache, kalte Licht einer einzelnen Handytaschenlampe hellt den kleinen Raum auf, in dem wir uns befinden. Ich sehe die leeren Regale, die steilen Betonwände, die Leiter, die nach oben führt. Selbst liege ich auf der unteren schmalen Pritsche. Am Fußende sitzt Henrike, sie hat gemerkt, dass ich wach bin, und wartet geduldig.

Anscheinend haben wir es wohlbehalten in den Bunker geschafft.

Ja, da sind auch Erinnerungen. Hastige Schritte, geduckte Körper, das Rascheln von Laubresten, die von Sträuchern fallen. Und das Bild vom Mann mit der heiligen Haut. Das habe ich nicht vergessen. Völlig egal, ob es echt war oder nicht. Er ist echt, und er ist es, den die Wicca als Botschafter ihres Gottes verehren. Wird er auch zum Ritual von Alva erscheinen?

Der Gedanke verursacht mir augenblicklich Übelkeit. Ich packe Henrike am Handgelenk.

»Wir …«

»Keine Sorge. Wir haben uns alle ein wenig ausgeruht und dann mit der Taktikbesprechung nur noch gewartet, bis auch du wach bist. Wir legen jetzt direkt los, okay?«

»Okay.«

Die anderen haben sich bereits um meine Pritsche geschart. Ich sehe in erschöpfte Gesichter. Und plötzlich fühle ich eine heftige Verbundenheit mit allen, die da stehen. Seit Tagen kämpfen wir, jeder auf seine Weise, aber jeder kämpft. Seit wir hier sind, kam eine Herausforderung nach der anderen. Und noch haben wir uns nicht unterkriegen lassen.

Mark beginnt: »Also, ich glaube, uns allen ist klar, was unsere oberste Priorität ist. Wir müssen Alva da wohlbehalten wieder rausbekommen, koste es, was es wolle.«

Da sind wir wohl auf einer Linie. Vielleicht war ich auch bei Mark einfach zu lange zu skeptisch.

»Und was ist mit Paul?«, wirft Tim jetzt ein. »Er ist ja genau zur selben Zeit verschwunden. Er sollte dann genauso Priorität haben.«

»Paul ist nicht gefangen, sondern gefährlich«, feuert Ira dagegen.

Tim sieht sie nur mit verkniffenem Mund an: »Ja, das kann ich mir denken, dass du das sagst. Was für ein Zufall, dass du und dein Bruder euch da so einig seid!«

Wütend starren sich die beiden an, als würden sie jeden Moment aufeinander losgehen. So viel zur Verbundenheit. Am liebsten würde ich selbst aufstehen und Tim mal schön ein paar Takte erzählen. Aber ich bin froh, dass die Schmerzen für einen Moment etwas weniger sind, und wahrscheinlich würde ich vor Tim direkt wieder zusammenklappen.

Ich sehe Ira an. Sie scheint wirklich vor Wut zu kochen, ihre Fäuste sind geballt, und ihr Gesicht ist richtig verkrampft. Würde mir wahrscheinlich genauso gehen, wenn man mir so etwas vorwerfen würde.

»Okay, Leute«, sagt Mark jetzt in diplomatischem Tonfall. »Vielleicht einigen wir uns einfach darauf, dass wir nicht sicher wissen, ob Paul nun auch in den Fängen der Wicca ist. So oder so wird unsere Taktik doch wahrscheinlich eine ähnliche sein. Wir müssen ihr Versteck ausfindig machen und dann die Gefangene oder die Gefangenen irgendwie da rausholen, oder was meint ihr?«

»Und wie?«, fragt Julian.

Niemand antwortet. Auch ich weiß nicht, was das Beste wäre. Oder wie das überhaupt funktionieren soll.

»Ich meine, die sind bewaffnet«, spricht Julian weiter. Seine Stimme hat wieder diesen leicht schrillen Unterton, den sie zu Anfang hier immer hatte. »Die suchen nach uns. Und ... ich weiß, was ihr jetzt wieder von mir denkt, aber im Ernst: Wir wissen nicht, ob die wirklich irgendwelche *Fähigkeiten* haben.«

»Julian ...«, beginnt Tim, aber er bricht ab, weil ihm anscheinend auch keine schlaue Antwort einfällt. Wieder hüllt sich der Raum in Schweigen.

»Also, wenn wir uns mal das Gesamtbild angucken ...«, ergreift Julian wieder das Wort. Er spricht jetzt weniger ängstlich, sondern eher analytisch. »Dann sind sie vielleicht das entscheidende Puzzleteil für das Rätsel um die Anstalt und das alles hier. Mal ehrlich: Irgendwelche Kräfte halten uns hier an diesem Ort fest. Keiner von uns kann ja wohl noch behaupten, dass es eine ganz normale Erklärung hierfür gibt. Und wer sagt denn, dass die Wicca nicht diese Kräfte sind, die uns hier festhalten? Oder sie zumindest entfesselt haben.«

»Ich weiß ja nicht, Julian – Hexen?« Benny runzelt die Stirn. »Was du sagst, macht schon irgendwie Sinn, aber das ist doch zu abgedreht.«

»Aber die sind doch nicht einfach zufällig hier«, erwidert Julian.

»Vielleicht sind sie ja auch nur Akteure in einem größeren Spiel«, meint Ira. »Die Fremden aus der Anstalt, die seltsamen Geräusche im Wald, die immer zurückführenden Wege, die Stimme im Funkgerät, jetzt diese Wicca. Vielleicht ist keiner davon die alleinige Ursache, aber alles ergibt ein größeres Bild, das wir noch nicht erkennen. Ich kann mir nicht vorstellen, dass es jetzt alles an denen liegt, weil sie Magie beherrschen.«

»Das finde ich auch«, pflichtet Mark ihr bei. »Wir haben die Wicca nicht zaubern gesehen, und bis dahin sollten wir davon ausgehen, dass es ganz normale Menschen sind, die hier als eine Sekte leben. Alles andere wäre überhaupt nicht rational.«

»Ja ja, macht nur weiter mit euren Verharmlosungen.« Jetzt ist Julians Stimme wieder deutlich schriller. »Haben wir ja gesehen, wo uns das hingebracht hat. Deswegen ist jetzt R…« Julian schließt den Mund und schnaubt. »Wieso könnt ihr nicht ein Mal das ganze Risiko begreifen?!«

Da schaltet sich Theo ein, er scheint Julians Angriff ganz bewusst zu übergehen: »Henrike, du wusstest das mit diesem Ritualtag von denen.«

Henrike nickt. »Samhain.«

»Samhain«, wiederholt Theo. »Du scheinst dich wirklich gut damit auszukennen, kann das sein?«

»Ja, schon. Ich habe mich mal ganz schön intensiv damit beschäftigt, weil … na ja, das ist privat.«

Theo sieht sie einen Moment forschend an. Er verdächtigt doch jetzt nicht etwa Henrike, dass … aber nein, so sieht er nicht aus. Offensichtlich will er auf etwas anderes hinaus. »Okay, sehr gut«, sagt er. »Was weißt du noch alles über diesen Hexenkult?«

Henrike holt tief Luft. »Schon einiges, aber ich kann nicht garantieren, dass es stimmt.«

»Macht nichts, erzähl es uns trotzdem«, meint jetzt Ira.

»Also gut. Wicca ist eine Naturreligion mit sehr alten Wurzeln, die aber erst seit ein paar Hundert Jahren so ein richtiges Label hat. Also vorher waren das eher so undefinierte Natur-Magie-Religionen, die dann sozusagen unter dem Begriff zusammengefasst wurden. Wicca ist eine Religion von Hexen und Hexern. Sie glauben, dass sie in der Lage sind, Magie zu wirken. Aber eigentlich ist das oberste Gebot – wenn man das bei denen denn so nennen kann –, dass man nie, nie, niemals jemandem mit seiner Magie schadet. Die sehen sich wirklich ganz klar als Weißmagier und eigentlich als Verehrer der Natur, die die Welt besser machen wollen.«

»Aber sie glauben schon, dass es auch schwarze Magie gibt?«, hake ich nun nach.

Henrike nickt. »Ja, aber damit wollen sie eigentlich nichts zu tun haben.«

»Diese hier wohl schon«, sage ich. »Deswegen sind sie ja überhaupt hier.«

»Wie meinst du das?«, fragt Henrike.

Ich schaue zu Theo, der redet für mich weiter: »Als wir sie belauscht haben, hat ihre Anführerin gesagt, dass sie alle Ausgestoßene sind, die sich zu einem eigenen … Coven … zusammengeschlossen haben.«

»Okay, dann macht das Sinn«, erwidert Henrike. »Ein Coven ist ein eigenständiger Hexenzirkel. Die typische Anzahl von Mitgliedern ist neun. Und die hier sind dann wohl komplett von den anderen Wicca abgekoppelt.«

»Und … Und was ist das jetzt mit diesem Samhain?«, fragt Julian.

Henrike blickt nachdenklich vor sich hin. »Es gibt Tage im Kalender der Wicca, die sie als besonders machtvoll und gut für das Wirken von Magie ansehen. Vollmondtage und einige andere. Einer davon ist Samhain, am 31. Oktober. Es … Na ja, in ihrem Glauben gibt es eine binäre Göttlichkeit, die Göttin und den Gehörnten Gott. Im Jahresverlauf wird der Gott von der Göttin geboren, dann vereint er sich mit ihr, um daraufhin wieder zu sterben und erneut von ihr geboren zu werden. Samhain ist das Abschiednehmen vom Gehörnten Gott, der ja aber wiedergeboren wird. Doch wegen diesem Tod ist … dieser Tag auch der Tag des Todes und der Opfer. Wenn ich als Wicca schwarze Magie wirken wollen würde, würde ich mir auch genau diesen Tag für ein großes Ritual aussuchen.« Sie guckt zu mir rüber und schaut mir bei ihren nächsten Worten direkt in die Augen. »Und zwar genau diesen Tag. Und nicht kurz davor. Das heißt, wir haben noch zwei ganze Tage, um Alva da rauszuholen.«

Ihre Worte sollen mich beruhigen. Und ich glaube ihr sogar. Trotzdem bin ich dadurch nicht erleichtert. Zwei Tage sind nichts, und wir haben immer noch nicht den Hauch eines Plans.

»Halloween also«, sagt Julian nachdenklich.

»Julian, lass doch mal gut sein jetzt«, meint Ira.

»Darf ich hier überhaupt noch irgendwas sagen?«, feuert Julian zurück. »Ich hab's ja gecheckt. Ich will doch auch nur, dass ihr wenigstens alle Möglichkeiten im Hinterkopf habt. Und außerdem sind wir jetzt immer noch kein Stück weiter: Wie sollen wir Alva da rausholen?«

»Indem wir für einen Kräfteausgleich sorgen«, antwortet Theo mit fester Stimme.

»Wie meinst du das?«, fragt Ira.

»Das hier ist ein Krieg«, gibt Theo zurück. »Da brauchen wir uns nichts vorzumachen. Und sie haben uns – außer der Tatsache, dass sie vielleicht besser ausgerüstet sind und sich hier besser auskennen – noch eine ganz entscheidende Sache voraus: Sie haben etwas, das uns viel wert ist.«

»Alva«, sage ich beinahe stimmlos.

»Alva, genau.« Theo schaut in die Runde. »Wir haben aber auch einen Vorteil. Wir wissen dank Henrike mehr über sie, als sie ahnen. Und wenn sie wirklich so ein Coven der Ausgestoßenen sind, dann sind sie einander wahrscheinlich wirklich wichtig. Dann brauchen sie einander vielleicht sogar mehr als wir. Das ist was anderes, als wenn wir es hier mit irgendwelchen random Soldaten zu tun hätten.«

»Sag mal, worauf willst du denn eigentlich hinaus?«, schaltet sich Benny wieder ein.

Aber Theo lässt sich nicht beirren. »Auf unseren Plan. Wir gleichen einen ihrer Vorteile aus. Sie haben jemanden, der uns etwas wert ist. Wir holen uns jemanden, der ihnen etwas wert ist. Wir nehmen eine Geisel. Wir bringen einen Wicca in unsere Gewalt, egal, mit welchen Mitteln. Das hier ist ein Krieg. Und da ist alles erlaubt.«

Benny schüttelt nur den Kopf. »Theo, das ist hier keines deiner verkackten Rollenspiele.«

»Hast du eine bessere Idee?«

Benny antwortet nicht. Vielleicht wartet er darauf, dass noch jemand anderes ein Gegenargument bringt. Aber niemand scheint etwas einzuwenden zu haben. Ich denke ebenfalls drüber nach, was Theo gesagt hat. Das ist gar nicht so einfach, weil mein Kopf langsam wieder wärmer wird und es schwer ist, meine Gedanken geordnet zu halten. Aber was Theo sagt, klingt absolut sinnvoll. Nicht einfach, aber sinnvoll.

»Dann ist es also beschlossen?«, fragt Theo.

Mark ist der Erste, der als Zustimmung einmal nickt. Danach folgen Ira, Henrike, Tim, Julian und schließlich Benny. Am Ende sehen sie alle in meine Richtung, wie ich da halb verkrümmt auf meiner Pritsche liege.

Auch ich nicke schwach.

Es ist unsere letzte Chance.

Tag 7, 21:13 Uhr, Lungenheilanstalt, Bunker.

Das Wundfieber ist schlimmer geworden.

Das hat Henrike gesagt, nachdem sie meine Stirn gefühlt und noch mal nach dem entzündeten Riss in meiner Brust gesehen hat. Ich habe nicht mal daran gedacht, zu widersprechen, denn ich habe es selbst gespürt. Und während die anderen bald aufbrechen werden, kämpfe ich damit, noch wach zu bleiben. Wie ich diese Machtlosigkeit hasse!

Was, wenn nur einer mehr von uns losgehen müsste, um Alva zu finden? Was, wenn meine Schwäche ihren Tod bedeutet?

Mein Kopf wird noch heißer.

Ira, die sich gerade mit Mark unterhalten hat, kommt zu mir rüber und setzt sich auf die Kante der Pritsche. Sie legt eine Hand auf meine Schulter.

»Du nimmst schon irgendwie alles mit, was geht, oder?«, fragt sie mit einem leichten Lächeln, aber die Sorge steht ihr ins Gesicht geschrieben.

»Was meinst du, warum ich Alva retten will?«, entgegne ich.

»Idiot.« Jetzt muss Ira doch richtig lächeln. Aber sie wird schnell wieder ernst. »Wir brechen gleich auf.«

Ich räuspere mich. Meine Kehle fühlt sich an wie rostiges Metall, die Wörter formen sich nur langsam in meinem Kopf und so auch auf meinen Lippen. »Wenn ihr vielleicht noch eine halbe Stunde oder so wartet, geht es mir bestimmt besser und ich schaffe es, mitzukommen. Du weißt, wie ich mich pushen kann, wenn ich will.«

Das weiß sie tatsächlich. Beim Turnen hatte ich immer noch Luft für eine zweite und auch eine dritte Runde, wenn mich der Ehrgeiz wirklich gepackt hatte.

»Vanjo, wenn *du* da gefangen wärst, dann würde ich genauso

reden wie du. Aber hoffentlich wäre dann auch jemand da, der mir sagen würde, dass es einfach nicht geht. Du würdest nicht nur dich in Gefahr bringen. Du würdest auch *uns* aufhalten und gefährden.«

Sie hat so recht. Und ich hasse das. Ich bin bereit für diesen Kampf. Alles, was ich will, ist, etwas tun. Und doch ist meine einzige Option, im Bett zu bleiben und so wenig wie möglich zu machen. Ich merke, wie ich jetzt schon wieder im Begriff bin, wegzudämmern. Meine Augenlider sind so schwer. Ich kann rein gar nichts unternehmen. Ich hasse diese Machtlosigkeit wirklich so sehr!

Aber ich weiß auch, was mich in diese Situation gebracht hat. Es war nicht nur der Narbenmann. Es war auch mein ständiges Weitermachen, trotz meiner Wunde. Jetzt muss ich die Verantwortung abgeben können.

Ich schaue Ira an. Sie sieht fest entschlossen aus.

»Versprichst du mir, dass ihr Alva heil wiederbringt?«, frage ich mit schwacher Stimme.

Ira nickt ohne ein Zögern. »Ich verspreche es, Vanjo.«

»Versprichst du mir, dass du Alva rettest?«, bringe ich hervor. »Versprichst du's mir, Ira?«

»Ich kümmere mich darum, Vanjo, versprochen.«

»Danke.«

Sie steht auf. Ihr Gesicht ist für mich kaum mehr zu erkennen. Alles ist so schwer. Ich merke noch, wie sie meine Decke ordentlich zurechtrückt und dann weggeht. Ira bespricht irgendetwas mit den anderen. Sie werden es schaffen. Sie werden Alva retten. Und das Letzte, woran ich denke, bevor ich in fiebrigen Träumen versinke, ist Theo, wie er vorhin mit ernster Miene in die Runde geblickt hat: *Das hier ist ein Krieg. Und da ist alles erlaubt.*

EPISODE 3
Verstecke

Ira

Tag 7, 21:23 Uhr, Lungenheilanstalt, Bunker.

Auf der Kreuzung liegt mein toter Bruder. Ich stelle mir vor, wie ich auf die Knie falle und schreie. Ich stelle mir vor, wie mein Bruder stirbt. Wie er dort liegt und sich einfach nicht mehr regt.

Warum tut man so etwas? Sich ausmalen, wie ein Familienmitglied stirbt. Manchmal habe ich solche absurden Gedankenszenarien im Alltag, aber seit diesem Traum vor der Turnhalle ist es was ganz anderes.

»Ira.« Jemand packt mich an der Schulter, aber ich kann meinen Blick nicht von Vanjo reißen. Er liegt verkrümmt auf der Pritsche, ist weggetreten oder träumt, ich weiß es nicht. Schweißperlen haben sich über seiner Oberlippe gesammelt. Er wälzt sich von rechts nach links, und immer wieder zucken auch seine Hände oder Füße. Es ist, als hätte etwas Unkontrollierbares von ihm Besitz ergriffen.

»Ira, komm.«

Was, wenn er das Wundfieber nicht überlebt? Wenn er aus diesem seltsamen Zustand nicht mehr aufwacht. Er ist dem Tod so nah. Warum ist Vanjo dem Tod die ganze Zeit so nah?

Im Traum, im OP-Saal, im Fieber.

Als wolle ihn jemand gewaltsam auf die andere Seite ziehen.

»Ira, alles gut?« Die Stimme hinter mir gibt nicht auf. Ich atme ein letztes Mal tief ein und aus, kralle meine Nägel in den engmaschigen Stoff der grauen Pritsche. Es reicht jetzt. *Ihr bekommt meinen Bruder nicht.*

Ich wische mir übers Gesicht und drehe mich um, dabei rutscht Henrikes Hand von meiner Schulter.

Sie, Mark, Benny, Julian, Tim und Theo sehen mich an. Fast genauso mitleidig, wie sie Vanjo angesehen haben, als er das erste Mal wegen des Fiebers bewusstlos war.

Ich schlucke und mobilisiere die letzten Kraftreserven in meinem Körper. Wie am Ende eines Wettkampfs, wenn die Zuschauer und Zuschauerinnen wie kleine Plastikfiguren auf der Bühne verschwimmen, ich meinen Herzschlag in den Ohren höre und jegliches Brennen der Muskeln ausschalte. Nur noch das Gewinnen ist im Fokus. *Alles Kopfsache,* hat Kalle immer gesagt. *Solange du dir in deinem Geist noch vorstellen kannst, dass du die Kraft hast, dann hast du sie auch in deinem Körper.*

»Wir haben noch zwei Tage bis Samhain«, sage ich mit fester Stimme. »Wir können es schaffen, Vanjo *und* Alva zu retten. Hier sind eine verdammte Klinik und ein Bunker. Hier muss es doch irgendetwas geben, das Vanjo wieder gesund macht.« Ich balle die Fäuste. »Keiner wird hier sterben! Weder Vanjo noch Alva. Wir brauchen Medikamente, Heilsalben, Kräuter, alles, was die Entzündung hemmt. Wir durchkämmen jede Ecke noch mal. Vielleicht finden wir am Waldrand Heilpflanzen. Mark, weißt du, ob dort etwas Nützliches wachsen könnte?«

Er reibt sich das Kinn. »Schafgarbe … vielleicht Spitzwegerich. Das sind die Einzigen, die hier wachsen könnten und von denen ich weiß, dass sie antibakteriell oder entzündungshemmend wirken.«

»Kannst du beschreiben, wie die aussehen?«, frage ich.

»Schafgarbe hat so viele kleine Blüten«, er malt mit seinen Händen Muster in die Luft. »Sie sind weiß, und die Blätter sind farnartig, Spitzwegerich …«

»Der wächst zu dieser Jahreszeit nicht«, unterbricht ihn Theo.

»Okay«, sage ich und nicke ihm dankend zu. »Dann haltet nach Kamille und Schafgarbe Ausschau, vielleicht haben wir noch Glück. Am besten, wir teilen uns auf. Theo, Tim und Julian, ihr sucht im Wald, Henrike und ich durchforsten den Bunker und bleiben bei Vanjo. Mark und Benny, ihr sucht um die Anstalt herum.«

Julian schnappt nach Luft, seine Augen sind groß. »Aber Ira, es ist stockdunkel draußen, wie sollen wir da was finden?«

»Ihr findet, was ihr finden könnt. Ich weiß, dass es riskant ist, aber das ist nun mal eine Notsituation. Am besten ihr geht nicht zu tief in den Wald, sodass das Mondlicht euch im Zweifel helfen kann«, antworte ich etwas schärfer als beabsichtigt, sodass Julian meinem Blick ausweicht. Die restlichen Gedanken behalte ich lieber für mich. Es geht um ein Menschenleben, verdammt!

»Was ist mit Paul?«, fragt Theo an mich gerichtet. »Ihr meintet, er ist gefährlich und hat unser Essen geklaut.«

Der misstrauische Unterton in seiner Stimme entgeht mir nicht. Ich weiß, dass er sich gerade zusammenreißt.

»Paul hat es nur auf mich abgesehen«, sage ich. »Aber du hast recht, Theo. Draußen ist es nicht sicher. Ihr solltet besser die Waffen mitnehmen.«

»Und wir müssen die Essensvorräte holen«, wirft Mark ein. »Sie sind in den Gitterschächten im Innenhof, meintest du jedenfalls. Benny und ich bringen sie mit.«

»Richtig!«, sage ich. Meinen Hunger hatte ich ausgeblendet, aber ich brauche die anderen mit gestärkten Kräften. Schließlich müssen wir nicht nur Vanjo retten. *Ich habe es ihm versprochen.* Ich habe ihm versprochen, Alva zurückzuholen. Auch wenn wir uns jetzt zuerst um seine Verletzung kümmern müssen – es war sein letzter Wunsch, bevor er im Fieber versunken ist. Und ich würde alles dafür tun, um ihm diesen zu erfüllen. »Denkst du, du findest sein Versteck?«, frage ich Mark.

Er nickt.

Auf meiner Kopfhaut kribbelt es. Ich greife nach der Eisenstange, die zu meiner Rechten an der Wand lehnt, und drücke sie Julian in die Hand. »Wir müssen jetzt zusammenarbeiten.«

Tag 7, 21:58 Uhr, Lungenheilanstalt, Bunker.

Hier muss doch irgendwo … wer baut schon einen beschissenen Bunker ohne Verbandsmaterial oder Ähnliches? Wenigstens ein Desinfektionsmittel, ein paar Schmerzmedikamente, eine Salbe. Irgendetwas!

Ich wühle mit den Händen in den Kisten. Immerhin eine Taschenlampe konnten wir vorhin finden, die – oh Wunder! – sogar noch funktionierte , sodass ich etwas im Inneren der Regale erkennen kann. Wir haben sie mit der Schlaufe an die defekte Deckenlampe gehängt, sie baumelt noch leicht vor und zurück und wirft schummriges Licht in den kleinen Raum.

Ich suche weiter. Leere Verpackungen, ein kaputtes Thermometer, angefressene Kabel. Unnützes Zeug. Ich ziehe eine weitere Kiste vom Regal. Leer, wie die meisten. Wir hatten hier schon einmal alles durchsucht und die Konserven ausgeräumt. Ich schneide meinen Finger an einer scharfen Kante.

»Mist!«, fluche ich und schubse die Kiste genervt von mir. Sie purzelt geräuschvoll zu Boden.

Henrike dreht den Kopf in meine Richtung. »Nur geschnitten«, sage ich und stecke den Mittelfinger in den Mund, sauge das Blut aus dem winzigen Schnitt. Es schmeckt metallisch. Ein Schweißtropfen kitzelt mich an der Schläfe. Die Luft hier unten wird mit der Zeit immer dicker.

»Okay«, sagt Henrike. Auch sie wirkt erschöpft. Das Stirnband um ihren Kopf sitzt schräg. Krauses Haar quillt darunter hervor.

Wir suchen weiter. Mein Finger pocht. Ich huste von dem ganzen Staub, den wir bei unserer Suche aufwirbeln. Ich versuche, es zu vermeiden, einen Blick auf Vanjo zu werfen. Spätestens dann würde mich die Kraft wieder verlassen.

»Ich glaube, hier ist etwas!«

Henrikes Worte haben nahezu etwas Erlösendes. Ich drehe mich zu ihr. Sie hat den Kopf unter die Pritsche geschoben, auf der Vanjo liegt, und tastet mit den Händen an deren Unterseite entlang. »Da ist ein kleines Mäppchen unter dem Kopfteil befestigt«, sagt sie gepresst.

»Wo?« Ich rutsche sofort näher. Dann macht es ein reißendes Geräusch, wie von einem Klettverschluss. Mein Atem geht flach.

Vanjo hat immer noch die Augen geschlossen, bemerkt nichts von all dem, was um ihn herum geschieht. Seine Wimpern flattern.

Henrike hat es geschafft, das Mäppchen zu lösen. Es ist rot, nicht dicker als ein 500-Seiten-Buch. Aber ein weißes Kreuz ist obendrauf.

»Ein Erste-Hilfe-Set!«, sage ich.

Henrike fummelt mit unruhigen Fingern am Reißverschluss. Sie wirkt mindestens genauso zittrig, wie ich es gerade bin. Der Verschluss klemmt einen Moment. Als er endlich ruckartig aufgeht, purzeln ein paar in durchsichtige Folie verpackte Mullbinden zu Boden. Ansonsten sind darin nur Wundpflaster, Fixierklebeband, eine Pinzette und ein steril verpacktes Desinfektionstuch. Ich nehme ihr das Mäppchen aus der Hand und überprüfe es auf Innen- oder Seitentaschen, dann seufze ich schwer. *Nichts.*

»Keine Medikamente?« Henrike hat die Brauen hochgezogen. Ich schüttle den Kopf.

Sie überprüft es trotzdem ein zweites Mal. Erfolglos.

Der kleine Schnitt an meinem Finger beginnt zu brennen. Ich mache eine Faust, um den Schmerz zu übertönen. Am liebsten würde ich alles, was noch auf diesen Regalen steht, zu Boden schleudern. »Das gibt's doch nicht!«

Ich will gar nicht, aber dann werfe ich doch wieder einen Blick in Vanjos Fiebergesicht. Stelle fest, dass das Kissen unter seinem Kopf erneut komplett durchnässt ist.

Henrike folgt meinem Blick und verengt die Augen. »Wir können immerhin die Wunde säubern und neu verbinden.«

»Das ist nicht genug«, sage ich schwach. Der Kloß in meiner Kehle schwillt an. Er wird sterben. *Vanjo wird sterben.*

Und es wird sich so real und schlimm anfühlen wie in meinem Traum. *Das ist kein Zufall.*

»Er kämpft, das spürt man.« Henrike streichelt ganz vorsichtig über Vanjos verschwitzte Stirn. Dann sieht sie von ihm zu mir auf, ihre braunen Augen schimmern, sind kurz davor, sich ebenfalls mit Tränen zu füllen.

»Du hast ihn auch sehr gerne, nicht wahr?«, frage ich.

»Irgendwie schon.« Sie sieht ausweichend zu Boden. »Ich wünschte mir, ich hätte etwas von seiner Impulsivität. Er ist so viel lebendiger als viele andere, die ich kenne.«

Ich rutsche über den grauen Betonboden dichter an sie heran, sodass sich unsere angewinkelten Knie berühren.

»Das verstehen nur die wenigsten, aber manchmal habe ich das Gefühl, als könnten Vanjo und ich auf einer anderen Ebene kommunizieren«, sage ich. »Wir denken dieselben Dinge zur selben Zeit oder verletzen uns manchmal unabhängig voneinander an derselben Stelle. Das sind nur kleine Beispiele, aber wenn man sie in der Häufigkeit betrachtet …«

»Können sie kein Zufall sein«, beendet Henrike meinen Satz.

»Ja.«

Wir nicken uns zu. »Ich bin froh, dass du hier bist«, sage ich.

»Und ich bin froh, dass ich dich kennenlernen durfte.«

Wir fassen uns an den Händen, und diese Berührung bringt etwas Leben in meine Glieder zurück. Ich wünschte, dass unsere gesamte Gruppe noch mehr zusammenrückt. Wir brauchen einander hier dringender denn je.

»Falls wir irgendwann hier rauskommen, dann musst du mir

von all deinen Zwillings-Telepathie-Momenten erzählen«, sagt Henrike schmunzelnd.

»Das werde ich.«

»Weißt du, was mir an diesem spirituellen Denken so gefällt?«

»Mhm?«, frage ich.

»Dass man nach innen schaut und nicht etwas im Außen sucht. Das Glück und die Antworten liegen nicht in deinem Beruf oder in dem Haus, das du dir kaufst. Sie sind alle in uns drin, wir haben nur verlernt, darauf zu hören.« Henrike reißt nun den Blick von mir, sieht vertieft auf einen unbestimmten Punkt im Raum. »Ich war zwölf, als meine Mutter Brustkrebs bekam. Kurz davor dachte ich noch, dass bei dieser Krankheit wirklich kleine Krebse im Körper gefangen sind, die einen langsam von innen auffressen. Doch dann musste ich erfahren, was das wirklich bedeutet. Du kannst es dir wahrscheinlich denken: der Leidensweg, die Chemos. Meine Mutter konnte nichts mehr bei sich behalten, wurde immer dünner, ihre Haare fielen aus, sie kam nicht aus dem Bett, nichts hat geholfen. Ich selbst fing verzweifelt an, mich nach irgendwelchen Rettungsankern umzusehen. Ja, ich habe richtig *geforscht*, zum Beispiel, was Naturreligionen angeht. Daher auch mein Wissen über die Wicca. Und ich habe mich dabei echt verrannt. Aber dann stieß ich auf Eike. Er hatte viele Jahre in einem Ashram verbracht und schwor auf die fernöstliche Medizin. Zuerst trank meine Mutter Unmengen von seinen Tees. Dann kam er zu uns nach Hause. Er positionierte Heilsteine neben ihrem Bett, räucherte unsere Wohnung, legte seine Hände auf und all diese Dinge. Natürlich fand ich das erst mal merkwürdig, aber plötzlich wich die weiße Farbe aus dem Gesicht meiner Mutter. Was auch immer Eike machte, es passierte etwas. Irgendwann versprach ich, bei den Heilmeditationen mitzumachen. Wenn man erst mal mit dabei war, erschien es einem gar nicht mehr so albern.

Unsere Verwandten dachten schon, wir würden jetzt einer komischen Sekte angehören. Aber die Leute konnten sagen, was sie wollten. Wir hatten nicht mit der schulmedizinischen Behandlung aufgehört, und als es meiner Mutter besser ging, sahen sie allein darin den Grund. Aber ich glaube, dass es alles zusammen war. Meine Mutter wurde gesund. Sie war sich sicher, dass es am Ende die Kraft ihrer und unserer Gedanken war, die sie geheilt hat. Als ich älter wurde, sprach ich sie nochmals darauf an. Fragte, wie so etwas wirklich passieren konnte. Meine Mutter gab mir ein kleines Beispiel. Ich sollte die Augen schließen und mir ganz genau vorstellen, auf eine saftige, frische Zitronenscheibe zu beißen.« Henrike schließt die Augen. Ich tue es ihr gleich. Denke an die gelbe Scheibe und wie ich meine Zähne dort reinschlage, wie das saure Fleisch auf meiner Zunge prickelt.

»Was passiert?«, fragt Henrike. Sie öffnet die Augen wieder. »Es sammelt sich Speichel«, beantwortet sie ihre eigene Frage. Auch ich merke, dass sich in meinem Mund etwas verändert hat, schlucke.

»Gedanken erschaffen Realität.« Henrike macht eine kurze Pause. »Dein Gehirn unterscheidet nicht, ob etwas nur in deiner Vorstellungskraft passiert oder in der Realität. Deshalb ist es für dich nicht weniger echt.«

Gänsehaut kriecht meine Arme hinauf. *Ja.* Irgendwie versteh ich sie. Hier, inmitten des kleinen Bunkers, der schlimmsten Situation, in die mich das Leben bisher geschickt hat.

Ich muss an all die unerklärlichen Dinge denken, von denen ich tief im Inneren immer wusste, dass sie Vanjo und mich auf magische Weise verbinden. »Ich halte dich auf keinen Fall für verrückt«, flüstere ich.

Ein warmes Lächeln erhellt ihr Gesicht. Es fällt mir schwer, es in Worte zu fassen, aber Henrikes Geschichte bringt auf den

Punkt, was ich fühle, seit wir an diesem Ort gefangen sind. Es ist etwas, das wir mit dem bloßen Auge nicht sehen können.

Und auch wenn es tausend Dinge gibt, die ich Henrike jetzt gerne sagen möchte – dass ich dankbar für ihr Vertrauen bin und froh über den geheilten Krebs ihrer Mutter –, ich muss noch etwas anderes loswerden. »Diese unerklärliche Kraft, die wir nicht benennen können, ist auch an diesem Ort, oder?« Ich sehe sie eindringlich an. »Nur in dunkler Form. Als hätte man sie hier missbraucht.«

Ein Schauder überkommt Henrike, sodass ihre Schultern in kleinen Bewegungen vor- und zurückzucken. »Irgendwie, ja.«

Plötzlich klappt die Luke des Bunkers schräg über uns auf. Ich fahre zusammen. Ein Hauch Mondlicht erhellt einen Fleck am grauen Boden.

»Ich hab was gefunden!« Mark klettert die Leiter herunter. Seine Haare kleben verschwitzt an der Stirn und eine Aufgeregtheit liegt in seinem Gesicht. Er kramt eine Blisterpackung aus seiner Jeans, die er uns vors Gesicht hält. »Antibiotika.«

Habe ich das gerade richtig verstanden?

Woher … Ich richte mich auf, nehme ihm den Tablettenstreifen aus der Hand und begutachte ihn, als würde ich so etwas zum ersten Mal in meinem Leben sehen. »Was? Wie!?«, stammle ich.

»Hab sie in einem kleinen Kabuff gefunden«, sagt Mark. »Eine Art Hausmeisterschuppen, ganz hinten am äußersten Gebäudetrakt.«

»Und du denkst, die können wir noch verwenden? Sind die nicht uralt?«

»Es steht kein Datum drauf, aber die Packung sieht jetzt auch nicht unbedingt nach den 80er-Jahren aus. So oder so, wir sollten es probieren.« Dann wirft er einen Blick zu Vanjo auf der Pritsche. »Ich denke nicht, dass wir viel zu verlieren haben.«

Tag 7, 22:14 Uhr, Lungenheilanstalt, Bunker.

Benny ist nur wenige Minuten nach Mark mit zwei Rucksäcken voll Essensvorräten zurückgekehrt. Auch Theo, Julian und Tim sind aus dem Wald zurück, sie haben sogar ein bisschen Schafgarbe gefunden.

Als Erstes müssen wir uns jetzt darum kümmern, Vanjo das Antibiotikum einzuflößen. Wir sind uns zwar immer noch nicht sicher, ob es der richtige Wirkstoff für diese Art von Entzündung ist, aber haben wir denn eine Wahl?

Wir können eben nur hoffen, dass das Medikament endlich das Fieber senkt. Ob nun für eine Bronchitis oder eine offene Wunde – es ist unsere einzige Chance.

Eine Packungsbeilage gibt es nicht mehr, doch auf der Blisterpackung steht ein Name, den Mark einordnen kann. Phenoxymethylpenicillin. Zehn Tabletten. Eine gängige Antibiotikumbehandlung über den Zeitraum von fünf Tagen.

Ich rüttle meinen Bruder sanft an den Schultern, doch er reagiert nicht. Vorsichtig greife ich mit den Händen unter seinen Kopf, um ihn anzuheben. »Vanjo?«, ich klatsche ihm sanft auf die Wange, doch es kommt nur ein unverständliches Murmeln von ihm.

»Wir geben es ihm einfach so«, sagt Henrike und kommt neben mich. Sie öffnet seinen Mund, sodass ich ihm die Tablette mit dem Wasser einflößen kann.

Für einen Augenblick blinzelt Vanjo, doch er ist immer noch völlig weggetreten. »Trink«, sage ich, als ich die Flasche an seine Lippen halte, aber dass meine Worte wirklich bei ihm ankommen, bezweifle ich. Wasser läuft ihm aus den Mundwinkeln übers Kinn. Ich habe Angst, er könnte sich verschlucken, aber wir haben die Tablette vorher etwas zerkleinert.

Vanjo verdreht die Augen und brummt etwas vor sich hin, doch als ich ihm ein weiteres Mal das Wasser in den Rachen kippe, reagiert er und schluckt.

Die Tablettenstückchen scheinen wirklich seinen Hals heruntergekommen zu sein. Wir legen seinen Kopf behutsam auf das Kissen zurück. Ich streiche ihm durchs dunkelbraune Haar. *Du wirst gesund werden. Und gleich nach dem Morgengrauen suchen wir nach den Wicca. Ich werde dir Alva zurückholen. Wie ich es versprochen habe, Vanjo.*

Ich beiße mir auf die Lippe. Das Antibiotikum muss einfach helfen.

Theo und Henrike haben sich auf den Rand der Pritsche gesetzt und begutachten die Schafgarbe.

»Und wie bereitet man so etwas zu?« Henrike beäugt die abgerupften Blüten in Theos Hand. Solche habe ich wirklich schon oft am Wegesrand gesehen.

»Wir entfernen die Blütenstauden und legen sie auf die entzündete Wunde, um sie dann mit Mullbinden zu fixieren.«, erklärt Theo.

»Gut, gib mir ein paar.« Henrike will sich nützlich machen. Sie hat sich bisher so gut um Vanjos Wundversorgung gekümmert, dass ich ihr diese Aufgabe bedenkenlos übergeben kann.

In der Zwischenzeit haben die anderen begonnen, die Essensvorräte aufzuteilen und ein paar Happen zu sich zu nehmen. Sie können es immer noch kaum fassen, dass Paul wohl doch die ganze Zeit dahintergesteckt hat. Er hätte uns eiskalt verhungern lassen. Der ganze Aufstand wegen der verschwundenen Medikamente, sogar die Herzattacke, die er uns vorgespielt hat. Das ist alles so krank.

Draußen fängt es endlich wieder an zu regnen, weshalb Benny und ich uns dazu bereit erklären, Wasserflaschen aufzustellen, um frisches Trinkwasser zu sammeln. Wir werden sie hinter ein paar höheren Sträuchern in die Erde drücken. Wir wollen nämlich nicht riskieren, dass die Wicca sie womöglich entdecken und wir dadurch auf unser Versteck aufmerksam machen. Das letzte Wasser in den Flaschen, das aus dem Bach war, haben wir fast ausgetrunken, und der Weg dorthin wäre im Moment zu weit und sehr riskant.

Benny ist schon oben. Bevor ich die Leiter hochklettere, nehme ich Mark fest in den Arm. »Danke«, murmle ich in seine Schulter. Der Stoff seiner Jacke ist noch klamm von draußen. Wir tauschen einen wissenden Blick, als wir uns wieder voneinander lösen. Ich habe bereits einen Fuß auf die Sprosse gesetzt. Aber es gibt auch nichts zu sagen. Er hat Vanjo womöglich das Leben gerettet. So viel Dankbarkeit werde ich niemals in Worte packen können, das weiß er.

Ich steige hoch. Regentropfen klatschen mir aus dem düsteren Himmel entgegen. Ich ziehe die Kapuze meiner Jacke über den Kopf. Der Blick nach oben hat etwas Melancholisches. Es ist das einzige kleine Fenster zur Wirklichkeit, das uns bleibt. Ein Stück Himmel, das uns die Hoffnung gibt, dass die Zivilisation noch irgendwo existiert.

Der Mensch ist ein Gewohnheitstier, das habe ich meinen Papa so oft sagen hören. Manchmal ist Papa etwas unbeholfen, besonders wenn er versucht, Ratschläge zu geben. Es war in der fünften Klasse, als meine beste Freundin Tuna in eine andere Stadt gezogen ist, was für mich den Weltuntergang bedeutete. Wir saßen auf dem Sofa im Wohnzimmer, er streichelte mir über den Kopf und naschte Salzbrezeln. In seinem Mund krachte es, als er mir davon erzählte, wie viel leichter es erst mal sein wird, wenn der neue Alltag eine Weile da ist.

In meiner Brust wird es eng. Wie ich diese gemütliche Ecke im

Wohnzimmer vermisse. Dad hat die Wolldecke bis zum Hals hochgezogen, nur seine Füße schauen unten auf dem Schemel heraus, und er wackelt mit ihnen, bis es Mama nervös macht. Ich schlucke schwer. Jetzt bloß nicht weiter an meine Eltern denken, sonst muss ich weinen.

»Ist es nicht merkwürdig, wie schnell der Mensch sich an Dinge gewöhnt?«, frage ich Benny, während wir die Flaschen etwas in den Boden eingraben, damit der Wind sie nicht umwirft. »Am Anfang hat das Regenwasser so seltsam geschmeckt, und jetzt ist es fast normal.«

»Schon«, sagt Benny kurz angebunden. Er wirkt mehr in sich gekehrt, seit wir uns wieder mit der anderen Gruppe zusammengeschlossen haben. Mit kräftigen Bewegungen rammt er die letzte Flasche in den Boden.

»Wollen wir?«, frage ich und deute auf die Luke. Er zögert, steckt die Hände in die Hosentaschen und sieht nachdenklich in Richtung Anstalt. Das zerfallene Gebäude hängt unter dem bedeckten Himmel wie das triste Gemälde eines Künstlers.

»Findest du es nicht komisch, dass Mark so ganz plötzlich eine Packung mit Antibiotika findet?«, fragt Benny.

»Wie meinst du das?«

»Na ja, ich renne da im Dunkeln über dieses Gelände. Wir finden so gut wie gar nichts, dann trennen wir uns auf dem Hof. Ich soll schon mal nach den versteckten Essensvorräten schauen, solange er pissen geht, und keine fünf Minuten später kommt er mit diesen Tabletten angerannt.« Benny löst den Blick wieder von der Anstalt und sein eisiger Blick lässt mich erzittern.

Ein Windstoß fegt mir den kalten Regen direkt in den Nacken. Ich schlinge die Arme schützend um meinen Körper. »Du glaubst ihm nicht?«

»Komm schon, Ira. Es ist doch ziemlich unwahrscheinlich.«

»Dass wir einen Bunker voll Essen gefunden haben, doch auch.«

Benny schnaubt. »Ach, was erzähl ich dir das auch, du bist seinem Student-rettet-Schüler-Ding eh schon verfallen.«

»Du hältst mich für naiv, oder was willst du mir damit sagen?«, frage ich.

»Mir ist egal, ob du die rosarote Brille aufhast oder nicht. Ich finde es nur langsam auffällig, dass unser fucking Zac Efron für jedes Problem eine Lösung hat.«

Ich halte kurz inne. Denke an meinen Anfall, an Pauls Herzattacke, an all die Prügeleien. Mark hat uns überall herausgeholfen.

»Denkst du …«, setze ich an, doch da steckt Theo plötzlich seinen Lockenkopf aus der Luke, und Benny gibt mir das Zeichen, lieber schnell den Mund zu halten. Ich stocke.

»Alles gut bei euch dort oben?«, fragt er.

»Ja«, sage ich. »Wir wollten gerade wieder reinkommen.«

»Okay. Nicht, dass die Wicca euch plötzlich weggeschnappt hätten.« Theo lacht auf. Aber ich höre die Angst darin.

Bennys Schulter prellt im Vorbeigehen leicht an meine, er senkt die Stimme. »Denk einfach mal drüber nach.«

Tag 8, 09:22 Uhr, Lungenheilanstalt, Eingangstor.

Wir durchqueren das Anstaltstor. Das Eisen kreischt in meinen Ohren. Acht Tage ist es her, dass wir in der Dämmerung hier eintraten und einander noch Fremde waren. Jetzt kann man sich das kaum mehr vorstellen.

Wir teilen uns in drei Gruppen auf. Julian wird mit Theo und Benny mit Tim die Fährte aufnehmen. Ich werde mit Mark gehen. Henrike bleibt bei Vanjo im Bunker. Vanjo wirkte immer noch sehr benommen heute Morgen, aber das Antibiotikum sollte in den nächsten Stunden anschlagen.

Henrike wird dafür sorgen, dass er später die nächste Tablette zu sich nimmt. Zu ihr habe ich mit am meisten Vertrauen. Dennoch habe ich ein mulmiges Gefühl, die beiden dort allein zurückzulassen. Ich wünschte, das Riegelschloss der Luke würde noch funktionieren. Aber die Dinger sind festgerostet, und wir können damit nichts mehr anfangen. Nehmen wir an, die Wicca haben unser Versteck im Bunker enttarnt, oder gar der Narbenmann aus der Anstalt – dann ist es ihnen ein Leichtes, dort reinzukommen und die beiden zu erledigen. Außerdem kennt Paul den Eingang zum Bunker. Er darf nur nicht dort nach mir suchen. Mir ist schlecht vor Aufregung. Ich unterdrücke eine Welle der Übelkeit.

Daran darf ich einfach nicht denken. Ich konzentriere mich besser auf die Mission. Meine Waffe halte ich dicht am Körper. *Wir werden Alva zurückholen, Vanjo.* Ich sage es in Gedanken leise zu ihm, so, als könne er es in seinem Fiebertraum hören.

Ich erwische Tim dabei, wie er mich von der Seite mustert. Schon eine ganze Weile beobachtet er mich. Ob er noch immer denkt, ich hätte Ricarda getötet? Und ihre Leiche verschleppt?

Ich fange seinen Blick ungeniert auf, wenn er meinen trifft. *Ich lasse mich von dir nicht irritieren, Tim.* Er reibt sich nervös den Nacken. »Also werden wir uns hier aufteilen«, wiederholt er, was eben besprochen wurde.

»Wir durchkämmen den Wald Richtung Nordosten und ihr beide Richtung Westen«, Theo sieht zu mir und Mark und gibt dazu Anweisungen mit den Händen. »Henrike und Benny Richtung Süden.«

So stelle ich ihn mir vor, wenn er in einer Kutte verkleidet eines seiner Rollenspiele startet. »Haltet Ausschau nach grün leuchtenden Fackeln. Wenn ihr Menschen in dunklen langen Roben entdeckt oder die Frau im Pelzgewand, dann sind wir nicht weit von ihrem Versteck. Findet es, merkt euch oder markiert unauffällig den Weg, und kommt zurück. Ihr Lager mit nur zwei Männern oder Frauen zu stürmen, wäre zu riskant. Wie viele funktionierende Handys haben wir noch?« Ich habe den LARPer in unserer Gruppe vermisst.

»Ich habe nur noch wenig Prozent«, sage ich.

»Ich habe noch etwas Akku«, sagt Mark.

»Ich auch«, antwortet Julian.

»So wie ich«, sagt Benny nüchtern.

»Gut. Schaltet sie nur im Notfall ein, um grob die Uhrzeit im Blick zu haben. Spätestens um sechzehn Uhr treffen wir uns im Bunker wieder.« Theo sucht Zustimmung in unseren Gesichtern. Er hat die Hände konzentriert um sein bärtiges Kinn gelegt. Keiner erhebt Einwände.

Auch wenn ich einen flauen Magen habe, mein Kopf seit Tagen schmerzt und meine Klamotten sich anfühlen, als wären sie angewachsen – irgendwie funktioniert mein Körper, seit ich im Bunker den Entschluss gefasst habe, für meinen Bruder zu kämpfen. Als hätte ich einen Schalter umgelegt. Ich sehe das Ziel vor Augen. Dennoch hat sich mein Sichtfeld beunruhigend verändert.

Da sind mehr tote Winkel als sonst. Mark nimmt meine Hand. »Gehen wir?«

Ich drücke seine Hand fester, um die Wärme darin spüren zu können. Auch er ist in diesen toten Winkel verrutscht. Ich muss mich besser konzentrieren, sehe hoch in seine tiefgründigen Augen. »Gehen wir«, sage ich.

Wir brechen auf. Unter dem Blätterdach hat man das Gefühl, es habe aufgehört zu regnen. Wie Tausende kleine Schirme haben sich die Äste über uns verdichtet und lassen keinen Tropfen zu uns durch.

Hier sind wir also wieder. Ich habe diesen trügerischen Wald so satt.

Eine Zeit lang setzen wir schweigend einen Fuß vor den anderen, scannen konzentriert die Umgebung und stimmen uns hin und wieder mit der Richtung ab.

Seit Pauls Angriff bin ich noch schreckhafter geworden. Wenn die Bäume sich verdichten oder sich ein Schemen im Wald auftut, der im ersten Moment aussieht wie die Umrisse eines Menschen, zucke ich sofort zusammen. Ich fasse mir an die Kehle, dorthin, wo seine weißen Hände zugedrückt haben. *Auch er wandert hier irgendwo rum.*

»Können wir über etwas reden?«, frage ich. »Ich ertrage diese Stille nicht.«

»Worüber willst du denn reden?«, fragt Mark, und allein der Klang seiner Stimme lenkt mich ein bisschen von den Waldgeräuschen ab.

»Ich weiß nicht, vielleicht spielen wir *Ich sehe was, was du nicht siehst*?« Wir lachen. Doch mein Lachen ist etwas zu laut geraten und hallt in einem unheimlichen Echo zurück. »Sorry, nach müde kommt dumm.«

Aber selbst Mark prustet los, ihm geht's genauso. Er beugt sich zu mir herunter: »Dimorphe Emotionen. Als würde dir jemand eine schreckliche Nachricht erzählen und plötzlich – aus welchem Grund auch immer – musst du dir das Lachen verkneifen.«

»Oder wenn Vanjo und ich im Unterricht immer Quatsch gemacht und Ärger von Herrn Dräger bekommen haben, dann mussten wir erst recht lachen.«

»Oder wenn du gerade von einem rachsüchtigen Killer-Paul gesucht wirst, während Wicca-Leute mithilfe schwarzer Magie unsere Freundin opfern wollen, und ich an nichts anderes denken kann, als dich zu packen und zu küssen.«

Ich stoppe ab.

Hitze schießt mir in die Wangen. Ich ziehe scharf die Luft ein und fixiere Marks geschwungene Lippen. Das können wir nicht bringen … ich spüre die Gefahr hinter jeder Ecke. Sie lauert überall. Aber dann streicht er mit seiner Hand über mein Kinn und hebt meinen Kopf an, sodass ich genau in seine Augen sehe. Ich habe ganz vergessen, wie blau sie sind. Die Iris von Vanjo und mir haben verschiedene Sprengsel, doch Marks Augen sind einfach nur von einer klaren, gleichmäßigen Farbe. So wie an den tieferen Stellen im Wasser.

Mein Herz klopft wild, wir werfen einen prüfenden Blick über die Schulter. *Leichtsinnig. Wir sind viel zu leichtsinnig*, schießt es mir durch den Kopf. Eine bessere Zielscheibe könnten wir eben nicht sein. Dann rutscht Marks Hand von mir, und wir konzentrieren uns wieder auf den Weg. Nur das Herzrasen und der Gedanke an sein Blau in den Augen verschwinden nicht.

Mir ist egal, welche Zweifel Benny da gestern geäußert hat. Wir sollten froh darüber sein, dass Mark das Antibiotikum gefunden hat. Ich fühle mich sicher bei ihm. Ohne ihn würde ich diesen Kampf nicht überstehen. Ich mustere ihn von der Seite. *Er würde niemals zulassen, dass mir etwas geschieht.*

Die Zeit streicht dahin, und wir haben immer noch keinen Hinweis, der auf das Versteck der Wicca deuten könnte.

Mein Hals ist trocken und kratzig. Ich nehme zwei kräftige Schlucke aus der Wasserflasche, die wir mitgenommen haben.

Eine leichte Steigung tut sich im Wald auf. Der Boden wird sumpfiger, und unsere Schuhe graben sich tief in das Laub.

»Siehst du das?« Mark deutet schräg nach links. Hinter der Erhebung erkennt man eine breitere Fläche mit niedergetrampeltem Gras – ich stocke. *Was liegt dort?*

Wir machen ein paar Schritte nach vorn. Ich fahre vor Schreck zusammen, als ich erkenne, dass der dunkle Schemen am Boden ein toter Rehbock ist. Ein langer Schnitt klafft an seinem Unterbauch und er liegt in der Lache seines eigenen Blutes. Dicke Fliegen sirren über dem Kadaver. Mir dreht sich der Magen um.

»Das muss von der Opfergabe sein, von der Theo erzählt hat«, sagt Mark nüchtern. »Sie hatten das Reh nicht getötet, es konnte noch fliehen. Aber ist wohl nicht mehr weit gekommen.«

Sie waren es. Diese ausgestoßenen Hexen. Es ist, als könnte ich immer noch etwas von ihrer düsteren Magie spüren, die von dem toten Tier ausgeht. *Sie* waren es, die den Dolch in den warmen Körper gestochen haben und das Leben aus ihm heraussaugen wollten.

Der Anblick gräbt sich wie eine Warnung in mein Hirn. Die Augen des Rehs sehen aus wie schwarze Murmeln, die ihm aufgesteckt wurden. Wie die von Kuscheltieren. Und jetzt muss ich an Alvas Augen denken, an ihre runden, lebendigen Augen. Was, wenn sie den Dolch bald in *ihre* Brust rammen werden?

Ich presse mir den Handrücken unter die Nase. Der Gestank ist fürchterlich.

Er wird euch holen. Er holt uns alle, erinnere ich mich an die Stimme aus dem Funkgerät.

Vielleicht war damit der Gehörnte Gott gemeint. Ricarda war die Erste. Nun ist es Alva. Wer ist als Nächstes dran?

Die Wicca könnten hier ganz in der Nähe gewesen sein, vielleicht haben sie sogar dieselbe Stelle passiert, wie wir es gerade tun. Meine Beine geben beinahe unter mir nach. *Die Jagd hat begonnen.*

»Wir müssen wachsam bleiben. Ihr Versteck könnte ganz in der Nähe sein«, flüstert Mark.

Ich nicke. Wäre es doch besser gewesen, wir hätten uns nicht in Gruppen aufgeteilt? Falls wir ihnen jetzt begegnen, sind wir in der Unterzahl.

Mein Blick bleibt an etwas hängen, ich kneife die Augen zusammen, sieht aus wie … eine Fackel?

Ich schleiche langsam auf den Holzstab zu, der aus dem Waldboden ragt, Mark dicht hinter mir. Mein Atem ist gepresst. Ich setze den linken Fuß vor – etwas unter mir kracht ein.

Doch ehe ich verstehe, was passiert, reißt es mir in Sekundenschnelle die Füße vom Boden weg. Wir werden in die Luft geschleudert!

Tag 8, 10:47 Uhr, Moorwald.

Mit Wucht pralle ich auf Mark, unsere Köpfe stoßen gegeneinander, dann schweben wir.

Scheiße, Scheiße, Scheiße. Ein kurzer Blick nach unten: Wir sind locker zwei Meter über dem Boden. Alles dreht sich.

Wir hängen in einem Fangnetz, das sich wie ein Kokon um unsere Körper schlingt. Tote Blätter vom Ast über uns rieseln auf unsere Köpfe nieder. Schwindel. Das Adrenalin schießt in Wellen durch mich hindurch. Wir sitzen in der Falle – wortwörtlich!

»Mark?«, frage ich mit gedämpfter Stimme gegen seinen Oberarm, der meinen Kopf zerquetscht. »Mark, geht es dir gut?«

»Ja«, presst er hervor. »Was, wo …« Er öffnet die Augen, versteht. »Fuck!«

Ich recke den Kopf und schiele durch die Maschen des Netzes nach unten. Der Waldboden schwankt unter mir wie eine grünbraune Fläche.

»Ist dort jemand?«, fragt er.

Außer unseren Waffen, die es von uns gewirbelt hat, sehe ich nichts.

»Ich glaube, wir sind allein«, sage ich.

»Fragt sich, wie lange.« Mark atmet aus, sein Knie drückt in meine Rippen, und irgendwie hat sich mein linker Arm bei dem Aufschwung unter seiner Jacke verfangen. Bei der kleinsten Bewegung fängt das Netz an zu schaukeln. Ich schließe die Augen, aber da sehe ich überall nur helle Flecken aufblitzen. »Kannst du …«, setze ich an, doch er unterbricht mich mit einem harschen »Schhht«.

Wir lauschen. Ein drückender Schmerz klopft hinter meiner Stirn.

Bis auf den knackenden Ast, an dem unser Netz befestigt ist, bleibt es still.

»Du hast mir deinen Ellenbogen gegen das Kinn gerammt«, beschwert sich Mark. Er versucht immer noch, eine erträgliche Position zu finden, dabei dehnen sich die Maschen unseres Fangnetzes.

Ich ziehe meinen Arm wieder weg. »'tschuldige.«

Rascheln von Kleidung, Stöhnen. Arm hoch, Fuß durch. »Aua!«, sage auch ich jetzt, als er mir sein Knie erneut in die Seite rammt.

»Sorry, ging nicht anders.«

Endlich haben wir es geschafft, unsere Arme und Beine so zu platzieren, dass es für beide einigermaßen angenehm ist. Nur sitze ich Mark jetzt zugewandt auf dem Schoß, die Beine hinter seinem Rücken verknotet.

»Was jetzt?«, frage ich.

»Die einzigen scharfen Gegenstände, die uns hieraus hätten befreien können, liegen am Boden«, sagt er.

Verzweifelt versuche ich mit den Fingern an den Maschen des Netzes zu zerren. »Dieses Ding ist doch bestimmt modrig und alt!«

Auch Mark zieht kräftig mit den Händen am Seil. Aber es gibt kein Stück nach. »Robustes Hanfseil.«

Wenn wir hier festsitzen, dann … ich schlucke. Unsere Augen weiten sich. Es ist, als komme der Gedanke gleichzeitig in unseren Köpfen an. Meine Stimme ist rau: »Dann sitzen wir hier fest, bis sie uns holen?«

Tag 8, 14:03 Uhr, Moorwald.

Mark hat sich die Handflächen blutig gescheuert bei den Versuchen, die Maschen des Netzes irgendwie aufzutrennen. Es ist sinnlos. Wir haben alles probiert.

Ohne einen spitzen Gegenstand wird es uns unmöglich sein, uns zu befreien. Um sechzehn Uhr werden alle zurück im Bunker sein, und niemand wird uns finden.

Und dann habe ich keine Ahnung, wie es Vanjo geht. Ob die Tabletten angeschlagen haben? Ob er sich in der Zwischenzeit erholt hat?

Er wird doch nicht gleich auf die Idee kommen, nach mir zu suchen, wenn es ihm besser geht?

Mein Kopf lehnt erschöpft auf Marks Schulter. Wir schweigen seit ein paar Minuten, und ich merke, wie meine Gedanken dabei in eine Abwärtsspirale geraten.

Meine Nase läuft. Ich versuche, mein altes Taschentuch aus der Hosentasche zu ziehen, als mir plötzlich auffällt, dass dort immer noch das Foto der Frau ist, das ich damals mit Theo unten im Bunker gefunden habe. Nach Ricardas Tod hatten sich die Ereignisse so überschlagen, dass ich es ganz vergessen hatte.

»Was ist das?« Mark runzelt verwundert die Stirn.

»Ich wollte davon erzählen, aber ständig kam was dazwischen. Als Theo und ich den Brunnen gesucht haben, haben wir das hier gefunden.« Ich reiche ihm das leicht zerknickte Foto. Mark zuckt kaum merklich zusammen, als er es begutachtet. Seine Augen sind von einem merkwürdigen Glanz überzogen.

Mein Herz pocht schneller. »Kennst du sie etwa?«

Er schüttelt den Kopf. »Nein«, antwortet er, ohne mich dabei anzusehen. Gedankenverloren streicht er mit dem Finger über das Foto. »Im ersten Moment hatte sie bloß etwas Ähnlichkeit mit meiner Mutter.«

»Ach so.«

Die Frau mit dunklen gewellten Haaren darauf ist hübsch. Ihr Blick nahezu geheimnisvoll. Das dachte ich bereits, als wir es gefunden haben. Ich verenge nachdenklich die Augen. »Erzähl mir von ihr.«

Mark atmet schwer, sein Blick wandert wieder davon. »Was willst du denn wissen?«

»Bist du mit ihr aufgewachsen? Wie ist sie so? Wie hat sie deinen Vater kennengelernt?« Die Fragen platzen jetzt ungeniert aus mir heraus. Mark lässt sich einen Moment Zeit mit der Antwort, dann beginnt er zu sprechen:

»Über meinen Vater gibt es nicht viel zu sagen. Er ist nur ein weiterer Grund, weshalb meine Mutter das Vertrauen in die Menschen verloren und ihr Leben der Arbeit gewidmet hat.« Ich spüre, wie sich sein Körper unter mir verkrampft. »›Man kann sich nicht auf viele Dinge im Leben verlassen‹, sagte sie oft. Und hat dabei meistens die Brille auf ihrer Nase zurechtgerückt, das tat sie ständig, wenn sie etwas erklärt hat. ›Auf Menschen schon gar nicht, die sind unberechenbar. Aber nichts ist reiner als ein System, das nach bestimmten Gesetzmäßigkeiten funktioniert. Wenn ich Porzellan auf den Boden fallen lasse, so kann ich mir absolut sicher sein, dass es auf dem Boden zerbricht.‹ Die Gewissheit, das war die einzig wahre Liebe meiner Mutter.«

»Dann hast du das von ihr? Deine Leidenschaft für Naturwissenschaften?«

»Nein, eigentlich nicht. Bei ihr konnte man nicht mehr von Hingabe sprechen, das war geradezu eine Besessenheit. Sie wollte einfach *alles* herausfinden.«

Ich runzle die Stirn. »Und du nicht?«

»Nein, manche Dinge sollte man einfach nicht herausfinden.« Marks Wangenknochen treten hervor, während er an mir vorbei in den Wald starrt.

»Aber wir müssen uns doch weiterentwickeln. Dazu braucht es die Wissenschaft.«

»Now I am become Death, the destroyer of worlds«, antwortet Mark mit dunkler Stimme.

Seine Worte jagen einen Schauer über meinen Rücken. »Hm?«

»Das ist ein Zitat aus einer heiligen Schrift des Hinduismus. Und es war der Satz, den Robert Oppenheimer sagte, nachdem er Zeuge der ersten Detonation der Atombombe am 16. Juli 1945 wurde.« Er schluckt, erst jetzt blickt Mark mir wieder direkt in die Augen. »Es hat ihn bis ans Ende seines Lebens verfolgt.«

»Und deine Mutter hat das anders gesehen als du?«

»Ja.« Mark macht eine kleine Denkpause. »Dennoch war sie die schlauste Frau, die ich je kannte.«

»War?«, frage ich irritiert. Doch da sind die Worte schon aus meinem Mund. *Oh nein.* Ich ziehe erschrocken Luft ein und weiß sofort, was der schimmernde Glanz in seinen Augen zu bedeuten hat.

»Tut mir leid, ich wusste nicht …«, setze ich an.

»Es ist acht Monate her«, unterbricht er mich sanft. Dann schließt er die Augen und schmiegt sein Gesicht in meine Handfläche.

In meiner Brust zieht es sich zusammen. Ein bisschen verweilen wir so, und es macht mich ganz ehrfürchtig, diesen Augenblick mit ihm zu teilen. Ich wünschte, ich könnte irgendwie etwas von diesem Schmerz in ihm verschwinden lassen. Aber mir fehlen die Worte.

»Du machst mir Angst«, sagt Mark und löst sich schließlich aus meiner Berührung.

»Ich?«

»Ja genau, du«, sagt er und tippt mit dem Zeigefinger auf meinen Brustkorb. »Schon vom ersten Moment an, als ich dich bei der Projektvorstellung gesehen habe. Wie du den Kopf leicht nach vorne gereckt hast. Du hast die ganze Zeit mit dem Kuli in deinen Fingern herumgespielt, aber ich habe gespürt, wie du deine volle Aufmerksamkeit auf das gerichtet hast, was ich erzählt habe. Dein Gesicht sieht so rein aus, wenn du konzentriert bist.«

»Du fandest mich also von Anfang an gut?«, frage ich.

Mein Magen flattert. Sicherlich hätte ich mir schlimmere Gefängnisse ausdenken können, als eng von einem Netz umschlungen auf Marks Schoß zu sitzen. Aber mit ihm über so etwas zu reden, während unsere Gesichter so dicht voreinander sind und keiner von uns auch nur einen Zentimeter abrücken kann, macht mich auf einmal nervös.

»Ich …«, setzt Mark an, bricht dann jedoch ab. Er verkrampft sich wieder. *Was? Was willst du mir sagen, Mark?*

Er steckt das Foto, das er die ganze Zeit über in der Hand hatte, plötzlich in seine Jacke und überbrückt die wenigen Zentimeter, die unsere Lippen noch getrennt haben. Der Kuss überrollt mich wie eine einstürzende Welle. Doch ich lasse mich nicht davon erschrecken, sondern einfach mitreißen. Und dann geht auf einmal alles ganz schnell. Meine Atmung. Mein Herzschlag. Die Berührungen.

Marks Hände schieben sich unter meine Jacke, unter den Pulli, so als hänge jetzt alles von einem kurzen Zeitfenster ab. Als blieben uns nur noch wenige Sekunden. Ich will wissen, wie es sich anfühlt. Ich drücke meine Lippen noch wilder auf seine. Unsere Zungen berühren sich. Meine Kopfhaut kribbelt. Ich keuche, als seine Hände sich um meine Brüste legen, kralle meine Nägel in seinen Nacken, und mein Körper will einfach nur noch übernehmen. Erst jetzt weiß ich, wie lange der Wunsch nach diesem Moment schon in mir herumgeistert. Wie hungrig ich danach war.

Plötzlich sind da Geräusche. Wir fahren erschrocken auseinander. Blut steigt mir in den Kopf. Ein Rascheln geht durch die Büsche, dann ein Flattern. Es war ein Vogel. Nur ein Vogel!

Erleichterung schießt in meine Glieder, die immer noch am Zittern sind. *Wo war ich gerade nur?*

Vorsichtig zieht Mark seine Hände zurück. Ich spüre seine Berührungen auf meiner Haut nach. Noch einmal beginnt mein ganzer Körper zu kribbeln. Dann bleiben wir bei leisen, zarten Berührungen. Die Außenwelt kehrt zurück. Ich atme tief ein und wieder aus.

»Hast du schon viele Mädchen geliebt?«, frage ich.

Mark stößt belustigt Luft aus der Nase, er ahnt, dass mein Fragespiel noch nicht vorbei ist.

»Mädchen haben mich lange gar nicht interessiert«, sagt er, und ich bin ihm dankbar, dass er sich Zeit für seine Antwort nimmt. »Und als sie es taten, hatte ich kaum Zeit für sie. Als ich siebzehn war, hatte ich eine Freundin. Sie hat irgendwann Schluss gemacht, weil ich zu selten für sie da war. Ich kann es ihr nicht übel nehmen, auch wenn ich deswegen lange traurig war. Es ging einfach nicht anders.«

»Was ging nicht anders?«

»Meine Mutter war zu der Zeit in eine ziemlich wichtige Forschungssache verwickelt. Sie hat mich dringender gebraucht«, antwortet er, und damit ich nicht noch weiter bohren kann, stellt er schnell eine Gegenfrage. »Was ist mit Marius und dir?«

Ich zögere. Röte schießt mir in die Wangen.

»Du musst natürlich nicht darüber reden«, sagt Mark.

»Nein, ist gut.« Schließlich hat er sich auch mir endlich ein wenig anvertraut. *Also sei nicht feige, Ira.*

»Na ja, also zwischen Marius und mir, da …« Ich räuspere mich.

»Habt ihr schon mal miteinander geschlafen?«, fragt Mark, und langsam scheint er diese Unterhaltung ebenfalls zu genießen, und auch, mich in Verlegenheit zu bringen.

»Doch, haben wir«, sage ich. »Aber erst ein paarmal, und irgendwie … ich weiß nicht. Ich hatte es mir anders vorgestellt. Schöner.«

»So geht es bestimmt vielen am Anfang. Wird mit der Zeit besser, glaub mir«, antwortet er und schmunzelt.

Mein Gesicht glüht. »Weißt du, auch wenn dieser Ort so grausam ist, habe ich das Gefühl, dass man hier einen neuen Blick für das Wesentliche bekommt. Wie wichtig Vanjo mir ist und wie dankbar ich für mein Zuhause bin. Wie wenig man es schätzt, Essen, Kleidung und ein Dach über dem Kopf zu haben. Es ist, als habe man hier einen viel klareren Blick auf sich selbst. Und die Menschen, die mir in all den extremen Situationen am häufigsten durch den Kopf gegangen sind … da war Marius irgendwie nicht dabei.«

Mark mustert mich aufmerksam, während ich weiterspreche.

»Die Verbindung, die Marius und ich haben, reicht nicht aus. Und das habe ich schon gewusst, bevor ich von Benny erfahren habe, dass Marius mich betrogen hat. Ich wollte es mir nur nicht eingestehen. Diese ganzen Kleinigkeiten. Wieso er nicht versteht, was mich an Biologie so fasziniert, oder wie er sich verstellt, wenn er mit seinen Kumpels abhängt. Ich erkenne genau, wenn er Sprüche reißt, um vor den anderen cool zu sein. Die ganze Zeit ist es ihm so wichtig, welches Bild er nach außen abgibt. Nach der Sache mit dem Messerangriff ist er durch eine so schwere Phase gegangen, dass ich selbstverständlich für ihn da war. Aber ehrlich gesagt könnte ich mir nicht mehr vorstellen, mit ihm weiter zusammen zu sein. Selbst wenn ich nie erfahren hätte, dass er mich belogen hat.« Ich blicke nachdenklich durch die Netzmaschen in die Ferne. »Ich möchte mehr von einem festen Freund, verstehst du?« Jetzt drehe ich den Kopf wieder zu ihm.

Mark nickt. »Du hast dich eben weiterentwickelt. Und manchmal hält man gern an der Vorstellung einer Beziehung fest. Mehr als am Menschen selbst.«

»Ja«, sage ich. »Es tut gut, das endlich einmal auszusprechen.«

Ich wünschte so, Vanjo würde das auch verstehen. Aber ich traue mich noch nicht, dieses Gespräch mit ihm zu führen. Das Fremdgehen, die Messerattacke, das Geständnis von Benny, das macht die ganze Sache so verstrickt.

»Ira.« Mark reißt mich aus meinen Gedanken. Seine Stimme klingt beängstigend ernst.

»Ja.«

»Ich glaube, ich muss dir etwas sagen.« Er sucht meine Hand, und ich merke, dass seine ganz schwitzig ist.

»An dem Tag, an dem das Biologieprojekt begonnen hat, da …« Er ringt mit sich, sucht nach den passenden Worten. Langsam macht er mir Angst. Was ist denn los?

Mein Herz pocht. *Sag es, Mark.*

Doch auf einmal verstummt er. Und der eben noch ernste Ausdruck in seinem Gesicht verwandelt sich zu einem ganz anderen. Seine Augen verengen sich, und er hat etwas im Visier.

»Was ist da?«, frage ich und drehe mich um.

Tag 8, 14:23 Uhr, Moorwald.

»Vergiss, was ich sagen wollte!« Mark klingt aufgeregt. »Mir ist gerade eine Idee gekommen, wie wir es vielleicht aus diesem Netz schaffen!«

Ich haue ihm die Hand auf die Brust. »Mann! Ich hab mich gerade voll erschrocken!«

»Entschuldige«, sagt er. »Denkst du, wir schaffen es, das Netz zum Schaukeln zu bringen?«

»Wir können es versuchen. Und dann?«

Mark richtet sich etwas auf, um sich mehr Sicht zu verschaffen. »Siehst du den spitzen Ast dort? Der muss mal irgendwann abgebrochen sein.« Er deutet mit dem Finger auf das Geflecht aus Ästen etwas schräg über unseren Köpfen. »Wenn wir es schaffen, so hoch wie möglich zu schaukeln, könnten wir den Astvorsprung dort vielleicht fassen und das Seil damit durchtrennen!«

Ich lege den Kopf in den Nacken, noch kann ich den Ast nicht ausfindig machen. Es dauert einen Moment, dann finde ich ihn. Jetzt verstehe ich, was er meint. Wenn wir das Seil, das unser Netz hält, an der scharfen Kante des Astes einhaken, haben wir so viel Gegengewicht, dass es womöglich reißt.

»Wir kriegen das hin, aber wir könnten damit auch auf uns aufmerksam machen«, sagt er.

Ich schürze die Lippen. »Besser, als ihnen ohnehin ausgeliefert zu sein. Sobald wir landen, müssen wir uns unsere Waffen schnappen und fliehen!«

Wir sprechen die Richtungen ab. Dann verschränken Mark und ich die Beine so ineinander, dass wir den größtmöglichen Radius erreichen. Ich lehne mich mit dem Oberkörper zurück, um dann wieder kraftvoll nach vorne zu schwingen. Er versucht, sich meiner Bewegung anzupassen.

Das Netz beginnt zu schaukeln. Ich kralle meine Hände seitlich in die Maschen, um nicht unkontrolliert nach vorne zu kippen. Blätter wirbeln auf uns herab.

»Es funktioniert!«, sage ich. Wir haben eine Höhe erreicht, auf der wir fast einen ersten Ast zu greifen bekommen. Es erfordert mehr Anstrengung, als ich gedacht hatte. Aber das Netz schwingt bereits so weit aus, dass wir aufpassen müssen, nicht gegen den Baumstamm zu prallen.

Mark streckt seinen Arm aus. »Fast!«

Beim nächsten Schwung stoppt unser Netz ruckartig ab. Durch den plötzlichen Widerstand pralle ich gegen Marks Brustkorb.

Ja! Er hat die Arme um den Aststumpf geschlungen. Wir verharren in der Luft, ein kurzer Blick nach unten verrät mir, dass wir nun noch höher über dem Boden schweben.

»Nicht bewegen!«, sagt Mark. Seine Lederjacke spannt um die Oberarme. Ihn darf nur nicht die Kraft verlassen, sonst plumpsen wir nach unten zurück. Dann, mit einem letzten Ruck, hakt er das Seil ein. Ich höre, wie die Hanffasern und die Astspitze aneinander reiben Das Seil knarzt. *Bitte.*

Ein Reißen. Meine Haare wirbeln auf.

Ich spüre die Schwerelosigkeit unter mir:

Wir fallen.

Tag 8, 14:29 Uhr, Moorwald.

Der Aufprall donnert durch meinen Körper. Für eine Sekunde bin ich blind. Der Schmerz vibriert in meinen Gliedern nach. Aber ich schaffe es, mich ein Stück von Mark wegzurollen und auf die Knie zu stützen.

»Alles okay?«, frage ich und atme flach. Aber Mark liegt noch gekrümmt am Boden und hält sich das Bein, sein Gesicht gequält verzogen.

Ich hatte Glück, ganz gut gefallen zu sein, und durch das Turnen weiß ich, wie man am besten aufkommt. Das meiste hat jedoch Mark abgefedert. Ich lege eine Hand an seine Schulter. »Denkst du, du kannst dich bewegen?«

Er keucht heftig und presst die Augen zusammen, als er versucht, sein Bein auszustrecken. »Scheiße«, sagt er mit zusammengebissenen Zähnen. »Das tut höllisch weh.«

»Sicher geprellt«, sage ich.

Er nickt nur, während er sich immer noch das Bein hält.

Ich versuche, ihn zu beruhigen, die dumpfen, pochenden Stellen an meinen Gliedern ignoriere ich jetzt. »Wir haben es geschafft!«

»Ja«, sagt er bemüht. »Hol schnell die Waffen!«

Er hat recht. Die Wicca könnten längst auf dem Weg zu uns sein. »Sicher.« Ich versuche mich aufzurichten, stoße auf Widerstand. Das Netz hängt immer noch auf meinem Rücken. Kurz stottert mein Kreislauf. Aber jetzt zu funktionieren, hilft mir, den Schmerz zu verdrängen. Ich zerre mich, so weit es geht, aus dem Netz, robbe weiter zu den Waffen, sodass ich die restlichen Maschen, die sich um meine Beine geschlungen haben, nun mit der scharfen Eisenkante durchtrennen kann. Ich steige heraus, klopfe das Laub von meiner Hose. Es fühlt sich merkwürdig an, wieder festen Boden unter den Füßen zu haben.

Ich befreie nun auch Marks Schultern aus den Netzseilen und reiche ihm die andere Waffe. »Danke«, murmelt er. Inzwischen hat er sich auf die Ellenbogen gestützt. Ich helfe ihm auf.

Er bleibt noch für ein paar Sekunden still stehen, versucht, sich zusammenzureißen. Aber ich weiß aus dem Training, wie fies sich solche Verletzungen anfühlen können.

»Gib mir zwei Sekunden, dann gehen wir los«, sagt er, sein Brustkorb hebt und senkt sich heftig.

»Ist gut.« Ich prüfe die Umgebung, als mir plötzlich der Atem stockt. *Ist das …?*

Mein Puls katapultiert sich sofort hinauf. Zwischen den Bäumen, keine fünf Meter entfernt, bewegt sich etwas!

»Scheiße, wir müssen hier weg!«, sage ich leise, aber drängend zu Mark, ohne die Bäume aus den Augen zu lassen.

»Mhm?«, sagt er.

Aber da kracht es bereits im Gebüsch: Zwei Gestalten in schwarzen Roben brechen hervor, die rechte von ihnen hält einen Dolch umklammert, die linke einen Speer, dessen Spitze direkt auf uns gerichtet ist. Mein Herz steht einen Augenblick still. *Die Wicca.*

Wir weichen zurück, greifen fester um die Eisenstangen. Verdammt, Mark kann sich doch gerade erst auf den Beinen halten.

Wir sind ihnen ausgeliefert!

Der rechte der beiden Männer grinst hämisch. Sein Gesicht sieht merkwürdig verzerrt aus. Ein schwarzer vertikaler Strich trennt es in zwei Hälften. Der lange Zopf fällt ihm bis über die Brust. Er ist buschig, und ich bemerke erst jetzt, dass es nicht seine Haare sind, sondern der Schwanz eines Fuchses.

»Ihr dachtet wohl, ihr könnt uns entwischen, hä?« Seine Stimme ätzt sich wie Säure in mein Hirn. »Ihr wolltet schon einmal unsere Opferung stören, das lassen wir kein zweites Mal zu.«

Meine Schuhe sinken in den schlammigen Boden, als ich versuche, ein weiteres Stück zurückzuweichen. Aus dem Augenwinkel sehe ich, wie Mark sich gerade so aufrecht halten kann. *Ich muss etwas tun!*

»Gebt uns unsere Freundin zurück!« Ich erhebe nun meine Stimme. »Wenn ihr sie nicht aushändigt, dann versprechen wir, brennen wir euer Lager nieder!«

Blut pumpt durch meine Adern. Meine Hände um die Waffe sind schwitzig.

Der Wicca mit dem Fuchsschwanz lacht auf. »Ich kenne Menschen wie dich und ihn.« Seine Speerspitze zuckt dabei einmal in meine Richtung und dann zu Mark. »Niedere Drohungen von lästigen Plagen wie euch. Nur zu, doch so weit werden wir es gar nicht erst kommen lassen.«

»Eure Freundin gehört dem Gehörnten.« Es ist nun der andere Wicca mit dem Dolch, der mit einer gefährlichen Ruhe zu uns spricht. »Und niemand wird sich dem Willen des Gottes widersetzen, schon gar nicht so ein paar Kinder wie ihr!«

»Greift ihr an, rufen wir sofort Verstärkung!« Nun schaltet sich auch Mark ein, aber ich höre den nervösen Unterton in seiner Stimme. *Verdammt, wir sind am Ende!*

Ich beiße mir auf die Lippe, flehe innerlich, dass sie uns die Worte abkaufen. Doch der rechte Wicca mit dem Fuchsschwanz kippt seinen Kopf einmal zur Seite, sodass sein Nacken knackt. Dann spreizt er seine Finger und legt sie wieder um den Ledergriff seiner Waffe.

Sie greifen an.

Der Speer des Wicca saust vor, ich realisiere kaum, was passiert, reiße einfach die Eisenstange quer nach oben, um den Hieb abzuwehren. Ein lauter Schlag, ich habe die Augen zusammengekniffen. Der Klang von klirrendem Metall erfüllt den Wald. Der

Widerstand vibriert in mir nach, meine Füße schieben sich tiefer in die Erde. Ich reiße die Augen wieder weit auf. *Fuck!*

Um ein Haar hätte eben ein Speer meinen Körper durchstoßen! Ich hätte tot sein können!

Ich keuche, der Wicca unter der Kapuze sieht mich finster an. Eine Furche hat sich zwischen seinen Brauen gebildet. Mit meiner schnellen Reaktion hat er wohl nicht gerechnet.

Wir visieren uns eine Sekunde lang an, er macht kleine Schritte nach rechts und links, bereitet sich auf seinen nächsten Angriff vor. Neben mir höre ich den Dolch des anderen Wicca und Marks Waffe aufeinanderschlagen. *Oh Gott, halte durch!*

Nicht ablenken lassen. Ich zögere keinen weiteren Moment, hole aus und ziele auf den Kopf des Wicca vor mir, um die Waffe dann doch im letzten Moment herumzuwirbeln und gegen seine Rippen zu lenken. Ich stoße auf Widerstand. Der Wicca stöhnt auf und weicht zurück. Ich habe ihn tatsächlich gestreift.

Er knurrt wütend und reißt seinen Speer hoch. Mit Wucht stürmt er auf mich zu, ich weiche zur Seite aus, schreie, spüre den Luftzug vom Schwung seiner Waffe. *Fuck, war das knapp!*

Mein Körper bebt. Der Wicca bringt seinen Speer wieder in Position, ich muss schneller sein. Ich beiße die Zähne zusammen, während ich meine Waffe nach vorne sausen lasse. Die Vorstellung, jemandem brutal eins über den Kopf zu hauen, ist fast nicht auszuhalten. *Aber Vanjo hätte keine Furcht. Und ich habe es ihm versprochen.* Der Wicca weicht meinem Hieb nach hinten aus. Aber sofort setze ich nach, gebe einen Kampfschrei von mir, als ich mit der Eisenstange auf die Kapuze des Wicca ziele. Ein dumpfer Laut, ihm reißt es den Kopf zur Seite.

Ich taumle durch den Aufprall zurück. Treffer! Ich hab ihn an der Halsbeuge getroffen! Ein abgehacktes Stöhnen kommt aus seiner Kehle, dann sackt er auf die Knie und im nächsten Moment kraftlos in das Laub.

Ich kreische. Der Mann am Boden regt sich nicht mehr! Mein ganzer Körper zittert, *ist er … hab ich …?*

»Ira!«, schreit Mark.

Für eine Sekunde habe ich die Kampfgeräusche neben mir ausgeblendet. Ich blicke erschrocken von der reglosen Gestalt am Boden zu ihm. »Ira!« Marks erneuter Ruf rüttelt alles in mir wach, noch nie habe ich ihn so schreien hören. Er blickt von seinem Zweikampf zu mir rüber. Und dann verstehe ich: Mark denkt, *mir* sei etwas zugestoßen!

Aber der zweite Wicca nutzt jetzt den Augenblick, in dem Mark abgelenkt ist, zielt direkt auf seine Bauchmitte.

»PASS AUF!«, brülle ich.

Mark springt zur Seite. Ein seltsames Geräusch. *Nein, nein, nein.* Ich schnappe mir den Speer des am Boden liegenden Wicca, sprinte vor, ziele mit der Waffe auf den anderen, der gerade wieder ausholt, um auf den am Boden gekrümmten Mark einzustechen.

»Nicht!«, schreie ich und bin erschrocken über die Wucht, die in meinem Angriff liegt.

Die Waffen klirren gegeneinander. Ich habe den Dolch genau getroffen. Der Hexer wirbelt zu mir herum, hat die Waffe aber nicht fallen lassen. Er fletscht die Zähne. Doch dann hat Mark bereits die Eisenstange wieder hochgerissen und macht den letzten, entscheidenden Schlag. Der Dolch des Wicca wirbelt durch die Luft, um dann auf den Boden zu fallen. Wir haben ihn entwaffnet.

Ich schnappe nach Luft, bin wie elektrisiert.

Mark nimmt mir nun gefasst den schweren Speer aus meinen Händen und richtet die metallene Spitze gefährlich nah auf die

Brust des Wicca. »Du rührst dich keinen Millimeter!« Marks Worte jagen selbst mir einen Schauder über den Rücken. Seine Kiefermuskeln zucken, die plötzliche Härte in seinem Gesicht erschreckt mich.

»Stopp!« Der Wicca reißt die Hände hoch, funkelt uns an. »Schon gut, schon gut!«

Eine Bewegung von Mark und die Speerspitze würde durch die Robe in sein Herz dringen. Ich bebe. Mein Körper steht noch immer unter Strom. Jede Faser auf's Höchste gespannt. Und erst jetzt wird mir richtig klar, was gerade passiert ist.

Der Wicca ist entwaffnet. Der Ausdruck in seinen Augen ist die pure, greifbare Angst.

Wir haben ihn.

Mark

knapp 17 Stunden zuvor, Lungenheilanstalt, draußen.

Hinterhof. Letztes Gebäude, Hauswand außen, rechte Seite, der dritte Ziegelstein von unten, Schlüssel für Holzschuppen.

Ich gehe zügig voran. Benny darf bloß keinen Verdacht schöpfen. Habe ihm gesagt, er solle schon mal nach Pauls geklauten Essensvorräten schauen. Ich müsse nur kurz pissen, um die Ecke, gleich wieder da. Verdammtes Schwitzen. Ich schwitze viel zu stark. Ob er mir das abgekauft hat?

Habe das Ende des Hinterhofs erreicht. *Letztes Gebäude, Hauswand außen, rechte Seite, der dritte Ziegelstein von unten, Schlüssel für Holzschuppen.*

Bisher konnte ich mich an alle Wege erinnern. An diesen auch. Der Plan ist schon an zu vielen Punkten schiefgelaufen. Das hier werde ich nicht versauen. Den Bruder zu retten ist Schadensbegrenzung. Schlimm genug, dass ich diese Hexenspinner unterschätzt habe. Ich hätte schwören können, dass sie zu weit weg sind, zu tief im Wald. *Falsch gedacht.*

Ich ziehe im Gehen meine Jacke aus. Kann ich nicht endlich aufhören zu schwitzen?

Das hier ist riskant genug. Wenn ein kleiner Schweißausbruch mich verdächtig macht, wäre das ganz schön dämlich. Und dämlich bin ich nicht, war ich nie. Davon gibt es in diesem Camp genug andere.

Bin da, an der richtigen Hauswand. Eins, zwei, drei. *Dritter Ziegelstein.* Ich gehe in die Hocke, taste mit den Fingern nach den beweglichen Kanten. Ich ziehe den Stein aus dem Mauerwerk, rötlicher Sand bröselt zu Boden. Die Pumpe geht mir richtig kräftig. Ich taste nach dem kalten Schlüssel. Ein Schweißtropfen kitzelt mich an der Schläfe.

Was tue ich da wieder? Wenn sie nur wüssten. Und Ira. Sie hat alles durcheinandergebracht. Sie ist so anders. Ganz anders als *sie*. Es versetzt mir einen Stich in die Brust, wenn ich an Iras leidendes Gesicht denke, wie sie ihren Bruder so traurig ansieht, so vollgestopft mit Emotionen. Das hat mich kurz an mich selbst erinnert, vor acht Monaten. So muss ich auch ausgesehen haben, als ich meine Mutter gefunden habe.

Ich halte den Schlüssel verkrampft in meinen Fingern, steuere den Holzschuppen an. Ein kleines Kabuff mit kaputten Hausmeistergeräten. Jetzt muss alles ganz schnell gehen.

Ich mache das nur wegen dir, Ira. Weil ich diese traurige Furche nicht leiden kann, die sich auf deiner Stirn bildet, wenn du so dein Gesicht verziehst. Dann will ich sie am liebsten glatt streichen. Wie ein Eselsohr an einer Buchseite.

Das Kabuff liegt neben dem hintersten Gebäudetrakt, dicht an der Außenmauer, schon halb vom Efeu verschlungen. Ich stecke den Schlüssel in die Türverriegelung. Die Zacken rasten ein, der Schlüssel lässt sich drehen. Die Tür schwingt auf. Ich steige über alte Reifen, morsche Holzbretter, Besen und eine kaputte Schubkarre. Ich höre immer noch nicht auf zu schwitzen. Meine Haare an den Schläfen sind bestimmt schon nass.

Wenn ich Iras Bruder helfen kann, helfe ich Ira. Ich mag, wie ihr Gesicht aussieht, wenn ich ihr helfen konnte. Scheiße, so bin ich sonst auch nicht.

Ich ziehe den Koffer unter der Schubkarre hervor. Kleine Staubwolken wirbeln auf und kratzen im Hals. Die Metallscharniere machen ein kreischendes Geräusch, als ich sie aufklappe. Ich rümpfe die Nase. So was mag ich nicht. Meine Mutter mochte das auch nie. Das tat ihr in den Zähnen weh. Aber solche Gedanken kann ich jetzt nicht gebrauchen. Ich atme einmal tief ein und aus. Mein Puls liegt sicher bei neunzig.

Ganz oben im Koffer liegen die Aufzeichnungen. Ich hebe die

Blätter vorsichtig an. Zu lange habe ich an den Tabellen mit den Messwerten gesessen. Ich will nicht, dass in der Hektik etwas kaputt geht. Darunter ist das Gerät, noch mehr Mappen voller Pläne und Notizen, die alte Quarzarmbanduhr meiner Mutter. Die Medikamentenbox. Na endlich. *Ciprofloxacin, Lorazepam, Retapamulin, Acetylsalicylsäure, Fenetyllin – Phenoxymethylpenicillin.* Das müsste wirken.

Ich stecke den Tablettenfilm mit Phenoxymethylpenicillin in meine Hosentasche.

Immerhin hat mich die Gruppe akzeptiert. Wenigstens eine Sache, die funktioniert. Auch das hier werden sie in ihrer Panik durchgehen lassen. Haben sie doch bis hierher auch.

Ich will den Metallkoffer schließen, dann stoppe ich doch noch mal. Das Schwarz der Pistole blitzt mir entgegen. Sie wäre geladen. Ich sehe aus dem Augenwinkel, wie ein Schweißtropfen von meinen Haaren fällt. Puls hundert.

Man müsste nur abdrücken. Ich könnte Ira damit beschützen. Paul rennt auch noch irgendwo da draußen rum. Und wer weiß, inwiefern die Wicca meine Pläne durchkreuzen. Ich habe schon so viel auf mich genommen, um das Schlimmste zu verhindern. Zu verhindern, was unser aller Untergang bedeuten würde.

Ich lecke mir über die salzigen Lippen. Sie wäre geladen. Aber los, ich muss los. Benny wartet, ich muss mich beeilen. Ich reibe nervös die Hände an meiner Jeans ab. Ich wollte doch nur kurz um die Ecke, er wird gleich nach mir rufen. Es war riskant genug, Tim den Tipp mit dem Bunker zu geben. Ich hatte Glück, dass er keinen Verdacht geschöpft hat. Aber Benny mache ich nichts vor.

Verdammt jetzt.

Ich greife nach der Pistole. Sie liegt schwerer und befremdlicher in meiner Hand als in meiner Erinnerung. Ich könnte sie in meinen Hosenbund stecken und einfach unter meiner Jacke verschwinden lassen. Der Zweck heiligt die Mittel.

Nein. Ich spinne, zu auffällig. Der passende Zeitpunkt wird kommen. Ich lege sie in den Koffer zurück. Das metallene Schwarz schimmert an den Stellen meiner feuchten Fingerabdrücke. Ich verstecke sie wieder unter den Notizen, klappe den Deckel herunter. Ich werde ab jetzt wachsamer sein. Puls hundertzwanzig.

EPISODE 4
Der Austausch

Paul

Tag 8, 12:00 Uhr, Wald.

Der Nacken des Turnermädchens bricht.

Er knackt in meinen Händen wie ein morscher Ast, und ich sehe, wie das Leben in Sekundenbruchteilen aus ihr verschwindet. So, wie es aus meiner Freundin verschwunden ist.

Ich öffne die Augen und starre weiter auf die zahlreichen Baumstämme, die überall um mich herum aufragen. Sie sehen alle so gleich aus. Ich finde mich hier nicht gut zurecht.

Aber das muss ich. Ich muss die Wege in diesem Unterholz lernen wie die Wege unserer kleinen Stadt. Ich muss sie selbst bei tiefster Dunkelheit kennen und genau wissen, wohin ich mich bewege. Denn dann kriege ich das Turnermädchen, und dann kann ich meine Fantasie Wirklichkeit werden lassen. Ich kann sie bezahlen lassen für ihren heimtückischen Mord. Das drückende Gefühl ist sofort wieder da, als ich daran denke. Meine Freundin, wie sie leblos auf dem kalten Boden vor der Anstalt liegt, das Rot um ihren Kopf.

Das drückende Gefühl, das sich von meiner Brust aus in meinem ganzen Körper ausbreitet und sich von innen gegen meine Hülle presst, als ob jeden Moment meine gesamte Haut aufplatzen würde, weil sie nicht mehr standhält. Besonders in meinen geballten Fäusten. *Sie wird dafür bezahlen.*

Ich greife mit der rechten Hand in meine Hosentasche und umschließe den schweren, kantigen Stein, den ich gefunden habe. Ich umkralle ihn so fest, dass es schmerzt. Ich warte. Nur langsam ebbt das drückende Gefühl in mir ab, und ich kann wieder klarer denken. Das muss ich, wenn ich hier durchkommen will. Kein einziger Fehler darf mir mehr passieren. Nicht noch einer.

Ich habe mich zu sicher gefühlt. Ich habe gedacht, durch die Warnungen von Ron hätten wir einen so massiven Vorteil, dass meine Freundin und ich von allen aus der Gruppe am wenigsten in Gefahr wären. Niemals hätte ich dabei aber gedacht, dass die größte Gefahr innerhalb der Gruppe selbst lauert.

Ich habe es gesehen. Ich habe mit eigenen Augen mit ansehen müssen, wie das Turnermädchen meine Freundin erschlägt. Aber ich war zu weit weg, um es zu verhindern. Ich war nicht da.

Es war ein Fehler, den ich mir nie verzeihen werde. Ich wünschte dennoch, Ron hätte mich vehementer gewarnt. Ich übernehme die Verantwortung, und dennoch wünschte ich, er hätte mir ins Gesicht geschrien: *Bring dieses grässliche Turnermädchen auf der Stelle um!*

Ich hätte nicht mal nachgefragt und es einfach getan. Aber Ron hatte sich wohl dagegen entschieden. Ja, er ist seitdem nicht mehr aufgetaucht. Sogar *er* hat mich alleingelassen.

Nun gut, weiter geht es. Ich drücke mich an einem großen Strauch vorbei und pirsche durch den Wald voran. Mein rechtes Bein ist noch ein wenig ungelenk von dem Angriff des Turnerjungen, Schmerzen spüre ich allerdings keine. Er hat mich wirklich überrascht. Ohne ihn wäre jetzt schon alles erledigt.

Dass er für seine Liebsten einsteht, kann ich verstehen. Trotzdem sollte ich mir überlegen, ob ich ihn auch als Ziel auswähle. Immerhin ist er ihr Bruder. Er hätte uns vor ihr warnen müssen. Ich denke auch, dass Ron es gutheißen würde, wenn ich ihn ausschalte. Wahrscheinlich würde er mir sogar raten, sie alle nacheinander auszuschalten. Sie alle haben es zugelassen. Und wer sagt mir schon, dass nicht noch mehr von ihnen Dunkelheit in sich tragen wie das Turnermädchen?

Unter meinen Füßen quetscht plötzlich geräuschvoll Wasser hervor. Abrupt halte ich an. Vor mir wird die Flora zunehmend grüner, und weiter hinten kann ich den ersten Moortümpel erkennen. Anscheinend bin ich in den sumpfigeren Teil des Waldes vorgestoßen. Ich denke nicht, dass sie sich hier aufhalten werden.

Also vollführe ich eine Wende um neunzig Grad und gehe weiter. Ich glaube, in dieser Richtung geht es wieder zurück zur Anstalt. Wobei unseren Beobachtungen nach jeder Weg irgendwann wieder zurück zur Anstalt führt. Ob das wohl nur auf den Ausweg aus diesem Wald beschränkt ist? Oder sind die Richtungen und Verbindungen zwischen den Räumen in diesem Spiel ganz generell durcheinandergebracht?

Eine Weile schlage ich mich zusammen mit diesen Gedanken durch das Unterholz, bis ich abrupt stehen bleibe. Waren das Stimmen?

Ich habe nicht geschlafen seit dem Tod meiner Freundin, ich könnte mir das einbilden. Aber … ja, doch, das sind Stimmen, die ich kenne. Das sind die Stimmen von Leuten aus der Gruppe.

Sofort ducke ich mich und suche einen breiten Stamm als Deckung. Die Stimmen kommen sogar direkt auf mich zu.

»… Wald ist riesig, wie groß ist schon die Wahrscheinlichkeit?«

Das ist der Dicke. Jetzt sehe ich ihn auch, er geht neben dem kleinen Schwarzen. Der Dicke hat seinen Blick auf den Boden gerichtet, während der Schwarze sich immer wieder umsieht. Ich muss aufpassen, der ist sogar paranoid, wenn keine Gefahr droht.

»Es geht doch nicht um die Wahrscheinlichkeit«, redet der Schwarze weiter. »Es geht mir gerade nicht mal um Horrorfilme, obwohl das auch noch dazukommt. Aber es ist doch einfach unnötig riskant.«

»Warum bist du dann mitgekommen?«

»Weil Vanjo im Sterben liegt und ich nicht erst in die Anstalt gegangen und später noch auf ihr Dach geklettert bin, damit das jetzt alles umsonst war.«

Sie sind mittlerweile ganz nah bei mir. Der Dicke hält an und schlägt ihm auf die Schulter. »Ey, dass ich dich noch mal so erlebe.«

»Hä, was meinst du?«

»Ich würde sagen, du hast hier irgendwie deinen Mut gefunden.«

Der Schwarze grinst. »Vielleicht ein bisschen.«

»Wenn wir hier raus sind, dann nehme ich dich mal mit auf ’nen LARP. Das wird dir wirklich gefallen.«

»Was war das?!«, fragt der Schwarze plötzlich alarmiert.

Ich presse mich an den Baumstamm. Hat er mich bemerkt, ich habe mich doch gar nicht bewegt?

Vorsichtig spähe ich an der Rinde vorbei. Die beiden haben mir den Rücken zugewandt. Sie starren irgendwo in das Unterholz auf der anderen Seite.

»Hast du etwas gehört?«, fragt der Dicke mit gedämpfter Stimme.

»Ja … also ich … ich bin mir nicht hundert Prozent sicher.«

Sie werden mich nicht kommen hören. Bevor einer von ihnen überhaupt etwas merkt, werde ich den Ersten niedergestreckt haben. Jeder Einzelne von ihnen arbeitet mit der Mörderin meiner Freundin zusammen. Jeder von ihnen ist ein Hindernis, das mich von meiner Rache an dem Turnermädchen trennt. Lautlos greife ich nach dem Stein in meiner Hosentasche und hole ihn heraus. Er fühlt sich fest und richtig an. Die beiden sind Hindernisse und sie sind Mitschuldige. Ich löse mich aus meiner Deckung am Baumstamm, leise. Da greift mich plötzlich jemand an der Schulter und zieht mich entschieden zurück. Erschrocken fahre ich herum. *Ron.*

»Komm mit«, sagt er laut und deutlich.

Alarmiert linse ich zu den beiden Campern hinüber. Doch offensichtlich können sie Ron nicht hören.

»Aber …«, forme ich lautlos mit den Lippen.

»Komm mit.«

Rons Tonfall duldet keinen Widerspruch. Ich nicke.

Erneut löse ich mich von dem Baumstamm, diesmal jedoch schleiche ich in die andere Richtung. Den Stein lasse ich zurück in meine Hosentasche gleiten, während ich mich weiter von den Campern entferne. *Ein andermal.*

Ich folge Ron durch das Unterholz. Er rennt nicht, ja, hat eine gleichmäßige Ruhe in seinen Schritten, aber trotzdem habe ich Mühe, mit ihm mitzuhalten. Sein großer, sehniger Körper scheint beinahe durch den Wald zu schweben wie ein Irrlicht.

»Wohin gehen wir?«, frage ich, als wir mit Sicherheit weit genug von den beiden Campern entfernt sind.

Ron antwortet nicht.

Schweigend haste ich hinter ihm her, bis wir schließlich an einem Punkt sind, den ich nur zu gut kenne. Das Eingangstor zur Lungenheilanstalt ragt zwischen den Bäumen auf.

»Wohin gehen wir?«, wiederhole ich meine Frage. »Dort war ich schon. Auch nach meinem Angriff. Ich habe den Lagerschuppen ausgespäht, sie sind nicht mehr dort. Ich sollte ihnen im Wald auflauern. Da hatte ich doch eben schon zwei von ihnen.«

Ron hält an und dreht sich zu mir um. »Mach mich nicht wütend und hör auf zu reden.«

Ich kann den Ausdruck in seinem Gesicht nicht deuten. Es ist keine Wut, jedenfalls nicht primär, nein … Anspannung? Vorfreude?

Ich werde es nicht riskieren, zu fragen. Dabei wären da so viele Dinge, die ich wissen muss. Wie kann ich das Turnermädchen holen? Was waren ihre Motive, hätte ich sie erahnen können? Und warum, *warum* hast du es nicht verhindert, Ron? Warum nicht?

Ron dreht sich um und geht weiter. Ich folge.

Statt auf den Lagerschuppen zuzuhalten, in dem wir hier die ersten Tage untergekommen sind, biegt er nach links ab. Er geht geradewegs auf das Hauptgebäude der Anstalt zu.

Ein Bellen erklingt hinter mir. Ich drehe mich um. Es ist nichts zu sehen. Ron lässt sich nicht irritieren, und als wir vor der Anstalt ankommen, sehe ich, dass die Tür bereits ein Stück weit offen steht.

Bevor Ron eintritt, dreht er sich doch noch ein weiteres Mal zu mir um. »Bist du bereit, Paul?«

Ich frage nicht, wofür, nicke nur.

Ron betritt die Lungenheilanstalt und ich auch. Dunkle Schlieren scheinen durch die Luft zu wabern in diesem großen, brüchigen Raum. Ron schlendert durch die Eingangshalle, vorbei am Klavier auf der rechten Seite. Beiläufig lässt er den Finger über das alte Holz gleiten.

Anschließend steuert er auf die halb eingefallenen Treppen zu, die in die oberen Stockwerke führen.

»Keine Sorge, sie werden nicht brechen«, sagt er, ohne sich umzudrehen.

Trotzdem zögere ich einen Moment, bevor ich die erste Stufe nehme. Ron hat mich noch nie belogen. Aber er hat mir auch nicht stets die ganze Wahrheit erzählt. Nur ... habe ich überhaupt eine Wahl? Ich habe schon immer das getan, was Ron mir geraten hat. Erstens, weil ich ihm vertraue. Und zweitens, weil er auch nichts anderes geduldet hätte.

Langsam setze ich meinen Fuß auf die Treppenstufe. Sie knarzt nicht einmal. Ich nehme noch eine Stufe, nichts passiert. Meine nächsten Schritte werden sicherer, zuversichtlicher. Ron hat mich noch nie verraten.

Die Treppe hält mich den ganzen Weg bis nach oben, und nun

stehe ich in einem langen Gang, der in einer tiefen, undurchdringlichen Dunkelheit verschwindet. Ron ist neben mir.

»Geh«, sagt er. »Geh immer weiter, früher oder später wird es passieren, ich spüre es. Nur den genauen Zeitpunkt, den kann man nicht vorhersagen.«

»Ron, wovon redest du da? Kannst du mir nicht bitte wenigstens *etwas* erklären?«

»Geh, Paul.« Ron legt mir eine Hand auf die Schulter. »Vertrau mir einfach.«

Also gut. Ich mache mich auf den Weg in die Finsternis. Es ist keine Angst, die ich dabei spüre. Jedenfalls glaube ich das. Es sitzt ein unbeschreibliches Gefühl in meiner Brust, während ich einen Schritt vor den nächsten setze, immer weiter dem langen Flur der Anstalt folgend. Ein Impuls will mich zurückschauen lassen, ob Ron noch dort steht. Aber das wäre sicher nicht klug. Weiter. Die Dunkelheit ist überall um mich herum. Nicht nur neben mir, nein, auch über meinem Kopf und unter meinen Füßen. Ich könnte in einen Abgrund laufen und würde es nicht einmal merken, bevor ich aufschlage. Es wackelt. Alles wackelt. Meine Realität wackelt. Ich halte an. Aber jetzt ist nichts mehr.

Spielen meine Sinne mir Streiche? Nein, ich glaube nicht. Ich erlebe das hier viel zu klar. Weiter gehe ich voran.

Jetzt wieder, es wackelt. Stärker. Viel stärker. Es … Ich muss hier weg. Ich muss zurück, nein, vorwärts. Ich muss …

Licht blendet mich.

Krampfhaft kneife ich die Augen zusammen. Die Hände strecke ich vor, wie um etwas abzuwehren. Unter meinen Füßen, ja, da ist wieder etwas, da … ich stehe auf sicherem Boden. Und nichts um mich herum wackelt mehr.

»Herr Wendt? Was machen Sie denn hier?«

Die Stimme lässt mich herumfahren. Ich reiße die Augen auf,

muss sie aber sofort wieder schließen wegen der Helligkeit. Was passiert hier? Ich blinzle in schneller Frequenz, um mich an das Licht zu gewöhnen. Was passiert hier nur?

Vor mir wird der Umriss einer Gestalt erkennbar. Ein … junger Mann in einem weißen Kittel steht vor mir. Er hat einen dunklen Bart und buschige Augenbrauen. Er lächelt mich freundlich an.

»Und ich habe gedacht, man hätte Sie schon vor ein paar Tagen verlegt. Tja, da können Sie mal sehen, Herr Wendt, in diesem Saftladen geht alles drunter und drüber. Sagen Sie, wie sehen Sie denn überhaupt aus?«

Entgeistert starre ich den jungen Mann an. Dann geht mein Blick durch den Raum. Helle Kronleuchter hängen von einer hohen Decke und strahlen in einen etwas altertümlich anmutenden Saal. Der Boden ist mit breiten karmesinroten Teppichstreifen ausgelegt, die an den Nähten von grau-beigen Konturlinien durchzogen werden. Am hinteren Ende sehe ich eine kleine Empore, deren schwere Vorhänge offen sind. Sie ist leer.

Im Kontrast dazu stehen mehrere moderne Tische, an einem davon spielen zwei Frauen und ein Mann ganz in Grau gekleidet Karten. Eine automatische Schiebetür an der Seite des Raumes öffnet sich, und eine Frau rollt einen Metallwagen herein, auf dem verschiedene Plastikbehälter mit Tabletten stehen. Sie klackern beim Fahren gegeneinander. Das Geräusch davon scheint in meinen Ohren widerzuhallen, während ich immer noch versuche mitzukommen. Wo in aller Welt bin ich? Die einzige logische Erklärung …

»Herr Wendt.« Der Mann in dem weißen Kittel schiebt sich mit entschiedener Deutlichkeit wieder in mein Blickfeld, ohne sich mir dabei jedoch zu weit zu nähern. »Kommen Sie mal wieder hier an. Realer Fixpunkt, jetzt.«

Wovon spricht er da? »Was …«, beginne ich, breche aber ab. »Ich muss …«

Wieder starre ich nur entgeistert in den Raum, die Fenster sind vergittert, dahinter sehe ich Regen und braune Laubbäume. Vor einem der Fenster steht eine Person in einer langen grauen Stoffhose und einem ebenso grauen Pulli. Sie hat die Hände um die Gitter geschlungen und wippt immer wieder vor und zurück.

»Na gut, Herr Wendt, ich schlage vor, ich bringe Sie mal zum Essen, ja? Kommen Sie bitte mit.«

Der Mann im Kittel macht eine einladende Geste und führt mich, ohne mich dabei zu berühren. Ich gehe mit, weil ich derzeit keine bessere Alternative weiß. Ich kann nicht einmal den schwarzen Korridor sehen, durch den Ron mich geschickt hat.

Wir schreiten einen Flur entlang, der nach Desinfektionsmittel riecht. Gesäumt wird er von zwei Kommoden mit Blumen in Blumenvasen, verschiedene Sorten, aber die weißen Tulpen sind in der Überzahl. Darüber hängen Landschaftsbilder. Eine dritte Kommode am Ende des Ganges verdeckt einen Brandfleck im Teppich nur zur Hälfte. Ich müsste mir das alles viel genauer ansehen, aber schon gelangen wir in einen weiteren Raum. Das muss der Speisesaal sein.

In der Mitte sind Holztische in einem regelmäßigen Muster angeordnet, nur an einem der Tische weiter hinten sitzen zwei Graugekleidete. Sie blicken nicht auf, als ich hereinkomme, sondern löffeln stur ihre Suppe, als würden sie sich im Wettkampf miteinander befinden. Hier gibt es auch wieder Fenster, auch sie sind vergittert. Trotzdem kann ich gut durch sie hindurch nach draußen schauen. Unten auf dem Rasen geht eine Frau. Sie hält auf ein Gebäude weiter hinten zu, das durch einen von Stacheldraht überzogenen Zaun vom restlichen Gelände abgeschottet ist.

Der Mann im Kittel, der mich begleitet, führt mich zu einem

Tisch auf der anderen Seite und bedeutet mir, mich zu setzen. Ich setze mich.

»Ich sage in der Küche Bescheid, und dann bringt Mareike Ihnen direkt Ihr Essen. Die wird sich freuen, Sie noch mal hier zu sehen. Sie erinnern sich an Mareike, richtig? Sie empfanden sie als sehr sympathisch.«

Ich nicke nur abwesend.

»Sicher geht es Ihnen nach dem Essen wieder besser, wie immer. Und wenn es nicht besser wird, schaue ich mal nach, ob wir vielleicht noch etwas anderes für Sie haben.«

»Das ist in Ordnung.«

Ich bewege die Lippen mechanisch. Ich bin gerade so überfordert mit der Situation, dass sich statt der eben noch überschlagenden Gedanken eine seltsame Leere eingestellt hat. Es ist, als wäre ein Notprogramm angesprungen, damit ich mich sammeln kann.

Der Mann im Kittel geht weg, und ich bleibe wie erstarrt sitzen. Nach einer Weile kommt eine Frau mit Essen, die mich angeblich kennt. Wir wechseln ein paar Worte, die ebenso an mir vorbeigehen.

Ein Stuhl neben mir wird zurückgeschoben. Jemand setzt sich.

»Ich kenn dich«, sagt derjenige neben mir.

Ich reagiere nicht.

»Du hast wahrscheinlich nicht verstanden, was ich damit gemeint habe. Ich meine es nicht wie die anderen hier. Ich weiß, wo du eben gerade hergekommen bist. Ich weiß, dass du eigentlich nicht von hier bist.«

Seine Worte treffen mich wie ein Schlag gegen den Brustkorb. Es kommt mir vor, als würde ich plötzlich aufwachen. Ich drehe meinen Kopf und sehe meinen Tischnachbarn an.

Der Schock durchfährt mich mit ungleich stärkerer Heftigkeit. Neben mir sitzt ein Mann, dessen Gesicht von langen geschwungenen Narben durchzogen ist. Es sind Narben, die verschiedene Symbole bilden. Ich kann die Ansätze solcher Wundmale auch an seinen Unterarmen und an seiner Brust erkennen, wo das graue Hemd sie nicht bedeckt. Der Mann starrt mir unverwandt in die Augen und entblößt ein spitzzahniges Lächeln.

Ich versuche, ruhig zu bleiben, aber selbst mir gelingt es nicht, das Zittern meiner Hände zu unterdrücken. Nur zu gut kann ich mich an die Beschreibung des Turnerjungen erinnern, der im OP-Saal beinahe zu Tode gefoltert worden wäre.

Der Narbenmann hört nicht auf zu lächeln, während er weiterspricht: »Die anderen hier wissen das nicht. Sie verstehen es nicht … mit ein paar Ausnahmen. Aber ich, ich weiß genau, wer du bist. Und ich weiß, warum du hier bist.«

Ich habe keine Idee, was ich sagen soll. Es muss doch … ich muss zu Ron. Er wird etwas darüber wissen, was das hier zu bedeuten hat. Ich muss …

»Hat es dir die Sprache verschlagen?«, fragt der Narbenmann.

Ich sollte endlich etwas antworten. Aber was?

Und dann öffnet sich die hintere Tür des Speisesaals, und einige Graugekleidete kommen herein. Und die Welt erstarrt. Entgeistert blicke ich nach vorne, den Mund leicht geöffnet.

Das, was ich sehe, kann nicht sein.

Vanjo

Tag 8, 16:11 Uhr, Lungenheilanstalt, Bunker.

Was sind wir nur für miese Trottel!

Wie konnten wir denken, es sei eine gute Idee, die Leute in Zweiergruppen aus dem Bunker zu schicken, um diese Wicca zu finden? Die sind mehr als wir, die kennen sich hier tausendmal besser aus, und die sind bewaffnet. Geht es denn noch riskanter? Was haben wir uns dabei nur gedacht?

Na ja, bei dem konkreten Plan habe ich nicht viel gedacht, sondern gegen das grässliche Wundfieber angekämpft. Aber vorher habe ich Ira noch das Versprechen abgerungen, dass sie Alva für mich finden und retten wird. Dann muss ich mich auch nicht wundern.

Unruhig bewege ich mich auf der dünnen Matratze, deren Stoff noch etwas feucht ist von meinem Schweiß, und dabei hat Henrike die erste anscheinend sogar einmal mit der aus der oberen Pritsche getauscht, weil sie so durchnässt war.

Wäre ich bloß länger geistig anwesend geblieben, ich hätte verhindert, dass wir so einen megaschlecht durchdachten Plan fassen.

Aber hätte ich das? Bei der ersten Besprechung war ich doch geistig noch irgendwie dabei, das kann ich nicht auf das Fieber schieben. Hätte ich nicht alles Mögliche riskiert, um Alva da lebend wieder rauszubekommen, ganz egal, was die Konsequenzen sind?

Ja, vielleicht bringt es nichts, sich fertigzumachen. Aber Fakt ist: Theo und Julian sind ohne Ergebnis zurückgekehrt. Tim und Benny sind ohne Ergebnis zurückgekehrt. Und Mark und Ira sind überhaupt nicht zurückgekehrt. Ich darf gar nicht anfangen, mir auszumalen, was ihnen zugestoßen sein könnte. In aller Deutlichkeit spüre ich die dünne Bunkerluft in meiner Lunge, viel zu wenig Sauerstoff. Wenn …

»Es muss doch nichts bedeuten.«

Manchmal habe ich den Eindruck, Henrike kann Gedanken lesen. Sie ist neben mir in die Hocke gegangen, und ihre warme Hand berührt vorsichtig meinen Handrücken.

»Ja, muss es nicht«, gebe ich zurück. Durch ihre Anwesenheit werde ich automatisch etwas ruhiger. »Aber kann es.«

»Natürlich können wir es nicht wissen. Aber irgendwie fühlt es sich einfach nicht so an, als ob den beiden etwas passiert wäre«, meint Henrike. »Vor allem, wenn ich mir überlege, wie sehr Mark immer alles unter Kontrolle zu haben scheint.«

»Ja, *scheint*«, sage ich. »Er hat sich immerhin auch mit uns zusammen hierher verlaufen.«

»Manchmal habe ich nicht das Gefühl, dass er sich verlaufen hat.« Henrike schaut nachdenklich an mir vorbei.

»Wie meinst du das?«, frage ich.

»Das weiß ich auch nicht genau«, erwidert sie. »Aber ich finde ihn undurchschaubar. Manchmal sind seine Reaktionen viel weniger heftig als die vom Rest der Gruppe. So, als ob ihn manche Sachen irgendwie nicht überraschen.«

»Das ist mir noch nie aufgefallen. Er ist halt der Älteste und außerdem ein Typ, da ist man doch wahrscheinlich etwas ruhiger.«

»Ach so, und weil ich eine Frau bin, bin ich nicht so ruhig wie ihr?«, fragt Henrike und zieht die Augenbrauen hoch.

»So war das doch gar nicht gemeint.«

»Doch, war es.« Ich glaube, es ist das erste Mal, dass ich so was wie Ärger in Henrikes Gesicht erkenne. »Es sind nicht alle Mädels so wie Alva.«

Uff. Geradezu erschrocken sieht sie mich an, nachdem sie das gesagt hat.

»Sorry, das war unangebracht«, meint sie leise und senkt den Blick.

Ich strecke meine Hand aus und berühre sie am Kinn, um ihren Kopf wieder anzuheben, spüre dabei die feinen Linien ihrer Wangenknochen. »Brauchst nicht gleich ein schlechtes Gewissen haben, Henrike. Jeder aus der Gruppe hier weiß doch, dass du die Letzte wärst, die das böse meinen würde.« Ich löse meine Hand von ihr, geradezu widerwillig. »Außerdem kriegen wir Alva da ja auf jeden Fall wieder raus, dann passt der Spruch doch.«

»Stimmt auch wieder.«

So langsam wie möglich drücke ich mich hoch. In den letzten Tagen habe ich genug auf die Mütze bekommen, um zu wissen, dass es nichts bringt, da jetzt den völlig Erholten zu spielen.

Es lohnt sich. Ich stehe ohne großes Schwindelgefühl auf, Henrike muss mich nicht einmal stützen. Ich zupfe meinen Pulli zurecht, den trage ich nun als erste Lage, weil ich das Shirt mit Fieberschweiß getränkt habe. Vorsichtig bewege ich meinen linken Arm, kaum mehr als ein leichtes Ziehen ist an meiner Brust zu spüren. So überraschend heftig sich die Wunde in der kurzen Zeit entzündet hatte, so gut hat das Antibiotikum, das Mark gefunden hat, die Bakterien zerlegt.

Plötzlich kommt es mir unwirklich vor, dass ich daran tatsächlich hätte sterben können. Ich habe einen Beinahe-Sturz in ein Kellerloch hinter mir, ich habe einen Irren mit Skalpell im OP-Saal überlebt, ich bin auf das Dach der Anstalt geklettert, ohne draufzugehen. Aber was mich am Ende fast wirklich fertiggemacht hätte, war einfach nur eine Ansammlung kleiner Einzeller, die sich fleißig in meiner Wunde vermehrt haben.

Jetzt klinge ich ja fast wie ein Biologe. Ira wäre stolz auf mich, denke ich amüsiert. Doch augenblicklich vergeht mir der Spaß auch wieder. Ira. Falls ihr was zugestoßen sein sollte, heißt es jetzt, keine weitere Zeit mehr zu verlieren.

»Hör zu, Henrike«, beginne ich, als sich plötzlich die Klappe zum Bunker öffnet.

Jemand steigt die Leiter runter. Eine schwarze Robe. Krause, verwachsene Haare und goldene Reife an den Armen.

Oh fuck, es ist einer der Wicca!

Auch Henrike springt auf, die anderen sind genauso alarmiert. Hektisch sehe ich mich nach einer möglichen Waffe zur Verteidigung um. Ein weiterer schneller Blick nach oben. Dann erst verstehe ich, und sofort werde ich etwas ruhiger.

Direkt nach dem Wicca kommt Mark. Er hat den Schwarzgewandeten genau im Blick, damit er nicht abstürzt. Denn dessen Handgelenke sind vor seinem Oberkörper mit einem Strick zusammengebunden – wo auch immer sie den herhaben –, und er schafft es nur gerade so, sich an den schmalen Sprossen festzuhalten.

Die beiden steigen weiter hinab, und oben an der Bunkerklappe erscheint Ira, sie trägt einen Wicca-Speer mit sich. Mir wird richtig schwindlig vor Erleichterung. Meiner Ira geht es gut. Ihr ist nichts passiert, ich muss mir keine Sorgen mehr machen. Jedenfalls nicht um sie.

Ich beachte den Wicca erst mal überhaupt nicht, der gleich von Tim und Mark in den hinteren Bereich abgeführt wird. Ich warte nur ungeduldig an der Leiter, bis Ira unten ist. Sofort schließe ich sie fest in die Arme. Ihre Haare riechen nach Herbstwald, aber auch nach ihr, nach Zuhause. Sie wirkt überrascht.

»Gut, dich zu sehen«, sage ich und lasse sie fast widerstrebend los.

»Gut, *dich* zu sehen.« Sie reibt sich die Schultern. »Ich merke, du bist wieder zu Kräften gekommen.«

»Oh, sorry.«

»Macht nichts, habe ich vermisst.« Sie lächelt schwach. Sie sieht mitgenommen aus, aber auch irgendwie verändert. Beinahe kommt sie mir größer vor.

»Von wegen vermisst«, sage ich und lächle jetzt ebenfalls. »Ich habe noch nie in meinem Leben zu fest gedrückt.«

»Bitte?!« Ira zieht in gespielter Irritation die Augenbrauen zusammen. Sie legt den Speer in ihrer Hand vorsichtig auf den Boden unter die nun leere Pritsche. »Weißt du noch, als du Bezirksmeister geworden bist? Ich konnte danach zwei Tage nicht trainieren.«

»Fake News«, sage ich, weiß aber natürlich genau, welche Situation sie meint. Das Turnier damals hat Spaß gemacht.

Doch schon im nächsten Moment werde ich wieder ernst. »Alva«, sage ich.

Ira nickt. »Der erste Schritt ist getan.«

Ohne ein weiteres Wort gehen wir zu dem Wicca rüber, der noch immer hinten im Bunker von Mark und Tim flankiert wird.

Tag 8, 16:22 Uhr, Lungenheilanstalt, Bunker.

Eine komische Ruhe hat sich in mir breitgemacht.

Ich stehe direkt vor dem Wicca. Seine Hände sind noch immer zusammengebunden, sein Mund ist geknebelt. Beide Fesseln sind aus dem gleichen Hanfseil gefertigt. Mark und Ira haben es aus einem Fangnetz herausgeschnitten, mit dem die Wicca sie fast in ihre Gewalt gebracht hätten. Die beiden haben stundenlang darin ausgeharrt, bevor sie sich befreien konnten. Ich fasse es echt nicht. Dass diese Wicca sogar Menschenfallen hier im Wald haben! Anscheinend haben sie sich gut vorbereitet.

Mark und Ira haben es zwar geschafft, einen der Wicca bewusstlos zu schlagen und den anderen mitzubringen, aber das hätte auch ganz anders ausgehen können. Wir haben Glück gehabt, dass nichts Schlimmeres passiert ist.

Der Wicca vor mir wiegt seinen Oberkörper kaum merklich hin und her, so, als wären wir hier auf hoher See. Er starrt vor sich hin. Die verfilzten Haare reichen bis zum Ansatz der schwarzen Robe, die aus festem, engmaschigem Leinen gewebt ist. Ein modriger Geruch geht von ihm aus, eine Mischung aus faulem Holz und Sumpf.

Hinter ihm stehen Mark und Tim, bereit, jederzeit einzugreifen. Mark nickt mir knapp zu. Ich glaube, er weiß, dass *ich* das hier machen muss. Oder zumindest das Verhör beginnen sollte.

»Du wirst uns jetzt genau sagen, was ihr hier macht. Was ihr von uns wollt. Und wo eure Gefangene ist«, sage ich betont ruhig. Danach greife ich ohne ein Anzeichen von Eile nach dem Knebel und löse ihn aus dem Mund des Wicca.

Er spuckt neben sich auf den Boden, dann hebt er den Blick. Seine Augen sind gräulich-blau, und die Pupillen wirken schmal, fast wie bei einem Raubtier. Er entblößt ein gelbliches Gebiss mit einem dunklen Zahn oben links.

»Oh, ihr werdet euch wünschen, das niemals getan zu haben«, sagt er mit einem widerlichen Lächeln.

»Das kannst du dir wirklich sparen«, gebe ich zurück. »Sag uns einfach, was ihr hier verloren habt.«

»Ihr würdet es nicht verstehen«, antwortet er immer noch lächelnd.

Ich verziehe keine Miene. »Seit wann seid ihr hinter uns her? Habt ihr Ricarda umgebracht? Was wisst ihr über diesen Ort?«

»Soooo viele Fragen. Wenn man euch doch nur helfen könnte. Aber dafür ist es schon lange zu spät. Von wem du da redest, weiß ich nicht, aber mich würde interessieren, wen von euch es als Nächsten erwischt.«

Ohne Vorwarnung schlage ich ihm meine Faust ins Gesicht, sein Kopf federt nach hinten.

»Halt deine Schnauze!«, fahre ich ihn an.

Der Wicca keucht und richtet sich wieder auf, über seiner linken Augenbraue zeigt sich eine kleine Blessur. Meine Faust schmerzt, obwohl ich mit Absicht nicht zu fest zugeschlagen habe. In jedem Fall scheine ich ihn genau so überrascht zu haben, wie ich es wollte. Er atmet geräuschvoll ein und aus.

»Auch das wirst du dir wünschen, niemals getan zu haben«, sagt er dann mit dunkler Stimme.

»Hast du vielleicht auch ein paar originelle Sprüche?«, frage ich.

»Das blonde Weib wird bluten wie eine reife Weinrebe, deren Früchte man aufschneidet.« Er starrt mir mit Befriedigung in die Augen. »Originell genug?«

Augenblicklich ist meine innere Ruhe wie weggeblasen, Hitze flutet durch meinen Körper. »Na warte!« Ich hole aus und …

Jemand packt entschieden meinen Arm und drückt seinen Körper dagegen. Theo. Das überrascht mich jetzt irgendwie.

»Seinen Kopf brauchen wir noch«, sagt Theo laut und deutlich.

Der Wicca geht nicht darauf ein. Er hat jetzt einen Punkt auf meiner Brust fixiert. Shit, mein Pulli ist verrutscht. Schnell richte ich ihn gerade, sodass mein Verband nicht mehr sichtbar ist.

»Du hast ihn getroffen, nicht wahr?«, fragt der Wicca, plötzlich klingt er ehrfürchtig. Seine Augen weiten sich, und er zieht die Oberlippe hoch. »Den Mann mit der heiligen Haut, du wurdest von ihm berührt.«

Theo schiebt sich vor den Wicca, und ich mache bereitwillig Platz. Nur die Erwähnung des Narbenmannes und der Blick des Wicca dabei scheinen schon zu reichen, um mich aus der Bahn zu werfen. Ich wische mir übers Gesicht, wie um es abzukühlen.

»Er hatte doch einen Dolch dabei, oder?«, fragt Theo an Ira gerichtet. »Kann ich den mal haben?«

Ira tritt vor und gibt Theo einen Dolch mit einem gewundenen Holzgriff und einer langen, scharfen Schneide. Theo nimmt den Dolch und lässt ihn fast beiläufig über seine Handflächen gleiten, natürlich nur so leicht, dass die Klinge ihn nicht schneidet.

»Weißt du, ich stehe auf Mittelalter und so. Ihr ja wahrscheinlich auch ein bisschen mit eurem Hexenquatsch.«

Der Wicca sagt nichts zu dieser Beleidigung, aber ich sehe ihm an, wie gerne er sich jetzt einfach nur auf Theo stürzen und ihm wehtun würde.

Theo redet unbeirrt weiter: »Ich steh so doll auf Mittelalter, dass ich mir alles Mögliche darüber durchlese. Wie die gelebt haben, wie die gekämpft haben und wie die Informationen aus anderen Leuten rausbekommen haben.« Er wechselt den Wicca-

Dolch von der rechten in die linke Hand und wieder zurück. »Bei Letzterem wundere ich mich immer irgendwie, weißt du. Die hatten da unendlich viele Foltermethoden, und ich habe mich immer gefragt, warum die es so kompliziert machen.« Plötzlich packt er die zusammengebundenen Hände des Wicca, zerrt ihn daran mit sich und drückt dessen Finger auf die Metallplatte gleich an der Wand. Mark reagiert augenblicklich, er packt den Wicca von hinten und hält ihn fest. Tim folgt ein paar Sekunden später.

Eine plötzliche Stille hat sich ausgebreitet. Niemand protestiert bei dem, was Theo da gerade macht. Nur von Julian ist ein kurzes Wimmern zu hören, aber sonst auch nichts. Gebannt beobachten wir einfach nur Theo, von dem ich immer noch vollkommen überrascht bin.

Theo setzt den Dolch am linken Zeigefinger des Wicca an. »Ich habe mir immer gedacht, eigentlich würde doch jeder normale Mensch sofort alles verraten, wenn man ihm auch nur einen Finger abschneidet. Niemand hält doch alle zehn durch, das ist einem doch eigentlich schon nach dem ersten klar, oder meinst du nicht?«

Theo starrt dem Wicca jetzt direkt in die Augen, der Wicca blickt angstvoll zurück.

»Wo finden wir eure Gefangene, und wie können wir sie befreien?«, fragt Theo, ohne den Blickkontakt auch nur für eine Sekunde abbrechen zu lassen. »Du erzählst uns lieber alles.«

Der Wicca schaut unverwandt zurück. Ich sehe seine Unterlippe zittern. Aber er sagt kein Wort.

»Letzte Chance«, flüstert Theo. Der Dolch drückt in die Haut des Fingers, aber noch schneidet er nicht.

Die beiden starren einander an. Es ist, als wäre der Raum eingefroren, wir alle halten die Luft an. *Na komm schon, sag es Theo einfach!*

Dann, nach einer gefühlten Ewigkeit, verzieht der Wicca das Gesicht zu einem unförmigen Lächeln. Die nächsten beiden Worte spuckt er mehr aus, als dass er sie spricht: »Du bluffst.«

Selbst ich sehe, wie Theo bei den Worten erschrickt. Wie er blass wird und aussieht, als wäre er auf frischer Tat ertappt worden. Er lässt die Hände des Wicca los, zieht den Dolch zurück und macht einen Schritt nach hinten.

»Du bist ja wirklich der beschissenste Schauspieler, den ich bislang kennenlernen durfte«, spricht der Wicca jetzt weiter und hört nicht damit auf, seine Zähne zu einem hässlichen Grinsen zu fletschen.

Na klar, ich hätte es wissen müssen. Theo hatte nie vor, dem Kerl wirklich einen Finger abzuschneiden. Er ist ein Rollenspieler, sogar ein echt überzeugender. Aber für den Wicca hat es nicht gereicht. Der grinst nur weiter Theo an, als hätte er einen Krieg gewonnen. *Dieser Bastard!*

Einem plötzlichen Impuls folgend drücke ich mich an Theo vorbei, nehme ihm den Dolch aus der Hand und packe jetzt meinerseits die gefesselten Hände des Wicca. Ich setze die Klinge entschieden an seinen Zeigefinger.

»Er blufft, aber ich nicht«, presse ich zwischen zusammengebissenen Zähnen hervor.

Schneid ihm einfach schon mal einen Finger zur Sicherheit ab. Dann wird er schon reden. Wir haben keine Zeit zu verlieren!

Wieder einmal bin ich erschrocken von der Heftigkeit meiner Gedanken. Und wieder hören sie sich fast an wie eine fremde Stimme, gar nicht wie meine.

Aber eigentlich stimmt es sogar. Jede Sekunde, die wir verlieren, könnte eine Sekunde zu viel sein.

»Du hast es nicht anders gewollt«, zische ich und …

»Na gut, na gut, warte!«

Panik steht dem Wicca in die Augen geschrieben. Er scheint gesehen zu haben, dass ich es ernst meine.

»Es gibt eine Waschung, einen Tag vor Samhain«, redet der Wicca weiter. »Das Opfer … also ich meine … das als Gabe auserwählte Lebewesen wird von uns rituell in einem bestimmten Moortümpel, an dem mehrere magische Linien zusammenlaufen, von allen unnatürlichen Energien gereinigt. Ihr könnt sie unmöglich dort überraschen, doch ihr könnt sie dort finden. Wir sind ein Coven.« Der Wicca zieht tief die Luft ein, und sein Blick geht an die Decke des kargen Bunkers. »Jeder von uns ist mit den anderen auf eine so tiefe und mächtige Weise verbunden, wie ihr es euch nicht vorstellen könnt. Ich bin mir sicher, dass sie sich auf einen Handel einlassen werden. Mein Leben gegen das eurer Freundin.«

»Warum sollten wir dir glauben?«, frage ich. Erst jetzt merke ich, dass mein Dolch immer noch die Haut des Wicca kurz unter dem ersten Fingergelenk eindrückt.

»Ihr habt doch gar keine andere Wahl«, sagt der Wicca. Aber da ist kein Spott in seiner Stimme, seine Augen sind auf seinen ausgestreckten Zeigefinger gerichtet. »Das ist eure einzige Chance.«

Auch ich starre nun auf den Dolch – die leicht geschwungene Klinge, der mit Intarsien verzierte Griff. Dann lasse ich den Wicca los und richte mich auf. Er hat recht. Uns bleibt nichts anderes übrig, als diesen Versuch zu wagen, bevor es zu spät für Alva ist. Mit tauben Fingern stecke ich die Waffe weg und wende mich ab.

Ich hätte es getan. Ich hätte ihm seine Finger nacheinander abgeschnitten, um Alva zu retten.

Was macht *dieser Ort nur mit uns?*

Tag 8, 16:43 Uhr, Lungenheilanstalt, Bunker.

Henrikes Hand legt sich um meinen Oberarm, als ich die Bunkerleiter hochwill, und hält mich zurück. »Nicht so schnell.«

Ich lasse die Sprosse los. Ein Blick nach oben – Julian verlässt gerade das Bunkerloch nach draußen. Ich drehe mich zu Henrike um, die mich schon wieder losgelassen hat. Wir sind die letzten beiden hier unten.

Henrike zeigt auf die Pritsche, auf der ich beinahe die vergangenen zwanzig Stunden verbracht habe. »Wir müssen noch einmal die Wunde säubern«, sagt sie. »Wir wissen nicht, wie lange wir jetzt unterwegs sein werden.«

»Sicher?«, frage ich zweifelnd. Ich bin eigentlich schon voll im Action-Modus.

»Ja«, antwortet Henrike entschieden. »Die paar Minuten müssen noch drin sein.«

»Na gut.« Eilig gehe ich zur Pritsche rüber, streife Jacke und Pulli ab und setze mich. Henrike nimmt neben mir Platz und mustert meine Wunde mit zusammengekniffenen Augen. Ich atme tief ein. Sie sitzt dicht neben mir, finde ich, und erst jetzt bemerke ich die Abwesenheit der anderen, die oben warten, so richtig. Sonst war irgendwie immer noch jemand da, jetzt nicht.

Ich schaue Henrike an, und in diesem Moment blickt sie hoch. Es kommt mir vor, als nähme auch sie mich plötzlich intensiver wahr. Denn ich tue das. Ich spüre ihre Präsenz dicht vor mir, die Wärme, die von ihr ausgeht. Ihr geschwungener Körper, der mir zugewandt ist. Ihre Hände, die in ihrem Schoß liegen und deren Gefühl auf meiner Haut ich kenne und mag. Unsere Blicke halten einander fest, und eine seltsame Spannung liegt darin. Und erst da wird mir auch mein entblößter Oberkörper in aller Deutlichkeit bewusst. Mir wird plötzlich warm.

»Also, so oft, wie ich mich hier vor dir ausziehen muss, wäre es ja echt nicht mehr groß überraschend und neu, wenn wir mal was miteinander haben sollten«, sage ich, um die Spannung zu lösen, fühle mich aber gleich darauf schon irgendwie plump.

Doch Henrike tut mir den Gefallen und schmunzelt. »Ja, wenn.« Sie löst ihren Blick von meinem und fokussiert sich wieder auf die Wunde. Fängt nun vorsichtig an, sie mit Wasser zu umspülen. Sie hat mich ja nun wirklich schon einige Male verarztet, aber als sie mich jetzt berührt, beginnt mein Herz viel schneller zu schlagen. Hoffentlich merkt sie das nicht. Oder vielleicht soll sie es auch merken?

»Wenn das passieren würde«, redet Henrike weiter, während sie sich nach wie vor auf die Wunde konzentriert, »dann wärst du ja hoffentlich schon noch für die eine oder andere Überraschung gut.«

»Stimmt, vielleicht hätte ich ja sogar eine recht große Überraschung für dich«, sage ich mit einem albernen Grinsen.

Sie hält inne und guckt mich wieder an, verdreht belustigt die Augen. »Ernsthaft? Du bist wirklich der klischeehafteste Macho-Idiot, den ich kenne.«

Ich grinse immer noch. »Wie viele Macho-Idioten kennst du denn?«

»Keine. Von solchen halte ich mich eigentlich fern. Aber bei dir ist es ja auch nur hauptsächlich eine Rolle«, sagt sie und macht weiter mit der Wundsäuberung. Ich spüre ein leichtes Ziehen beim Abtupfen, aber es ist wirklich schnell besser geworden seit dem Antibiotikum.

»Was heißt denn hier Rolle?«, frage ich. »Und woher willst du das wissen?«

Henrike zuckt mit den Schultern. »Ist einfach mein Gefühl bei dir. Vielleicht irre ich mich ja auch. Aber ich glaube, das ist nur ein kleiner Teil von dir, und der wichtigere Teil ist nicht so. Das sieht man daran, wie du manchmal zu deiner Schwester bist.«

Oh Mann. Ich weiß nicht mal, ob ich Henrike zustimmen würde, aber ich finde es krass, wie konkret sie einen anscheinend wahrnimmt. Und ich mag es, wie sie das in Worte fasst.

»Selbst die größten Bösewichte haben jemanden, der ihnen wichtig ist. Das ist also kein Argument für irgendwas«, widerspreche ich ihr trotzdem. Komplimente kann ich schlecht annehmen. Wenn es denn eins war.

»Ja, aber das ist doch was anderes. Du weißt doch, was ich meine«, antwortet Henrike. »Du guckst nach Leuten, vor allem nach deiner Schwester, aber auch überhaupt. Das klingt vielleicht seltsam, aber ich mag das an dir.«

Sie ist schon fertig mit dem frischen Verband, doch ihre Hand liegt immer noch auf meinem Oberkörper. Sie sieht mich wieder an. Ich bin wie erstarrt. Nur mein Herz ballert. Was ist hier los? So ist das doch sonst nicht.

Jetzt greift ihre andere Hand langsam nach meiner linken Hüfte, sie zieht sich vorsichtig vor und mich zu ihr. Ihre Lippen treffen auf meine. Ein einzelner, langer Kuss. Er fühlt sich rau an und doch weich, so weich.

Henrikes Lippen lösen sich von meinen, aber sie bleibt mit ihrem Gesicht ganz dicht vor mir. Ihr Blick erforscht mich. Ich brauche mehr. Es fühlt sich an, als würde mein Körper einfach von selbst nach vorne gezogen. Ich greife mit meiner linken Hand in ihren Nacken, vergrabe sie dort sanft, aber sehr bestimmt in ihrer Haut, und küsse sie. Schon mein erster Kuss fordert, aber als sie ihn nur noch deutlicher erwidert, lasse ich direkt meine Zunge in ihren Mund gleiten und sofort wieder heraus. Ich spüre, wie sich die Seiten unserer Hüften aneinanderpressen. Sie setzt mit ihrem nächsten Kuss nach, tastet jetzt mit ihrer Zunge nach meiner, findet sie. Ich will … abrupt halte ich inne.

Ich lasse sie los, löse mich, sehe sie an. Sie ist nur kurz verwirrt, dann versteht sie wahrscheinlich auch.

»Tut mir leid«, sage ich.

»Nein, mir sollte es leidtun«, sagt Henrike und schüttelt den Kopf.

»Quatsch.«

Ich spüre immer noch das Blut zwischen meinen Beinen pochen. Alter. Neben vielen anderen versäumten Dingen habe ich mir eben auch über acht Tage keinen runtergeholt, also kein Wunder. *Was für ein beschissener vorgezogener No-Nut-November.*

Ich versuche, mich wieder auf den Raum zu konzentrieren. Henrike ist ein Stück von mir weggerutscht und starrt auf den betonierten Boden.

»Ich weiß, dass das gerade nicht cool war, weil Alva in Lebensgefahr ist, und ich weiß auch, dass du sie sehr magst.« Sie sieht zu mir hoch, und ein Schock fährt durch mich hindurch, weil es das erste Mal ist, dass ich eine tiefe Unruhe in ihren Augen entdecke, eine kontrollierte, aber mächtige Furcht. »Nur … wir wissen nicht, ob wir alle von dieser Mission zurückkommen. Oder von der nächsten. Oder überhaupt. Ich … wollte einfach, dass, na ja, falls es mein letzter Kuss ist, sollte es ein schöner sein.«

»Es wird nicht dein letzter Kuss gewesen sein«, sage ich. Aber ich habe dabei einen fetten Kloß im Hals. Ich verstehe, was sie meint.

»Das glaube ich auch nicht. Aber es ist zu viel passiert, um gar nicht damit zu rechnen.« Sie schüttelt den Kopf und schnaubt verbittert. »Stell dir vor, mein letzter Kuss wäre mit so einem Spacken auf einem Festival gewesen, der geknutscht hat, als ob er einen auffressen will und den man erst nach 'ner Stunde wieder losgeworden ist.«

»Da hast du dich lieber für einen komischen Vogel mit schlechten Macho-Sprüchen entschieden?«

»Genau.« Jetzt muss Henrike doch ein bisschen grinsen.

Wir schweigen eine Weile zusammen, aber es ist nicht unangenehm.

»Alles gut da unten?!«, ruft plötzlich Tim in den Bunker. »Wir warten alle.«

Seine Stimme holt uns augenblicklich zurück in die Realität. Ruckartig stehen wir auf, so ungestüm, dass wir sogar noch kurz gegeneinanderstoßen.

»Jaja, wir sind sofort da«, gebe ich genervt zurück.

Ich bedeute Henrike, vorzugehen. Sie steigt eilig die Leiter rauf, und ich folge ihr.

Und während ich Sprosse um Sprosse nehme, die Hände auf dem rostigen, kalten Metall, bricht die Realität dessen, was Henrike gerade gesagt hat, über mich herein: Keiner von uns ist sicher. Nicht nur für mich könnte das mein letzter Weg an die frische Luft sein, für jeden hier.

Und auch wenn ich in diesem Moment plötzlich wieder an Alva denke – ich bin froh über den Kuss.

Tag 8, 16:59 Uhr, Waldrand.

»Das ist ein Drecksplan, Vanjo. Ach was, das ist nicht mal ein Plan.«

Benny schließt zu mir an die Spitze der Gruppe auf. Er redet extra nur so laut, dass die anderen es nicht mitbekommen.

»Hast du 'ne bessere Idee?«, frage ich.

»Alles ist besser als das hier. Du bringst die ganze Gruppe in Gefahr.«

»Wir teilen uns nicht schon wieder auf. Das ist einfach zu oft schiefgegangen.«

»Aber das macht doch diesen Plan nicht besser, Mann.« Benny zeigt nach hinten zum Wicca, der uns mit auf dem Rücken gebundenen Händen folgt. Tim hält ihn mit einer Hand an der Schulter fest und drückt mit der anderen den Dolch an dessen Seite. Er soll die Richtungsangaben des Wicca nach vorne durchgeben.

Seitlich vom Schwarzgewandeten läuft Ira auf der rechten Seite, Theo auf der linken. Wir haben ihm den von den Wicca erbeuteten Speer gegeben. Weiter hinten sind Julian, Henrike und Mark. Mark war wohl irgendwie noch kurz etwas suchen, als Henrike und ich als Letzte aus dem Bunker kamen, und er kam mit einem seltsamen Ausdruck aus Richtung des Innenhofes zurück. Anscheinend hatte er nicht gefunden, was er gesucht hatte, wir haben uns nicht lange damit aufgehalten. Auf jeden Fall bilden wir jetzt eine gute Ringformation um den Wicca, falls der doch irgendwelchen Mist versuchen sollte.

»Wer sagt, dass dieser ungewaschene Hurensohn uns nicht ganz einfach in eine Falle lockt?«, redet Benny weiter.

»Er konnte doch nicht wissen, dass er als Geisel bei uns landet, um so eine Falle vorher mit seinen Leuten abgesprochen zu haben«, gebe ich zurück.

»Und das weißt du zu hundert Prozent?«

»Du meinst …«

»Nein, keine Ahnung, Mann.« Benny wischt sich die Nase mit dem Ärmel seines Pullis ab. »Ich weiß nur, dass wir hier gerade mit der ganzen Gruppe den Schutz des Bunkers verlassen. Wir haben einen einzelnen Speer, einen Dolch und ein paar Knüppel, das sieht halt einfach schlecht für uns aus, und das weißt du doch auch, oder?«

»Ich muss es riskieren«, sage ich. »Ich würde auch allein gehen, aber das würde Ira nicht zulassen. Außerdem hab ich es Alva versprochen – keine Alleingänge mehr.«

Benny hält inne und mustert mich mit forschendem Blick von der Seite. Aus dem Augenwinkel sehe ich, wie sich ein leichtes Schmunzeln auf seine Lippen legt. Entschieden starre ich weiter geradeaus.

»Sie bedeutet dir wirklich was, oder?«

»Kannst du jetzt vielleicht mal dein Maul halten?«

Bennys Schmunzeln wird zu einem Grinsen, und nicht mal ich kann ganz ernst bleiben.

»Ach, ist doch okay. Sie ist schon ziemlich hot.«

Ich nicke. Allerdings vergeht uns das Grinsen schon bald wieder, und wir starren konzentriert auf die dichten Baumreihen vor uns.

»Ich zieh das hier mit durch«, ergreift Benny nach einer Weile wieder das Wort. »Aber ich halte davon nichts. Ich mach das, weil ich immer noch das Gefühl hab, dir und deiner Schwester was schuldig zu sein.«

»Echt?«

Diesmal ist es Benny, der starr nach vorne schaut, statt mich anzublicken. »Ja, macht gar keinen Sinn«, sagt er. »Aber hab ich halt.«

Alter. Dass Benny das so offen anspricht, hätte ich nie erwartet. Fast fühle ich mich hilflos. »Ich mein, du hast mich doch sogar im OP-Saal …«

»Hör mal auf, bitte«, unterbricht Benny mich scharf. »Das hat nichts damit zu tun, was du sagst oder nicht. Hier an diesem abartigen Ort kann ich mir eben nichts mehr vormachen. Es ist halt einfach scheiße, jemanden niedergestochen zu haben. Das Gefühl verschwindet eben nicht, obwohl ich damals sogar gleich den Krankenwagen gerufen habe. Und das Gefühl verschwindet auch nicht, wenn du dir jetzt irgend 'nen Scheiß aus den Fingern saugst.«

»Ist ja gut, Mann.«

»Gut.«

Wieder fixieren wir den Weg vor uns, als gäbe es da wirklich irgendetwas Wichtiges zu entdecken außer der immer gleichen Waldkulisse.

Das mit dem Krankenwagen hätte ich nicht vermutet. Ich dachte halt, irgendjemand hat vielleicht etwas gesehen und sich nicht rausgetraut aus Angst vor dem Angreifer. Aber dass Benny *selbst* es war? Es macht natürlich die eigentliche Aktion kein Stück besser. Doch es passt zu dem Benny, den ich hier immer wieder mal kennenlernen durfte – vielleicht dem *eigentlichen* Benny. Ich würde gern was dazu sagen, aber seine Botschaft war unmissverständlich.

Eine Weile laufen wir schweigend nebeneinander her, und ich denke darüber nach, was er über die Wicca gesagt hat. Es stimmt, es könnte ganz einfach eine Falle sein. Die Wicca müssten nur eine vorgefertigte Strategie haben, was sie machen, wenn einer von ihnen gefangen genommen wird. Und schon wüssten sie genau, dass wir dort hinkommen. Ist das Risiko wirklich zu groß? Ist es okay, dass ich das Leben der anderen aufs Spiel setze, um vielleicht Alvas zu retten? Mein eigenes, klar. Aber das von ihnen? Das von Ira?

Ich habe es Alva versprochen – keine Alleingänge mehr. Und alle hier sind ja freiwillig dabei, niemand wird gezwungen.

Die Last der Verantwortung drückt plötzlich auf mich runter wie ein schweres Gewicht, das an meinen Schultern zerrt. *Ich* habe gesagt, wir gehen los. Wenn etwas passiert, werde ich mir trotzdem die Schuld geben. Ein kurzer Seitenblick zu Benny, der mit ernstem Gesicht vorwärts stapft. Er weiß, wie schrecklich es ist, sich so schuldig zu fühlen.

Ich merke, dass ich instinktiv langsamer geworden bin. Meine Gedanken rattern. So, wie wir es vorhaben, können wir das nicht bringen. Mein Blick geht nach hinten zum Wicca, der ohne Widerstand mit Tim mitgeht. Die schwarze Kutte ist weit und lässt ihn im schummrigen Licht mehr und mehr zu einem anonymen Schatten verschwimmen. Benny hat recht, die Wahrscheinlichkeit einer Falle ist viel zu groß, aber …

»Was ist los?«, fragt Benny.

Ich habe angehalten.

»Du hast recht«, sage ich.

»Hm?«, fragt Benny.

»Du hast recht. Es ist zu riskant. Jedenfalls, wenn wir es so machen. Wenn es wirklich eine Falle ist, laufen wir ja wirklich lachend in die Kreissäge.«

»Ja, sag ich ja.«

»Es sei denn, wir sind auf die Falle vorbereitet.«

»Wie meinst du das?«

»Ich hab da eine Idee.«

Tag 8, 17:36 Uhr, Wald.

Scheiß Idee, denke ich. Aber ich sage kein Wort. Ich muss so konzentriert sein, wie es irgendwie geht. Außerdem gibt es sowieso kein Zurück mehr.

Der schwarze Umhang des Wicca kratzt an meinem Hals. Der Stoff riecht muffig, ja, fast modrig. Die dunkle Kapuze über meinem Kopf scheint an meiner Haut zu haften. Übelkeit steigt in mir hoch. *Ob er dieses Ding bei irgendwelchen seiner Rituale getragen hat? Ob da Blut und Innereien von Tieren an diesem Umhang kleben?*

Ich wische den Gedanken weg. Es ist jetzt egal. Es muss egal sein. Mein Griff um den Dolch wird fester.

Die Klingenspitze zeigt genau auf die Taille des Wicca, der nur leicht versetzt hinter mir läuft. Sie berührt sogar seine Haut, sodass ich damit nur minimal vorwärts schnellen muss, um ihm den Unterleib zu durchstoßen. Spüre ich nur eine falsche Bewegung, steche ich zu. Er weiß das, deswegen macht er mit.

Der Wicca sieht befremdlich aus in dem weiten Hoodie von Benny, der darunter immerhin noch einen dünneren Pulli hatte und hoffentlich nicht zu krass friert. Seine Hose aus dunkelbraunem Leder hat der Wicca anbehalten, von Weitem wird sie kaum von einer Sporthose oder Jeans zu unterscheiden sein.

Von Nahem würde jeder sofort sehen, dass hier irgendetwas nicht stimmt. Er würde merken, dass ich die Wicca-Robe nur übergeworfen habe, aber ganz sicher nicht zu ihnen gehöre. Und die anderen Wicca würden ihren Bruder aus der Nähe ganz sicher auch erkennen, selbst mit Bennys Pulli.

Aber ich setze darauf, dass sie erst einmal gar nicht so dicht herankommen und unser Rollentausch ihnen deshalb in der anbrechenden Finsternis nicht auffallen wird.

Sollte das hier also wirklich eine Falle sein, und sollte ihr erster Move darin bestehen, den mutmaßlichen Geiselnehmer aus dem Verborgenen heraus auszuschalten, dann wird es ihren eigenen Mann treffen und keinen von uns.

Ira fand den neuen Plan bescheuert. Sie und Henrike waren beide dagegen, und ich versteh's schon – ungefährlich ist das hier auf jeden Fall nicht. Aber dadurch gehe ich eben allein mit dem Wicca vor und bringe die anderen nicht in unmittelbare Lebensgefahr. Die Camper folgen nämlich in einer Entfernung, aus der sie mich gerade noch sehen können, und sie versuchen, dabei im Unterholz verborgen zu bleiben.

Die anderen außer Ira und Henrike konnte ich von dem Plan überzeugen. Auch wenn niemand wirklich glücklich damit war, hatten wir in der kurzen Zeit eben keine besseren Ideen. Und immerhin rennen wir so nicht völlig blind in unser Ende, falls das eine Falle ist.

»Glaubst du wirklich, meine Brüder und Schwestern würden auf eine solche Posse reinfallen, wenn sie euch hier auflauern würden?«, zischt der Wicca knapp hinter mir.

»Halt die Schnauze!«, gebe ich zurück und drücke warnend die Klinge des Dolches etwas fester gegen seine Seite.

Der Wicca sagt nichts weiter. Gemeinsam gehen wir durch den langsam düster werdenden Wald. Meine Sicht verschwimmt am hinteren Ende des Blickfeldes mit den Bäumen zu kleinen grauen Punkten. Mit jedem Schritt, den ich mache, wächst die Anspannung in mir. Wir nähern uns den Wicca, einer Gruppe eines Hexenkultes. Es ist so viel abgefuckte Scheiße in den letzten Tagen passiert. Warum sollte Julian nicht recht haben mit seinen Bedenken? Nach allem, was hier möglich ist, warum sollten sie nicht übernatürliche Fähigkeiten besitzen? Warum sollte in dieser ganzen Unmöglichkeit gerade das unmöglich sein?

Ein Schauder läuft über meinen Rücken, ich kann nichts dagegen tun. Seit einer Weile hat mein Gefangener keine weiteren Richtungsanweisungen mehr gegeben. Es geht immer nur noch geradeaus. Ich kann schlechter sehen. Ich fühle die Erschöpfung von meiner gerade erst überstandenen Krankheit. Ich merke, wie der Dolch in meiner Hand schwerer und schwerer wird.

»Dort«, sagt jetzt der Wicca und nickt vorsichtig mit dem Kopf nach vorne. Er scheint verstanden zu haben, dass es mir ernst ist mit dem Dolch.

Ich gehe weiter, kneife dabei die Augen zusammen. Ja, dort hinten verändert sich wirklich was an der Umgebung. Die Bäume lichten sich und machen Platz für eine weite, glatte Fläche aus schlammigem Braun.

Das muss ihr Moorteich für die Reinigung der Opfer sein.

Immerhin damit hat der Wicca also anscheinend nicht gelogen.

»Na los, vorwärts«, murmle ich ihm zu, und wir nähern uns weiter dem Moor, meine Schritte jetzt entschlossener. Es wird ein einfacher Geiselaustausch, und alles wird gut.

Die Dunkelheit nimmt zu. Es wirkt, als würde das Licht extra schnell schwinden zwischen den Bäumen dieses Waldes. Als hätte sich der Sonnenzyklus hier verändert oder so was.

Weiter vorwärts. Der Moorteich vor uns wird immer breiter. Wow, ich hätte nicht gedacht, dass einer der Teiche hier solche Ausmaße hat. Konzentriert suche ich die Uferregion ab, die sich mir erst jetzt allmählich auftut.

Knorrige Bäume ragen über die Böschung, Wurzeln kriechen in das schlammige Wasser. Weiter hinten sehen die Hölzer aus wie Silhouetten von seltsam deformierten Menschen. Aber … sie sehen nur so aus. Echte Menschen sind hier nicht zu erkennen. Mittlerweile kann ich über den ganzen Tümpel blicken, ich suche alles mit den Augen ab. Aber ich entdecke weit und breit keinen Wicca.

»Sie werden jeden Moment kommen«, raunt mein Gefangener. »Vertrau mir.«

Ich weiß nicht, was es ist im Klang seiner Stimme. Aber ich vertraue dem nicht, was er sagt. Im Gegenteil. Da war so etwas wie Freude in seinen Worten, ganz sicher.

»Du hast …«, beginne ich, und in diesem Moment treten Schatten zwischen den Bäumen hervor.

Blitzschnell reagiere ich. Ich schlinge meinen linken Arm um den Hals meines Gefangenen, reiße ihn nach hinten und drücke ihm den Dolch direkt an die Kehle.

»Keinen Schritt näher!«, keuche ich.

Dabei drehe ich mich nach rechts und links, weil sie von allen Seiten, außer vom Tümpel her, kommen. Dunkle Figuren mit Speeren und Dolchen in den Händen, auf der rechten Seite überragt einer von ihnen die anderen um mindestens einen Kopf. Ich weiche so weit zurück, dass das Wasser direkt hinter mir ist. Der Boden ist matschig, fast rutscht mein Fuß beim Rückwärtsgehen weg.

»Keinen Schritt näher!«, wiederhole ich. Mein Herz donnert in meiner Brust, ich bekomme kaum Luft. Ich darf die Panik nicht Oberhand gewinnen lassen.

»Gar nicht mal schlecht. Gar nicht mal so schlecht.« Aus der Mitte des Halbkreises, den die Wicca in ihren schattenhaften Roben um mich gebildet haben, tritt eine Frau hervor.

Sie trägt kein Schwarz, sondern das aus kleinen braunen und roten Pelzen zusammengenähte Gewand, das sie als Anführerin kennzeichnet. Ihre Kopfform ist lang und schmal, und ihre rechte Kinnpartie scheint leicht höher zu sein als die linke, was ihrem ganzen Gesicht einen verschrobenen Ausdruck verleiht. Sie mustert mich aus intensiven grünen Augen, die von ledriger Haut umgeben sind. Ihr Kopf ist kahl geschoren.

Die goldenen Reife um ihre Handgelenke klimpern, als sie eine Geste hin zu unserem gefangenen Wicca macht. »Die kleine Maskerade hat dir dein Leben gerettet«, sagt sie. »… für kurze Zeit. Wir hatten doch tatsächlich vor, die Situation mit einem gut gezielten Speer aus dem Verborgenen zu klären. Lydia trifft immer, musst du wissen.«

Eine der Wicca, gleich rechts hinter der Pelzfrau, reckt mir ihren Speer mit einem irren Grinsen, das eine Reihe großer Zähne entblößt, entgegen, und legt den Kopf schief.

»Aber irgendetwas war nicht stimmig«, fährt die Pelzfrau fort. »Die Energien, die uns entgegenströmten, passten nicht zu dem, was wir sahen. Im Dämmerlicht konnten auch wir unseren Augen nicht genug trauen, um uns über diese Dissonanz klarer zu werden. Also mussten wir uns wohl zeigen.« Sie wirft einen Blick auf den Dolch, den ich noch immer fest gegen den Hals meines Gefangenen presse. »Ich schlage vor, den nimmst du einfach runter.«

»Vergiss es«, gebe ich zurück. »Wenn einer von euch auch nur eine falsche Bewegung macht, dann steche ich zu!«

Sie sieht mich einen Moment durchdringend an. Dann nickt sie. »Du hast Mord in den Augen. Ich glaube dir.«

»Gebt mir Alva, und ihr bekommt euren Bruder zurück!«, presse ich hervor, mein Atem geht stoßweise, und meine Füße drängen mich, zurückzuweichen vor diesem tödlichen Halbkreis aus Schwarz, der sich um mich gebildet hat. Aber ich bleibe stehen. Hauptsache, die anderen kommen jetzt nicht aus dem Unterholz und greifen an. Noch kann das hier klappen. *Noch ist es möglich.*

»*Alva* … ein wundervoller Name für unser erstes Menschenopfer«, sagt die Pelzfrau. »Der Klang, er hat etwas so Reines und Harmonisches. *Alva. Alva.*« Sie scheint der Melodie der Buchstaben geradezu *nachzuschmecken.* »Der Gehörnte Gott wird frohlocken. Er wird uns reich belohnen.«

»Ihr gebt mir Alva, sofort!«, schreie ich. »Wo? Wo ist sie?!«

»Nicht hier. Es tut mir leid.« Die Pelzfrau lässt sich von meiner Wut kein bisschen aus der Ruhe bringen, scheint sie vielmehr zu genießen. »Und, nun ja, selbst wenn sie hier wäre, würde sich das Ganze etwas problematisch gestalten. Ihre Beine … sie sind bereits im Vorfeld von uns abgetrennt worden, so verlangt es der Brauch.«

Ich habe das Gefühl, als bräche die Erde unter mir weg. Als wäre ich zurück in der Lungenheilanstalt und stürzte diesmal in das Schwarz des Kellers. Das … Plötzlich stößt mein Gefangener sich ab, die Klinge schlitzt über seinen Hals, aber sticht nicht. Ein Ellenbogen in meinem Bauch. Ich stöhne auf. Kriege keine Luft, versuche nachzufassen. Aber der Wicca wirft sich zu Boden. Er rollt sich ab, ist außerhalb meiner Reichweite. Schon kommt ein anderer Wicca ihm entgegen und hilft ihm hoch. *Verdammte Scheiße!*

Ich halte den Dolch zitternd vor mich. Ich habe soeben meine Lebensversicherung verloren.

»Du hast das mit den Beinen tatsächlich geglaubt, was?« Die Pelzfrau breitet die Arme aus, und ich höre die Reife um ihre Handgelenke klimpern. »Wir sind Hexen, keine Barbaren. Du bist wirklich leicht aus der Fassung zu bringen.« Sie hält inne und legt den Kopf schief, als wäre ihr etwas eingefallen. »Ach, es hat durchaus eine schicksalhafte Ironie: Durch unglückliche Umstände ist eure *Alva* uns tatsächlich entkommen. Was haben wir uns gescholten. Sicher, sie wird zwischen den Moortümpeln in ihrer wilden Flucht die Orientierung verlieren und ihr Ende finden, aber das hat keinerlei Bedeutung mehr für unser Opferritual.

Wir kamen in tiefster Sorge hierher, Sorge um unseren Bruder und um unser aller Seelenheil.« Nun fixiert ihr wässriger Blick wieder mich, Angst kriecht in kalten Wellen meinen Nacken hoch. »Und dann kommt diese Gabe zu uns.«

Ach du Scheiße. Das kann doch nicht sein! Sie ist ... Alva ist gar nicht mehr in ihrer Gewalt ... Jetzt geht es ihnen nur um mich. Ich mache wieder einen Schritt nach hinten, meine Ferse drückt sich schmatzend in den modrigen Ufergrund. Panik greift nach mir. *Nein. Nein, das hier darf nicht passieren.*

Die Pelzfrau richtet sich zu voller Größe auf, hebt die Arme. Da prallt etwas aus dem Nichts von hinten gegen sie und wirft sie zu Boden. Nein, nicht *etwas.* Jemand!

»Komm!«, schreit Ira.

Sie hat sich nicht an die Absprache gehalten, sie ist als Einzige aus dem Versteck gekommen. Aber es bleibt keine Sekunde Zeit. Ohne zu überlegen, sprinte ich los. Die Pelzfrau stand etwas isoliert in der Mitte. Ich muss die Lücke, die Ira gerissen hat, nutzen. Ich rase vorwärts. Die anderen Wicca sind noch zu verblüfft. Durch den Halbkreis. Ich hab's geschafft.

Ira hat auf der Stelle kehrtgemacht. Sie ist knapp hinter mir, beschleunigt jetzt auch und ... wird zu Boden gerissen.

Mit einem Schrei stürzt sie auf den feuchten Laubteppich. Der Schlag hallt wie ein Schuss in meinen Ohren. *Sie haben sie noch erwischt.*

Ich kann nicht anders, ich halte an. Drehe mich um.

Ein Wicca hat Ira bereits wieder auf die Beine gezerrt. Jetzt ist meine Schwester es, der ein Dolch an die Kehle gehalten wird. Von niemand anderem als dem Wicca, den wir verhört haben.

»Wie schnell sich Dinge doch ändern«, sagt er mit einem diabolischen Grinsen. »Ich habe gesagt, du wirst noch bereuen, was du getan hast.«

»Lass sie los!«

Ich balle die Fäuste. Das Adrenalin pumpt in heftigen Wellen durch meinen Körper, mein Schädel rauscht. *Ira. Meine Ira.* Aus den Augenwinkeln gucke ich mich nach einem Ast oder Stein um, den ich wenigstens noch als so etwas Ähnliches wie eine Waffe benutzen kann.

Die anderen Wicca haben ihre Dolche und Speere wieder auf mich gerichtet.

Ich greife nach einem Stein, den ich auf dem Boden erspäht habe. Er ist kaum handtellergroß, aber das ist alles, was ich habe.

Die Pelzfrau hat sich längst wieder aufgerichtet. Sie schüttelt bloß den Kopf, Ärger verzerrt ihr Gesicht. »Was willst du denn tun? Was wollt ihr tun? Ihr seid schwach. Ihr habt nichts, das uns aufhalten könnte.« Sie reckt ihre Hand wie eine Kralle vor. »Das hier ist größer als ihr. Ergebt euch doch einfach mit Würde eurem Schicksal.«

»Vanjo«, flüstert Ira, während der Wicca ihr noch immer den Dolch an die Kehle drückt. Tränen stehen ihr in den Augen. »Ich hab mich nicht an den Plan gehalten. Du kannst nichts tun. *Lauf. Bitte.*«

Ich hebe den Stein und mache den ersten Schritt vorwärts. Niemals. Niemals würde ich sie im Stich lassen.

Die Pelzfrau seufzt. »Also gut. Tötet ihn. Nehmt sie mit. Unversehrt.«

Die Wicca stürzen los, da …

»NIEMAND RÜHRT SICH VON DER STELLE!«

Marks Stimme donnert über die Lichtung vor dem Moorteich. Die Wicca halten genauso inne wie ich.

Mit schnellen Schritten kommt Mark auf uns zu. Er hält etwas in der Hand, mit dem er direkt auf die Pelzfrau zeigt. Es ist aus Metall und glänzt, es … *Mark hat eine Knarre!*

Ein erschrockenes Keuchen geht durch die Gruppe der Wicca, und die Schwarzgewandeten weichen zurück. Nur die Pelzfrau und der Wicca, der Ira festhält, bleiben stehen. Doch selbst sie wirken geschockt von Marks Auftreten.

Ich genauso. *Wo zur Hölle hat Mark eine Pistole her?*

Der hochgewachsene Biologiestudent kommt näher. Die Waffe hält er dabei weiterhin direkt auf die Pelzfrau gerichtet. Neben mir kommt er zum Stehen. Ich rieche seinen Schweißgeruch, sehe, wie seine Augenlider nervös zucken. Aber seine Stimme ist klar und fest. »Du wirst jetzt augenblicklich den Befehl geben, sie freizulassen, oder ich verspreche dir, ich schieße dir den Kopf weg.«

Die Pelzfrau scheint sich bereits von ihrem anfänglichen Schock erholt zu haben und gibt sich unbeeindruckt. »Du kommst mir bekannt vor«, sagt sie mit ruhiger, ja irgendwie *lauernder* Stimme. »Hatten wir beide schon einmal die Ehre?«

»Lass sie gehen. Sofort«, sagt Mark bloß.

»Du weißt doch genauso gut wie ich, dass ich das nicht tun kann. Wer sollte mir versichern, dass du uns danach nicht einen nach dem anderen erschießt?«

»Wir sind keine Monster, wie ihr es seid«, stoße ich hervor. Ich komme zwar immer noch nicht darauf klar, dass Mark eine Knarre hat, aber jetzt zählt erst mal, Ira da rauszukriegen.

Die Pelzfrau lächelt hämisch. »Diese herrliche Beschränktheit, die die Welt immer noch in Kategorien von Gut und Böse einteilt, ist wirklich amüsant.« Dann konzentriert sie sich wieder auf Mark. »Was meinst du, für wie *gut* halten er und deine anderen Freunde dich noch, wenn du wirklich auf uns schießen wirst? Sieh nur, da kommen sie.«

Tatsächlich hat sich der Rest der Gruppe aus dem Unterholz gelöst. Als schweigende Schatten halten sie hinter uns an. Ihre schreckgeweiteten Augen verraten mir, dass sie genauso wenig von Marks Pistole und seinem Vorstoß wussten. Aber ich sehe da auch Entschlossenheit. Sie halten ihre Knüppel und Stäbe kampfbereit in den Händen. Theo steht mittig und etwas weiter vorne, er hält den Speer drohend vor sich.

»Das sind nicht meine Freunde«, sagt Mark nüchtern.

»Ach, so ist das. Du interessierst dich nur für unser nettes Mädchen hier?« Die Augen der Pelzfrau weiten sich. »Ein Liebespaar. Das könnte die Energien ungleich interessanter machen, die wir entfesseln. Oh, der Mann mit der heiligen Haut wird sehr zufrieden mit uns sein. Wicca«, sie hebt eine Hand mit gespreizten Fingern in die Luft, »sprecht die Worte.«

Daraufhin erhebt sich ein tiefes Murmeln hinter ihr wie das langsame Aufbranden einer Welle aus schwarzem Wasser. Es klingt nach grausamen Worten, die ich nicht verstehen kann, aber die sich dennoch zu einem einzigen bösartigen Versprechen mischen. Nach Worten, die mich bewegungsunfähig machen, als würde plötzlich eine fremde Macht meinen Körper erfassen und festhalten.

Die Pelzfrau geht einen Schritt auf Mark zu, noch einen. Die Wicca hinter ihr rücken langsam nach.

»Du wirst mich nicht erschießen. Du spürst unsere Kraft«, sagt sie und schüttelt ganz leicht den Kopf. »Du weißt nicht einmal, ob du triffst. Du weißt, dass wir nach einem Schuss wie ein Rudel wilder Tiere über euch herfallen werden. Dass deiner kleinen Freundin die Kehle durchtrennt wird und du rein gar nichts dagegen tun kannst. Du weißt, dass du nicht schießen …«

Mark wendet seinen Arm ein Stück zur Seite und schießt dem Wicca, der Ira festhält, unvermittelt ins Knie. Der Knall donnert wie eine Explosion in meinen Ohren, und Blut spritzt aus der Wunde, während der Wicca schmerzerfüllt zu Boden sackt. Nur Sekunden verharre ich im Schock. Anders als Ira, die sich augenblicklich nach vorne wirft, um der Reichweite der Wicca zu entkommen.

In diesem Moment dringt auch schon der Wutschrei der Pelzfrau durch den dunklen Wald: »Vernichtet sie, Wicca! Vernichtet sie und ihre Seelen!«

Jetzt geht plötzlich alles ganz schnell. Die Wicca stürmen los, Mark schießt auf die Pelzfrau, die sich zur Seite wirft. Ich glaube, er hat nicht getroffen. Ein Speer saust durch die Luft, streift Marks Seite und reißt dabei Stoff und Haut auf. Mark stöhnt gequält auf. Ich jage nach vorne, ich muss zu Ira! Sie rollt sich gerade ab und weicht damit dem Dolchhieb einer Wicca aus.

Plötzlich ist einer von ihnen direkt vor mir. Er stößt mit dem Speer auf meinen Bauch zu. Ich halte abrupt an, knicke den Bauch nach hinten weg, sodass die Spitze mich um Millimeter verfehlt. Dann drehe ich mich um meine eigene Achse, während ich den Stein in meiner Hand wie einen Diskus schwinge, ohne ihn allerdings loszulassen. Mit voller Wucht schlage ich ihn gegen den Nacken des Wicca, der noch im letzten Moment seinen Kopf wegducken konnte. Trotzdem trifft der Schlag ihn heftig, er taumelt zur Seite. Ich will nachsetzen – *Schlag dem Bastard den Schädel ein!*

Da stürzt sich ein anderer der Schwarzgewandeten mit seinem Körper auf mich. Es ist der Hüne. Der Angriff kommt so kraftvoll, dass ich ihm nichts entgegenzusetzen habe. Ich falle rücklings nach hinten. Der Hüne ist über mir. Er hebt einen langen, gekrümmten Dolch und lässt ihn auf meinen Schädel hinabsausen. In letzter Sekunde kann ich den Kopf zur Seite reißen. Nur eine Haaresbreite entfernt stößt die Klinge in den Waldboden. Der Wicca will sie wieder rausziehen, aber anscheinend hat sich die Waffe im Wurzelgeflecht unter dem Laub verfangen. Das ist meine Chance!

Mit aller Kraft drücke ich mich vom Boden ab und stoße den Wicca weg, sodass ich unter ihm rauskomme. Doch sofort greift er wieder nach mir, wirft sich auf mich. Ich versuche, mich rauszuwinden, klappt nicht. Ich strecke die Hände aus, greife nach seinen Armen, um ihn von mir abzuhalten. Ich muss die Oberhand bekommen, er ist viel zu kräftig, ich muss … sein Ellenbogen schlägt mir mit einer solchen Wucht ins Gesicht, dass mir kurz schwarz vor Augen wird.

Seine Oberschenkel drücken mich jetzt erbarmungslos am Boden fest. In meinem Kopf dreht sich alles. Seine Hände legen sich um meine Kehle und beginnen, mich zu würgen. Ich keuche. Versuche mich hochzudrücken. Aber es geht nicht. Ich kriege keine Luft mehr. Verdammt, ich kriege keine Luft mehr! Ich strample, reiße hilflos an den Händen um meine Kehle, es flackert schwarz, alles flackert schwarz, ich kriege keine Luft mehr, ich …

Ein Knüppel saust aus dem Düster heran und donnert gegen den Kopf des Hünen. Augenblicklich ist meine Kehle frei, und er sackt bewusstlos zu Boden.

»Das war knapp.« Julian schaut mich noch erschrockener an, als ich es bin, der gerade um Haaresbreite dem Tod entkommen ist.

»Danke«, krächze ich.

»Bitte«, sagt Julian lahm und schaut mich unverwandt mit seinen riesig geweiteten Augen an, als wäre er immer noch komplett unter Schock.

Erst jetzt bekomme ich richtig mit, dass überall um mich herum unsere Gruppe mit den Wicca kämpft. Schreien und Keuchen in der Düsternis. Ich rapple mich auf. Sehe mich hektisch um. Wo ist Ira? Benny verteidigt sich gegen die Wiccafrau Lydia, die mit schnellen Dolchhieben auf ihn losgeht, nur knapp kann Benny sie mit seinem Knüppel abwehren. Er wird das nicht mehr lange durchhalten! Theo wehrt sich mit dem erbeuteten Speer gegen den Schlaghagel eines Schwarzgewandeten. Henrike und Tim weichen vor zwei Wicca mit Speeren zurück und versuchen, sie sich mit ihren provisorischen Waffen vom Leib zu halten. Ein blutiger Schnitt an Tims Stirn, aber sonst scheinen sie unverletzt. Keine Ahnung, wie sie das geschafft haben. Die Pistole muss die Wicca abgelenkt haben, aber Mark ist in einem Handgemenge mit einem weiteren Hexer. Jetzt hält sie nichts mehr auf. Und wo ist Ira? *Wo ist Ira, verdammt?*

Plötzlich donnert ein weiterer Schuss ins schummrige Düster, und ein Wicca sackt leblos zu Boden.

Mark scheint die Kontrolle über die Waffe wiedererlangt zu haben. Ein weiterer Knall. Eine Wicca wird mit einem Streifschuss an der Schulter getroffen und schreit schmerzerfüllt auf.

»Zurück!«

Es ist die Pelzfrau. Sie ruft ihre Wicca tatsächlich zum Rückzug auf.

Augenblicklich lassen die schwarzen Schatten von unseren Leuten ab. Der Hüne hat sich aufgerappelt, aber auch er taumelt nach hinten, anstatt erneut anzugreifen.

Keiner von uns setzt nach, ich glaube, wir können es selbst kaum fassen. Aber ich bin nicht erleichtert. Ich kann Ira immer noch nicht entdecken! Da. Dort hinten zerren die Wicca jemanden mit sich. Es ist Ira! Sie nehmen Ira mit! *Nein!*

Ich stürze los. Auch Mark neben mir scheint die Gefahr erkannt zu haben und rennt, sein Atem keuchend, ein Blutfleck an seiner Hüfte. Den schwarzen Schatten nach! Aber sie sind schon am Rande der Baumreihen. Es ist dunkel, ich kann sie kaum noch erkennen. Hinterher, schnell! Das Unterholz schluckt sie, als wären sie von jetzt auf gleich ins Nichts getreten.

»Ira!«, schreie ich. »IRA!!!«

Warum bin ich so langsam? Es kommt mir vor, als würde ich mich viel langsamer bewegen als sonst, wie in Zeitlupe. Das darf nicht passieren. Nein, nein, nein. Das darf nicht passieren!

Erst jetzt erreiche ich die Baumreihen, kurz nach Mark. Wir stürzen zwischen den vorderen Stämmen hindurch. Tauchen ein in das Unterholz wie in eine fremde Welt. Hier, zwischen den dichten Bäumen, ist es schon fast stockdunkel. Wir rennen vorwärts, aber ich weiß nicht mal, ob das wirklich in Richtung der Wicca ist. *Wir können sie nicht sehen. Sie könnten überall sein.*

Trotzdem rennen wir. Wir hetzen durch den Wald, weil Ira hier irgendwo ist, in den Händen der Wicca. Wir rennen immer weiter.

Es ist Mark, der irgendwann langsamer wird und mir eine Hand auf die Schulter legt.

»Wir müssen anhalten«, sagt er mit belegter Stimme, und ich stoppe meine Schritte, weil ich weiß, dass es stimmt, was er da gerade ausspricht. »Wir finden sie nicht«, sagt Mark. »Vanjo, wir finden Ira nicht. Wir müssen zurück.«

Er hat recht. Wir finden Ira nicht. Der Wald hat sie zusammen mit den Hexen verschlungen.

Tag 8, 18:22 Uhr, Wald, großer Moorteich.

Der Rest der Gruppe erwartet uns, als wir wieder zwischen den Baumreihen hervortreten. Schweigend und mit gesenkten Köpfen stapfen wir auf sie zu. Da stehen sie im letzten Abenddämmer. Tim, Theo, Henrike, Julian, Benny.

Niemand spricht die Frage aus. Mark schüttelt lediglich den Kopf, und alle wissen Bescheid, während ich apathisch vor mich hin starre.

Sie haben Ira.

Es ist meine Schuld. Es ist meine Schuld, dass das passiert ist. Ich wollte Alva retten und habe Ira dafür geopfert. Das war *mein* Plan. Das war *meine* Idee. Das hier war ich.

Mit jeder Sekunde werden diese grässlichen Gedanken drängender, und es kommt mir vor, als würde ich in ein bodenloses schwarzes Loch gezogen, immer tiefer.

Sie haben Ira.

»Ist jemand verwundet?«, fragt Mark mit heiserer Stimme.

»Nichts Ernstes«, sagt Theo, der eine großflächige Schürfwunde auf der Stirn hat. »Aber deine Speerverletzung sollten wir uns genauer angucken, wenn wir hier weg sind.«

Mark nickt. Dann schweigen wieder alle.

Wolken schieben sich vor den Mond und machen alles noch dunkler.

»Die Waffe.« Es ist Benny, der mit kalter Stimme spricht und ihn anstarrt. »Woher hast du die Waffe, Mark?«

Mark schweigt.

»Woher hast du die Waffe, Mark?«, wiederholt Benny nun lauter und macht einen Schritt nach vorne.

Mark setzt zu einer Antwort an, als ein lautes Knacken zwischen den Bäumen ertönt. Wir fahren herum. Es kam etwa von dort, wo die Wicca verschwunden sind. Noch ein Knacken, weitere Geräusche. Da rennt jemand durchs Unterholz. Da rennt jemand durchs Unterholz auf uns zu.

Wer ist das?

Schon im nächsten Moment stürmt eine Gestalt zwischen den Bäumen hervor. Sie ist groß, lange dünne Beine, eine zerrissene Bootcampjacke, wilde blonde Haare.

Ich traue meinen Augen nicht. Sie anscheinend genauso wenig, als sie uns nur ungläubig anstarrt.

»Alva?«, fragt Theo entgeistert, der die Worte der Pelzfrau vorhin nicht mitbekommen hat. »Was … Wie konntest du entkommen?«

Alva streicht sich nervös die verfilzten Haare aus dem Gesicht. Ihr Blick hat jetzt meinen gefunden, ich sehe zu Boden.

»Ich weiß nicht.« Sie spricht, als wäre ihr die eigene Stimme fremd. »Jemand … Jemand hat mich befreit. Ich konnte nicht genau erkennen, wer …« Sie hält inne und sieht sich um. Der tote Wicca, die aufgewühlte Erde, das Blut. »Was ist hier passiert?«, fragt sie mit Entsetzen in der Stimme.

Wieder schweigt die ganze Gruppe. Ich merke, wie Alvas Blick allein auf mir ruht.

Langsam hebe ich den Kopf, sehe sie an. Und als ich die Worte jetzt ausspreche, da trifft mich die ganze Wucht dieser Wahrheit, und alles in mir taumelt:

»Sie haben Ira.«

EPISODE 5
Die Opfergabe

Ira

Tag 8, 19:03 Uhr, Waldkapelle.

Ich rüttle an den Eisenstangen. Meine Handflächen sind wund gescheuert. Ich muss einsehen, dass es nichts bringt. Der Käfig gibt nicht nach.

Ich sinke erschöpft auf den harten Steinplattenboden zurück. Die Gitter klirren nach, wie das Heulen eines gequälten Geschöpfs. Im finsteren Raum fühlen sich diese Laute wie Schmerzen in meinen Ohren an.

Der Käfig, in den man mich gepfercht hat, ist nicht größer als einer, in den man einen Schäferhund sperren würde. Wenn ich mich aufrichte, stoße ich mit dem Kopf an die oberen Gitter. Meine Beine kribbeln, weil ich sie nicht ausstrecken kann. Ich starre ins Leere.

Was ist passiert, dass ich hier gelandet bin? Dass zuerst Alva noch hier war? Dass ich von einer Sekte gefangen gehalten werde, die mich in einem Ritual opfern will? Was ist passiert, dass ich getrocknetes Blut eines Wicca auf meiner Kleidung habe, der knapp neben mir von Marks Pistole getroffen wurde. WAS ZUM TEUFEL IST PASSIERT?!

Meine Kehle ist wie zugeknotet. Und immer wieder hallen die Schüsse in mir nach. So laut, als hätte mich selbst einer getroffen. Fast hätte er das. Wenn Mark nur ein paar Zentimeter daneben gezielt hätte. *Mark.* Jetzt bleibt mir die Luft ganz weg.

Hätten wir doch nur einen anderen Plan gewählt oder wären in der Gruppe geblieben. Oder hätten am besten überhaupt nie an jenem Morgen dieses Schulprojekt im Wald begonnen, hätten – Woher hatte Mark diese Waffe!? Warum hat er niemandem davon erzählt? Hatte Benny recht? Bin ich naiv? Sollten wir Mark nicht trauen? Und was war es, das er mir im Fangnetz sagen wollte, bevor er den Aststumpf entdeckt hat?

Das sind nicht meine Freunde, hat er der Pelzfrau geantwortet. Nur ein Ablenkungsmanöver? Verdammt, Mark, was hast du mir verheimlicht?

Ich presse die Augen zusammen und weine plötzlich so heftig, dass ich kurzatmig werde. Weine so lange, bis meine Lider vor Erschöpfung müde werden und eine Schwere in meinem Kopf zurückbleibt. Ich drehe mich, rutsche. Egal, wie ich meine Arme und Beine positioniere, es schmerzt und ist zu eng. *Wie hast du das nur ausgehalten, Alva?*

Ich schlucke. Mein Hals brennt wie Feuer. Aber Alva ist jetzt frei, das habe ich die Wicca noch sagen hören. Und ich bin hier. Ich stelle mir Vanjos Angstgesicht vor. Er muss durchdrehen. Wo Alva jetzt nur ist? Ob sie es zurück zu den anderen schafft? Welche Erklärung wird Mark zu bieten haben?

Ich sehe Benny förmlich vor mir explodieren. Am häufigsten aber sehe ich Marks Gesicht. Immer wieder Mark, obwohl ich so wütend bin. So, so wütend! Und doch ist es der einzige Gedanke, der meine Atmung wieder verlangsamt. Dieses Gefühl von Sicherheit, das ich bei ihm spüre. Er wollte mich retten mit dem Schuss. Was auch immer er verheimlicht, er wollte mich beschützen. Das Blut des Wicca an meiner Jacke bezeugt es. Es ist fast getrocknet.

Fuck! Ich muss einen kühlen Kopf bewahren, wenn ich hier drin nicht sterben will. Ich atme tief ein und aus.

Ein und aus.

Ich versuche zwanghaft, an etwas Schönes zu denken. Male mir aus, wie ich mit Mark im blauen Schlafsack dicht nebeneinander liege, wie sein Atem gleichmäßig über meine Haare streicht, mich seine starken Arme wie ein Kokon umschlingen und es in dieser schützenden Hülle nach Mark riecht. Ich versuche, mich ganz genau an seinen Geruch zu erinnern. Aber es funktioniert nicht. Ich bin hier eingesperrt. Und hier ist weder ein Mark noch einer von den anderen. Ich bin ganz allein.

Eine Gänsehaut überfällt mich, sodass es mich mehrmals schüttelt.

Es liegt an dieser Musik. Zuerst dachte ich, ich würde sie mir nur einbilden, aber es ist nun das zweite Mal, dass ich diese Melodie höre. Eine kurze Abfolge, die sich wiederholt und sich mir wie ein Ohrwurm eingebrannt hat.

Das sind die Töne einer Orgel.

Ob irgendwer von den Wicca hinter den Wänden meines Raumes in der Kapelle sitzt und darauf spielt? Immer wieder dieselbe Melodie. Wie ein Mantra, das sie versuchen, mir ins Gehirn zu pressen. Aber müsste es dann nicht lauter sein?

Ich spitze die Ohren. Da verklingen die Orgeltöne auch schon wieder, als hätte ein Windstoß sie mit sich getragen.

Hier ist doch gar keine Musik, Ira. Das bilde ich mir ein, weil ich gerade durchdrehe. Weil ich Schüsse gehört hab, Leichen gesehen hab. Weil ich gerade gewaltsam entführt worden bin. Und weil ich mir ständig Dinge einbilde, seit ich diesen Anfall hatte. Vielleicht ist es jetzt wirklich so weit, dass mein Verstand nicht mehr mitmacht. Ist es nicht so, dass das eine ganz normale Schutzreaktion meines Gehirns ist? Wenn zu viele Sachen gleichzeitig passieren, die man im Kopf verarbeiten muss, dann blendet man automatisch Dinge aus.

Der riesenhafte Wicca hat mich über die Schulter geworfen. Den ganzen Weg bis hierher ist mir das Blut in den Kopf gelaufen und hat mich benommen gemacht. Der Waldboden ist wie ein braungrünes Fließband unter mir vorbeigezogen, bis sie mich hier reingesteckt haben. Ich weiß gar nicht mehr so genau, wie. Da war schon die Orgelmusik, sie spielte die ganze Zeit in meinen Benommenheitsträumen.

So richtig erinnere ich mich erst wieder, als wir in diesem Raum waren. Nichts als nackte Steinwände. An der gegenüberliegenden Wand muss früher ein kreisförmiges Kirchenfenster gewesen sein, doch sie haben es mit Brettern zugenagelt, sodass es hier drin nie richtig hell werden kann. Es riecht nach feuchter Höhle und fühlt sich mindestens genauso kalt an wie die Nächte draußen im Moorwald. Ich reibe mir die Arme.

Plötzlich schwingt die Tür auf. Ich zucke mit dem Kopf nach rechts. Ein Schwarzgewandeter tritt in den Raum. Es ist wieder der Hüne. Das Gewand, das um seine Schultern hängt, weht leicht hinter ihm auf. Er hat die Kapuze unten, sein Gesicht sieht breit aus, und er hat eine Glatze, auf der ein Symbol eingeritzt ist. Vor meinem Käfig macht er halt und geht in die Hocke, seine Gelenke knacken. Er stellt ein kleines Tablett am Boden ab.

Essen? Beim Anblick des Brotstückes und einer Handvoll Nüsse sowie des Kruges voll Wasser sammelt sich Speichel in meinem Mund. *Gott sei Dank.*

Ich blicke von dem Tablett in seine ausdruckslosen, versteinerten Augen. Sie sind klein im Vergleich zum Rest seines groben Gesichtes. Er verzieht keine Miene, hält es nicht mal für nötig, ein Wort zu verlieren. Ob er mich zum Essen aus dem Käfig rauslassen wird? Ich klammere meine Finger um die Gitterstäbe. Mein Puls beschleunigt sich. Alva ist auch daraus entwischt. *Sollte ich es versuchen?*

Der Wicca macht immer noch keine Anstalten, etwas zu sagen. Ob man ihm verboten hat, mit mir zu sprechen?

»Wie lange wollt ihr mich hier drin lassen?«, frage ich. Er greift mit der Hand in seine Robe und holt einen Schlüssel hervor, beachtet meine Frage gar nicht. Er steckt den Schlüssel kommentarlos ins Schloss.

Ich schlucke. Er hat wirklich vor, mir das Tablett in den Käfig hineinzustellen? Es macht leise klick, dann springt die Gittertür auf. Seine Bewegungen sind ruhig und gezielt. Irgendetwas erscheint mir merkwürdig an ihm. Der ausdruckslose Blick, der leicht geöffnete Mund. Ob er überhaupt sprechen kann?

Die Tür zu meinem Käfig ist nun einen breiten Spalt geöffnet. Der Hüne schiebt das Tablett zu mir herein, es schabt geräuschvoll über den Steinboden. Ich halte die Luft an.

Jetzt!

Ich drücke mich hoch. Mein Oberkörper ragt bis zur Hälfte aus dem Käfig, ich hole mit meinem Ellenbogen aus und ziele auf seine Schläfe. Ein stechender Schmerz schießt meinen Arm hoch. Ich habe ihn getroffen.

Der Wicca zuckt nicht mal zusammen. *Verdammt.* Er ist zu groß, er ist viel zu groß! Wie konnte ich nur denken, ich könnte es mit ihm aufnehmen? Selbst Vanjo ist ihm auf der Lichtung nur knapp entwischt.

Mein Herz hämmert. Seine breite Hand schießt augenblicklich vor und umschlingt meinen Hals. Er drückt mir die Luft ab.

Er lässt mich zappeln, der Druck um meine Kehle ist enorm. Ich kippe gleich weg, ich kippe weg, wenn er nicht …

Aber dann gibt der Hüne mich frei. Ich hechle nach Sauerstoff, huste. Sinke hart auf den Steinboden zurück. Alles flimmert. *Was dachte ich, würde passieren?*

Ich erstarre unter dem leeren Blick, spüre immer noch die Nachwirkung seines festen Würgegriffs.

Das war eine Warnung. Ich huste. Es war, als wolle der immer noch stumme Wicca zu mir sagen, *hättest du das lieber nicht getan. Hättest du das bloß lieber nicht getan.*

Tag 8, 19:14 Uhr, Waldkapelle.

Kaum hat der Hüne den Raum verlassen, schwingt die schwere Holztür erneut auf, ein kleiner Luftzug weht zu mir und bringt einen säuerlichen Tiergeruch mit. Stiefel klackern über den Boden. Langsam, fast genüsslich kommt die Gestalt näher, und dann erkenne ich sie. Die Pelzfrau.

Die kleinen Knochen und Äste, die in ihren dunkelroten Umhang eingenäht sind, klimpern gegeneinander, als sie vor meinem Käfig haltmacht. Eine grüne Fackel wirft Lichtflimmer ins Düstere. Das wird kein freudiger Besuch werden. Sie wird von meinem Fluchtversuch erfahren haben. Und sie wird wütend sein. Nein, noch viel mehr als das. Wir haben einen ihrer Männer erschossen. Einen anderen verletzt. Das Blut auf meiner Jacke wird sie die ganze Zeit daran erinnern.

Die Pelzfrau kniet nieder.

Sie schiebt den Kopf vor, ich presse den Rücken ans Ende meines Käfigs. Die Farbe ihrer Augen besitzt ein giftiges Grün, vielleicht ist es aber auch die Flamme der Fackel, die sich in ihnen reflektiert.

Ich kann den Blick nicht von ihrem Gesicht losreißen, ihre Lider sind ebenfalls grün bemalt, es wirkt hypnotisierend. Das Kinn ist lang und kantig. Das Symbol des Gehörnten Gottes auf ihrer Stirn ist wulstig vernarbt. Um ihren Hals winden sich Ketten aus Dornen und daran hängt ein schwarzes Amulett in gebogener Form. Wie die scharfe Klinge des Sensenmannes. Ich friere.

Die Pelzfrau schnalzt mit der Zunge. »Weißt du, Liebes«, sagt sie und rückt so nah, dass einer der Gitterstäbe ihr Gesicht halbiert. Ihr ekliger Geruch steigt mir in die Nase. »Wir waren schon einmal bereit für die Opferung. Haben deiner Freundin diese Ehre erteilt, in den Dienst unseres Gottes zu treten. Es verärgert mich, wenn unser machtvollster Tribut seiner Aufgabe nicht nachkommt.« Die Pelzfrau redet langsam, aber bestimmt. Sie begutachtet mich. »Du wirst doch deiner Aufgabe nachkommen, nicht wahr?«

»Hab ich denn eine Wahl?«, sage ich gepresst.

Die Pelzfrau lacht auf, ein hohes, schrilles Lachen, das selbst in diesem kleinen Verlies von den Wänden widerhallt. »Herrlich, wenn ich bedenke, wie deine Freundin sich in diesem Käfig gesträubt hat wie eine tollwütige Katze. Die Zunge hätte sie besser hüten müssen. Aber dass du doch tatsächlich versucht hast, an unserem stärksten Bruder vorbeizukommen, verblüfft mich.« Wieder zuckt ein kurzes Grinsen um ihren Mund und entblößt ihre spitzen Zähne. »Aber soll ich dir verraten, was wir mit Aufsässigen machen? Was wir mit deiner Freundin *Alva* gemacht haben?« Die Pelzfrau flüstert nun, kostet den Moment geradezu aus. Sie wartet nur auf eine Reaktion von mir, aber auf dieses theatralische Machtspiel lasse ich mich nicht ein.

»Wir haben ihr den Mund mit Schwarzkraut gestopft«, spricht sie schließlich weiter. »Manchmal fordert der Mann mit der heiligen Haut schreckliche Dinge von uns. Aber so ist das. Bevor etwas Neues entstehen kann, muss etwas Altes weichen. Das habe ich lange nicht verstanden.«

Sie blickt nun nach oben, so, als würde sie zu ihrem Gott aufsehen, dabei schimmern ihre Augen.

In meinem Nacken kribbelt es. Als hätte man mir tausend Ameisen in den Pullover geschüttet. Wenn Alva der Mund gestopft wurde, weil sie zu laut war, was … *Was wird sie dann mit mir vorhaben?*

Ich bemühe mich um eine feste Stimme. »Warum hier?«, frage ich. »Warum passiert das alles an diesem Ort?«

Ihr Kopf zuckt wieder zu mir. »Weil die Zeichen hier nach uns gerufen haben. Sie laufen an diesem Ort in magischen Linien zusammen, spürst du es nicht?«

Ich erschaudere, schüttle kaum merklich den Kopf.

»Tag und Nacht, Licht und Schatten, Sonne und Mond, Weiß und Schwarz.« Die Pelzfrau fährt fort. »Alles findet hier zusammen. Sie glaubten, dass es das Licht sein würde, das sie rettet. Sie glaubten, dass sie den Göttern näher wären, wenn sie weiße Dinge täten. Wenn sie die Ernte segneten und den Regen lobten. Aber töricht waren sie alle. So töricht, dass sie uns verstoßen haben. Und nun verpassen sie den größten Wandel, den wir Wicca uns je vorstellen könnten. *Wir* sind es. Wir Schwarzmagier sind es, die den größten Tribut der Geschichte darbringen werden, hier, an diesem Ort. Genauso wie der Mann mit der heiligen Haut es prophezeit hat.« Sie macht eine Pause und schiebt die Kapuze ihres Gewandes vom Kopf, entblößt ihren nackten Schädel. »Dein Blut wird unseren Gott nähren.«

Ein kurzes Schweigen, dann lehnt die Pelzfrau sich wieder zurück, lächelt, als wäre sie stolz auf ihren eben vorgetragenen Monolog.

Sie schiebt ihre Hand in eine Tasche ihres Umhangs, zieht ein langes, dunkelbraunes Lederband hervor. »Ich sage meinem schweigsamen Bruder, dass er deine ungehorsamen Fingerchen damit zusammenbinden soll, bevor sie noch mehr Unfug anrichten.«

Eine Fessel. Sie wollen mir die Hände fesseln?!

Nein. Ich drücke mich noch kräftiger an die hintere Käfigwand. Die Gitter schneiden in meinen Rücken.

Die Pelzfrau spielt mit dem Leder in ihren Fingern. Auf ihrem Handrücken sind noch mehr von den Symbolen, sie reichen bis zu ihren Handgelenken, wo die dunklen Linien unter ihren Fellärmeln verschwinden. Ich bin mir nun sicher, dass es der Narbenmann war, der ihr diese verpasst hat. Der, der auch Vanjo solche Zeichen gewaltsam in die Haut ritzen wollte.

Es schüttelt mich, und nun kann ich nicht mehr ruhig bleiben. Die Worte platzen aus mir heraus. »Bestraft mich nicht. Ich werde dem Mann mit der heiligen Haut gehorchen, ich verspreche es!«

Aber ich merke sofort, dass es ein sinnloser Versuch war. Die Pelzfrau erhebt sich vom Boden und ruft eine ihrer Schwestern, die mir die Fesseln anlegen wird. Dann verschwindet sie aus dem Verlies. Das Klimpern der Reife um ihre Unterarme wird leiser. Der säuerliche Gestank bleibt jedoch hier.

Sie haben mich.

Und sie werden noch Schlimmeres mit mir vorhaben.

Tag 9, 03:03 Uhr, Waldkapelle.

Vanjo hat eine gefaltete Wolldecke in der Hand, er hält sie vor sich wie ein Tablett. »Bauen wir uns eine Höhle?«

Ich liebe Höhlen bauen, da drin fühlt man sich beschützt, und es ist kuschlig. Vor allem unten im Wohnzimmer, wenn Mama es uns erlaubt hat, weil wir ihr versprochen haben, danach alles wieder aufzuräumen. Aber das Wohnzimmer sieht heute komisch aus. Es hat gesprungene Scheiben mit Gittern drin, und eine Pritsche steht dort, wo sonst der Fernseher ist.

Ich ziehe die Wolldecke von seinen Armen und schüttle sie aus. Sie ist groß und schwarz, und ich kann ihre Enden kaum finden. Zusammen schaffen wir es, das eine Ende über die Lehne des Ohrensessels zu spannen, das andere klemmen wir in die Tür der Wohnzimmervitrine. Ich schlüpfe als Erste in unser kleines Versteck. »Vanjo, kommst du auch?«

»Ich bin doch schon da«, sagt er, und ich drehe mich um. Erst erkenne ich ihn nicht, aber nur, weil er so jung ist. Vanjo sieht aus wie mit neun. Wie auf dem Bild von unserem ersten Turnturnier. Er hat die Medaille um den Hals. Sie leuchtet golden.

»Und was jetzt?«, fragt er. Aber seine Stimme hört sich an wie die von dem heutigen, älteren Vanjo.

»Ich weiß nicht«, sage ich und muss ihn immer noch anstarren, weil sein Gesicht so rund und jung ist.

»Wir könnten Mäuse sein? Oder Diebe, und hier ist unser Versteck. Wir müssen Mamas Schmuck aus dem Schlafzimmer klauen, uns darf nur keiner erwischen.« Vanjo hat die Augen vor Aufregung weit aufgerissen.

Ich zucke mit den Schultern. Dann sehe ich nach rechts und links, als wäre da plötzlich etwas, mit dem wir spielen könnten, und dann entdecke ich tatsächlich was. Es ist ein blutiger Stein.

»Wir können auch einfach nur hier sitzen bleiben«, sage ich, es fällt mir schwer, wieder weg vom Stein und ins Gesicht meines Bruders zu sehen.

»Nein«, sagt er und lacht. »Das ist doch langweilig, Ira.« Er kugelt sich beinahe vor Lachen, bis er mich irritiert ansieht. »Warum lachst du nicht?«

Weil da überall Blut ist, Vanjo. Es läuft jetzt von dem dicken Stein bis zu meinen angewinkelten Knien. »Guck doch, da!«, sage ich und zeige auf den Fleck.

»Wo?«, fragt er.

»Da!«, sage ich und zeige hin, aber als ich den Kopf wieder hebe, ist Vanjo weg.

Einfach weg.

Wo bist du hin? Nicht verstecken. Wir wollten doch kein Verstecken spielen, Vanjo. Wo bist du? Ich zähle bis zehn.

Aber sprechen geht nicht. Ich probiere es immer und immer wieder. Kein Ton dringt aus meiner Kehle, nicht mal, wenn ich versuche, ganz laut zu schreien. Da kommt nichts.

Mit einem Schlag schrecke ich hoch und reiße die Augen auf. Um mich herum ist es stockdunkel. Ich bin schweißnass, ich will mich bewegen, aber etwas lähmt mich. »Vanjo!«, schreie ich wieder, aber diesmal kommt ein Laut aus meinem Mund, weil ich wach bin.

Ich bin im Käfig. Nur bewegen kann ich mich immer noch nicht. Denn meine Hände sind zusammengebunden. Das Leder hält sie fest, und Vanjo ist weg. Dabei hatte ich ihn endlich aus dem Fieber geholt, wollte mit ihm Alva retten!

Mit der Schulter versuche ich, mir den Schweiß von der Stirn zu wischen. Es dauert lange, bis ich meine Atmung ein Stück weit unter Kontrolle bekomme. Meine Augen haben sich an die Dunkelheit gewöhnt, aber erkennen kann ich trotzdem nichts. Die

Fackel ist in der Nacht heruntergebrannt. Es ist so schwarz wie in einer Höhle.

Stundenlang liege ich nun schon in dieser gekrümmten Haltung. Meine Glieder reißen. Kein Sturz in der Turnhalle, kein Muskelkater nach einem Training war so schlimm wie das hier.

Ich presse mein Gesicht auf die kalten Platten, spüre, wie winzige Steine und Dreck auf meiner schweißnassen Wange kleben bleiben. Mein Herz donnert gegen meinen Brustkorb. Wie es diese Kraft noch aufbringt?

Orgeltöne dringen an meine Ohren. Sie sind wieder ganz real. *Aber hier ist nichts.* Hier ist niemand, der auf einer Orgel spielt. Ich will mir die Ohren zuhalten, doch meine Hände sind immer noch gefesselt. Die Töne wabern weiter in meinem Kopf, fressen sich wie Würmer in meine Gehirnwindungen. *Ich will nicht mehr träumen. Ich kann nicht mehr.*

Das alles muss enden. Und das Einzige, was mir noch übrig bleibt, ist, zu hoffen, dass Vanjo, dass Mark, dass die anderen mich finden. Denn wenn sie es nicht tun, dann … ich ringe nach Luft. *Dann werde ich morgen sterben.*

Mit zittrigen Fingern versuche ich, trotz der Fesseln an meine Jackentasche zu kommen. Mit Mühe schaffe ich es, mein Handy herauszuholen. Es fällt klappernd auf den Boden, ungeschickt ziehe ich es zu mir heran. Mein Akku ist schon so gut wie leer und das Handylicht für den äußersten Notfall gedacht. Trotzdem schalte ich es an. Es ist das Einzige, das mir jetzt hilft, nicht komplett durchzudrehen. Das Display blinkt auf und erhellt meinen Käfig.

Nach kurzem Laden erscheint Marius' Gesicht als mein Hintergrundbild und oben im Eck der Akku-Blitz, der mich warnt, dass ich nur noch zehn Prozent übrig habe.

Ich seufze tief, kann im Moment nicht viel dazu empfinden. Ich öffne meinen Bilderordner, scrolle hoch, bei dem aktuellsten gemeinsamen Bild von Vanjo und mir stoppe ich. Eine Schwere erfasst mich bei der vertrauten Erinnerung. Wir hatten uns durch Zufall auf einer Party von Laura getroffen, einer Freundin aus der Parallelklasse. Wir waren beide ziemlich angetrunken und im Kindermodus, so, wie wenn wir früher unsere Insiderwitze rissen. Drei Versuche hat es gebraucht, bis wir ein Selfie hinbekommen haben, das nicht verschwommen war. Vanjo und ich haben dasselbe Lachen, es erfüllt unsere kompletten Gesichter. Bilder, auf denen wir uns extrem ähnlich sehen, waren schon immer meine liebsten.

Vanjo trug die Haare damals noch etwas länger, sie fielen ihm leicht in die Stirn und hatten vom Haarwachs einen schwarzen Schimmer. Seine Wange drückt gegen meine. Unsere Augen haben vom Blitz der Kamera einen kleinen roten Punkt, aber sie sind zur selben Form zusammengekniffen. Ich hatte silberne Ohrringe an, von denen verschnörkelte Plättchen baumelten. Mama hatte sie mir beim letzten Stadtbummel gekauft.

Ich stelle das Foto als neues Hintergrundbild ein. Bevor ich mit Marius zusammen kam, waren immer Zwillingsbilder in meinen Profilen zu finden.

Ich sehe mir das Selfie so lange an, bis meine Augen vor Erschöpfung brennen und ich sie irgendwann zumachen muss.

Tag 9, 10:14 Uhr, Waldkapelle.

Der Hüne holt mich aus meinem Käfig. Mir wird schwarz vor Augen, als ich stehe. Ich schwanke, aber der Wicca hat mich so fest an meinen Handgelenken gepackt, dass ich nicht umfallen kann. Nicht mal das bisschen Essen und Trinken, das sie mir gegeben haben, konnte mich stärken.

Er zerrt mich die Stufen hoch, und wir gehen durch die Holztür, durch die ich gestern heruntergeschubst wurde. Ich kneife die Augen im hereinfallenden Tageslicht zusammen.

Wir befinden uns in einem kirchenschiffähnlichen Raum. Ich erinnere mich nur vage daran. Früher muss das eine Art christliche Kapelle gewesen sein. Die Patienten kamen wohl her, wenn sie einen stillen Ort außerhalb der Anstalt suchten oder beten wollten. An der hinteren Wand steht ein pompöser Altar. Dort auf der Steinempore, wo vorher wahrscheinlich das Kreuz Jesu hing, thront nun eine riesige Holzfigur. Sie hockt im Schneidersitz mit nacktem Oberkörper. Der Kopf ist eine Mischung aus Mann und Tier, aus dessen Schläfen gewaltige Hirschhörner wachsen, die bestimmt einen Meter in die Höhe ragen.

Ich fröstle. Irgendwie erinnert mich der Anblick an den ausgestopften Hirschkopf, der bei Ralf, einem alten Freund von Papa, in der Wohnung hängt. Er ist Jäger, und bei Besuchen als Kind hatte ich jedes Mal Angst, den Weg durch den Flur zur Toilette allein zu gehen, weil ich dachte, der Hirschkopf würde sich mitbewegen und seine schwarzen Augen auf mich richten.

Vanjo und ich hatten Mutproben daraus gemacht. *Wer traut sich, auf die Kommode zu klettern und den ausgestopften Kopf anzufassen*? Als ich mich endlich überwand, meine Finger danach auszustrecken, hat mich Vanjo erschreckt und in die Seite gekniffen. Ich habe das ganze Haus zusammengeschrien.

Die Statue des Gehörnten Gottes auf dem Altar, der mit etlichen kahlen Zweigen geschmückt ist, erinnert mich an diesen Schrei. Ob sie durch diese Figur eine Verbindung zu dem Narbenmann spüren?

Ich blicke an den hohen Wänden entlang. An der Decke prangen bunte Fresken. Doch auch dort dominieren die Symbole der Wicca. In roten Linien beflecken sie wie Blutspuren die einst schönen Gemälde. Nur vage erkenne ich darunter noch die Umrisse der pastellfarbenen Gewänder, der Flügel, der Heiligenscheine und der weißen Pferdegestalten.

Ich ziehe meine Schultern hoch, meine Haare stellen sich überall auf. Das hier hat nichts mehr von einem einst wohl sicheren Rückzugsort im Wald. Diese Kapelle suggeriert mir regelrecht, mich zu unterwerfen.

Mein Blick huscht hektisch hin und her. Nur, wo ist die Orgel? Hier müssen doch irgendwo lange Pfeifen emporragen. Bronze- oder goldfarben, in hübschen Holzverkleidungen an der Wand, so, wie man sie aus den Kirchen kennt. Aber ich kann nichts dergleichen finden, nicht mal ein kleines Klavier. Mein Herz klopft. *Wie ist das möglich?*

Der Hüne zerrt mich weiter, in der Mitte der Kapelle steht eine lange, leere Tafel. Auf der rechten Seite sind gestapelte Holzkisten und Felle, dahinter führen Treppen in einen weiteren Raum. Vermutlich sind da ihre Schlaflager?

Bevor ich mehr erkennen kann, stolpere ich nach draußen. Der Hüne hat mich zu den anderen Wicca geführt und lässt mich vor ihnen los.

Ich versuche, mein Gleichgewicht zu finden, und bleibe wie angewurzelt stehen. Acht Hexen und Hexer.

Ich erkenne ein paar von dem Kampf am Moortümpel wieder. Lydia, die Kämpferin mit Speer und Dolch. Und unser ehemaliger Gefangener. In mir zieht sich alles zusammen, als ich ihm in die graublauen Augen blicke, aus denen er uns bei dem Verhör so feindselig angestarrt hat. Sie haben sein Knie mit Leinenstoff umwickelt. Außer Lydia sind unter ihnen noch zwei weitere Frauen, deren Gesichter zwar nicht vernarbt sind, aber mit den Symbolen bemalt wurden. Die zwei übrigen Männer in schwarzen Roben haben die bärtigen Gesichter unter den Kapuzen verborgen.

Der Blick der Pelzfrau findet mich nun. Ich schlucke. *Was wird jetzt passieren?*

Sie legt den Kopf in den Nacken und sieht in den Himmel. »Brüder und Schwestern, es ist so weit. Der Mond wird heute Nacht sein blutendes Licht in voller Pracht auf uns werfen. Der Tag, den wir so lange herbeigesehnt haben, ist da.« Sie senkt nun wieder den Blick und fixiert mich. »Der Samhain.«

Auch die anderen, die hinter ihr aufgereiht sind, richten ihren Blick vom Himmel auf mich.

»Remus«, sagt sie an den Hünen gewandt. »Und Nisaj«, sie dreht den Kopf zu dem Bärtigen zu ihrer Rechten. »Ihr vollzieht die Reinigung. Im Namen unseres verlorenen Bruders tätigt dies mit Stolz. Wascht sie frei von den schmutzigen Energien. Ich will sie unbefleckt beim Mahl.«

Reinigung? Freiwaschen? Eine bleierne Schwere legt sich in meinen Magen, ich beiße mir auf die Lippe. Was meint sie damit?

Der Hüne nickt. Der andere Wicca streift die Kapuze vom Kopf, ich erkenne so etwas wie Schmerz in seinem Gesicht. Er wird wohl selbst kaum den Tod ihres neunten Mitglieds verarbeitet haben. Sie sind ein Coven. »Du kannst dich auf uns verlassen«, antwortet er.

Die beiden Männer treten jetzt vor und packen jeweils einen meiner Arme. *Ich will nicht, nein! Was habt ihr vor?*

Remus und der andere Wicca zerren mich mit einem groben

Griff davon. Es ist schwer, mit den verbundenen Händen die Balance zu halten, meine Füße schleifen hin und wieder über den schlammigen Boden, sie schieben mich achtlos weiter, sodass ich mit meinem Knöchel gegen eine hervorstehende Wurzel stoße.

Ich werfe einen letzten Blick über die Schulter zurück, die Pelzfrau und die anderen Wicca starren mich mit einer grusligen Zufriedenheit an. Wieder stellen sich mir die Haare auf. Denn in keinem der Gesichter liegt so etwas wie Misstrauen oder Mitleid. Ich bin für sie kein unschuldiges Mädchen, das einen qualvollen Tod sterben wird. Nein. Ich bin ihr heiliges Objekt, das den Wahn in ihren gierigen Blicken stillt.

Scheiße. Ich muss hier weg!

Ich reiße den Kopf wieder nach vorn, die beiden Männer führen mich ab, in den sumpfigen Wald. Schwarze Dreckpfützen bilden sich im Gras. Und die Bäume sind von fauligen Schlieren befallen. Das hier müssen die Tiefen des Moores sein, vor denen man gewarnt wurde.

Ich schnappe nach Luft, sie fühlt sich dünn und feucht an, und die Panik, die in mir aufsteigt, wird immer stärker. So stark, dass ich für einen Moment nicht mal mehr die Pranken an meinen Armen spüre. Wir haben sicher schon hundert Meter hinter uns gebracht.

Ich zerbreche mir den Kopf darüber, ob ich mir Orgeltöne einbilde oder Filmrisse habe. Ich zweifle tatsächlich an *meinem* Verstand, während mich diese Hexen und Hexer für ein Ritual opfern wollen?!

Hinter meiner Stirn rauscht es. Aber die Wicca stellen sich selbst gar nicht infrage. Es sei denn … und plötzlich kommen mir all die Gespräche mit Henrike wieder in den Sinn, die unerklärlichen Dinge an diesem Ort und das Gefühl, hier etwas Höherem, Mächtigerem unterlegen zu sein. Was, wenn die Wicca tatsächlich wissen, was in dieser Anstalt vor sich geht? Und nun haben sie sich dessen Kräfte zunutze gemacht.

Ich presse entschlossen die Lippen aufeinander, konzentriere mich nun auf den Weg, den ich entlanggeführt werde. Die Bäume um mich herum wirken verkümmert. Wie von einer dunklen Seuche befallen. Die schwarzen Stellen winden sich in immer tieferen Rillen an der Rinde hoch.

Mir bleibt eine Haarsträhne an meinem Gesicht hängen, ich versuche kläglich, sie aus meinem Mund zu pusten.

Immer wieder schaue ich nach rechts und links. Ich will die Hoffnung nicht aufgeben, dass Vanjo und Mark mich finden. Sie müssen es schaffen. Wenn Mark wirklich mehr über diese Hexen und diesen Ort weiß, dann ist er mir das verdammt noch mal schuldig!

»Wo bringt ihr mich hin?«, frage ich.

»Zum Tümpel«, antwortet der Bärtige. Seine Worte klingen unnatürlich, als hätte sie ihm die Pelzfrau vorgesagt. Ich erhasche einen kurzen Blick in sein Gesicht. Es sieht verlebt aus, die Haut verknittert. Auf seiner Nase sind große Poren und lila Äderchen. Wie hatte die Pelzfrau ihn vorhin genannt?

»Nisaj«, spreche ich ihn nun mit seinem Namen an, und da dreht er den Kopf zu mir. Für einen Augenblick schimmert etwas in seinen Augen auf, eine Regung, die bei den anderen Anhängern längst vom Wahn vertrieben schien. *Angst? Mitleid?*

»Ihr habt bei dem Kampf einen eurer Brüder verloren. Ich mag mir gar nicht vorstellen, wie furchtbar das für euch sein muss.« Ich versuche das Zittern in meiner Stimme zu unterdrücken und die Worte so zu formulieren, dass sie ihrer Sprache ähnlich sind. »Ich weiß, dass ihr dem Mann mit der heiligen Haut nur dienen wollt. Aber ihr solltet etwas Wichtiges wissen. Jetzt, wo eure Anführerin weg ist, kann ich es euch endlich sagen.«

»Halt den Mund!«, sagt Nisaj und quetscht meinen Arm noch fester.

»Au!«, stöhne ich.

Nisaj schnaubt, lockert seinen Griff daraufhin jedoch ein Stück.

»Bitte, ihr müsst mich anhören!«, flehe ich.

Wir stoppen plötzlich ab. Mein Puls schießt in die Höhe. *Sie reagieren wirklich auf mich?*

Nisaj lässt meinen Arm los und sieht mich ungeduldig an. Remus hingegen wirkt nicht begeistert darüber, dass Nisaj nachgegeben hat. »Sprich«, sagt Nisaj nun ernst und verschränkt die Arme demonstrativ vor der Brust.

Ich zittere am ganzen Körper. »Ich will nicht, dass noch mehr Blut fließt«, sage ich und versuche alle Überzeugungskraft, die ich habe, in diese Worte zu legen. »Aber ihr habt jetzt noch die Chance, Schlimmeres zu verhindern. Meine Leute wissen, wo euer Versteck ist. Sie sind vorbereitet, und sie werden mich retten, sie zögern nicht, noch einmal Schüsse abzufeuern. Sie werden das Opferritual so oder so verhindern, versteht ihr das nicht?«

»Du lügst«, sagt Nisaj. »Nenn mir einen Grund, weshalb ich dir glauben sollte?«

»Eure Anführerin hat es selbst gesagt. Sie meint sich an Mark zu erinnern, meinen Freund mit der Pistole. Sie erinnert sich nicht wirklich an ihn, aber sie hat es gespürt. Sie muss ihn in einer ihrer Visionen gesehen haben. Denkt ihr etwa, es wäre Zufall, dass wir gerade jetzt vor dem Samhain in den Wäldern auftauchen? Denkt ihr, es wäre Zufall, dass bereits einer eurer Brüder tot ist?« Mein Herz klopft. »Meine Leute planen diese Vernichtung schon seit Langem. Sie wollen euren Coven zerstören. Für sie seid ihr Ausgestoßene.«

Nisaj zieht Rotz die Nase hoch und spuckt dann seitlich auf den Wegesrand. Er ringt mit sich, tauscht einen kurzen, verunsicherten Blick mit Remus. Schließlich weicht auch etwas von der stählernen Härte in seinem Gesicht, und er lässt meinen Arm frei, auf dem er dicke, rote Druckstellen hinterlassen hat.

Mein Körper bebt jetzt vor Aufregung, es ist, als könnte ich spüren, wie das Blut bis in meinen Kopf strömt. Mir wird ganz heiß. »Ich sage euch die Wahrheit. Das ist eure letzte Chance, dem Tod zu entkommen! Wenn ihr mich freilasst, könnt ihr noch fliehen.«

Nisaj und Remus tauschen erneut Blicke. Sie wägen ab, doch letzte Zweifel sind da noch. Nisaj sieht mich mit streng zusammengekniffenen Augen an. »Wieso solltest du deine Leute verraten? Ich will einen Beweis.«

»Ich habe das Blut deines Bruders an meiner Jacke kleben«, antworte ich und zupfe das Stück Stoff mit dem Fleck nach oben. »Und … Und ich habe gemerkt, dass es das nicht wert ist. Kein einziger Coven sollte einen Bruder zurücklassen müssen …« *Mist, Mist, Mist.* Mein Kopf wird immer heißer und heißer. *Denk nach, Ira. Denk nach, fast habe ich sie.* Und da sehe ich es wieder: Ein kleines Zucken in Nisajs Gesicht.

Ich bin Sportlerin. Sie werden mich niemals einholen, wenn ich es nur schaffe, loszurennen.

Nisaj öffnet den Mund, um etwas zu sagen, schließt ihn dann jedoch wieder und weicht meinem Blick aus. Er fixiert nachdenklich einen Punkt in der Ferne, Remus legt ihm beschwichtigend eine Hand auf die Schulter. *Jetzt oder nie.*

Das ist der Moment, auf den ich gewartet habe.

Ich mache mich bereit, fahre herum und – im Augenwinkel sehe ich, wie etwas heransaust. Remus' Ellenbogen donnert erneut auf meinen Kopf.

Schwärze.

Tag 9, 11:09 Uhr, Wald, Moortümpel.

Als ich wieder zu mir komme, haben wir unser Ziel erreicht. Die beiden Wicca lassen mich los, sie müssen mich getragen haben. Ich blinzle, stehe noch wacklig auf eigenen Beinen, spüre die Druckstellen ihrer Finger. Und das Hämmern in meinem Kopf.

Ich taumle, dann erst erkenne ich das Wasser, das sich kaum einen Meter vor mir auftut. Ein schleimiger Tümpel, nicht viel größer als ein kleines Schwimmbecken. Äste ragen wie Tentakeln aus der Wasseroberfläche. Dennoch ist es ein anderer Tümpel als der, an dem noch gestern die Schüsse gefallen sind.

»Rein da!«, sagt Nisaj hinter mir. Und dann erinnere ich mich erst wieder an meinen manipulativen Fluchtversuch, bevor mir Remus eins übergehauen hat. Der Schmerz hinter meiner Stirn hämmert weiter. *Das wars. Das war meine letzte Chance. Und ich habe sie vertan.*

Moment, sagte er *rein da*?

Sie schneiden mir die Fesseln mit einem Dolch auf. Alles zieht wie im Nebel an mir vorbei. Das Hämmern in meinem Kopf übertönt alles.

Ich mache einfach einen Schritt nach vorn. Meine Schuhe sind bereits braun und schwer von den Matschklumpen, die sich daran festgesaugt haben. Alles verschwimmt vor mir. Ich kann nicht klar denken. Ich schwanke.

»Zuerst entkleiden!«, sagt Nisaj, und ich halte inne.

Ich wage einen kurzen Blick hinter mich, doch die beiden Wicca sehen an mir vorbei. Sie haben die Augen starr geradeaus gerichtet, wirken hoch konzentriert.

Ich denke also nicht weiter darüber nach, schlüpfe einfach aus meiner Jacke, während Remus und Nisaj weiter in ihrem Wahn versunken sind. Außerdem kann ich selbst kaum einen richtigen Gedanken fassen, bin jetzt beinahe froh über diese Benommenheit.

Dann schnappe ich die Enden meines Pullovers, um ihn mir über den Kopf zu streifen. Als Nächstes öffne ich die Schleifen an meinen Schuhen. Meine Finger zittern. Ich habe Probleme mit den Knoten.

Meine nackten Füße machen ein schmatzendes Geräusch, als sie in den modrigen Boden einsinken. Ich sehe nochmals über die Schulter, doch die Wicca werfen nicht einen Blick auf meinen Körper, sie sind bereits ganz woanders. Dann meine Jeans. Die Kälte erfasst mich wie eine eisige Hand, die mir in den Nacken packt. Ich schlinge die Arme reflexartig um meine Brust, die Unterwäsche lasse ich an. Eine Gänsehaut überzieht meinen ganzen Körper. Wie viel Grad es haben mag? Nicht mehr als zehn. Ich zögere. Mein Kopf hämmert und hämmert. Ich beginne so doll zu frieren, dass meine Zähne schlottern. Wie eisig es erst sein wird, in dieses Wasser zu steigen?

Ich kralle meine Finger fest in meine Oberarme und beiße die Zähne aufeinander, um meinen Kiefer unter Kontrolle zu bekommen. *Ich werde das jetzt hinter mich bringen.*

Dann tauche ich die erste Zehenspitze ins Wasser. Ein verwesender Geruch kommt mir von dort unten entgegen.

Und dann muss ich an Julian denken. Er war sich sicher, dass ihn das Moor in die Tiefe gezogen hat.

Nur langsam gehe ich mit den Füßen hinein.

Ich habe Angst.

Doch erst nach etwa einem Meter fällt der Tümpel steiler ab. Ich spüre keinen Sog. Das hier muss anderes Gewässer sein als jenes, aus dem wir Julian gezogen haben.

Der Ufergrund ist glitschig, und ich bin froh, dass das Wasser nicht durchsichtig ist. Ich will gar nicht sehen, was sich da unten befindet. Ich will überhaupt nichts mehr sehen.

Bis zu den Knien stehe ich nun im Tümpel. Der Bauch war schon immer am schlimmsten, aber ich zögere erst gar nicht und tauche bis zum Hals hinein. Das Wasser lässt einen ganzen Ruck durch meinen Körper gehen, rüttelt mich etwas wach.

»Untertauchen«, sagt Nisaj. Und dann dringen nur noch unverständliche Beschwörungsformeln hinter meinem Rücken von ihnen zu mir. Ich spüre das drängende Dunkel darin, das mich wie von selbst in diesen Sumpf ziehen will.

Nur noch der Kopf. Doch bevor ich ganz unter Wasser bin, denke ich plötzlich an den Keuchenden Mann. An unsere Furcht vor ihm, die mir nun beinahe lächerlich erscheint. *Sie wird euch vernichten*, hat er gesagt. Die Pelzfrau.

Und er hatte recht.

Das Moor verschluckt mich. Ich versinke im eisigen Sog, bin schwerelos. Es ist still hier unten.

Totenstill.

Tag 9, 16:30 Uhr, Waldkapelle, Kammer.

Die Zacken der Bürste verhaken sich in meinen Haaren, es ziept an meiner Kopfhaut. Ich verziehe das Gesicht.

Lydia versucht sich seit einer halben Ewigkeit an meinen Haaren, die über neun Tage weder eine Dusche noch einen Kamm gesehen haben.

Remus und Nisaj haben mich, nachdem ich wieder aufgetaucht war, zurück zur Waldkapelle geführt. Die Kälte hat mir den Rest gegeben, mich regelrecht betäubt. Als hätte das Moor meine Gefühle dort drinnen eingefroren. Ich habe den Rückweg wie eine unbeteiligte Zuschauerin an mir vorbeiziehen lassen, bin immer wieder abgedriftet und habe die Leere in mir willkommen geheißen. Sie brachten mich in diese kleine Kammer, durch eine Seitentür hinter dem Altar. Lydia hat mir eine Decke über die Schultern geworfen. Sie hat mich ungefähr so angesehen, wie unsere Mama das immer gemacht hat, wenn Vanjo und ich zu lange draußen im Schnee gespielt haben und unsere Lippen sich bereits blau verfärbten. Vielleicht kam mir das auch nur so vor in meinem Nebel. Denn ich hatte Lydia noch als die brutale Kämpferin in Erinnerung. Es ist beinahe gruselig, wie sie mich nun hier zurechtmacht. Immer wieder zucke ich zusammen, wenn sie nach dem Kamm fasst, als könnte es doch wieder der Dolch sein, mit dem sie auf der Lichtung auf uns los ist.

Lydias Gesicht ist von Nahem überraschend faltig, und die zotteligen Strähnen, die aus ihrer Kapuze herausschauen, sind von einem dunklen Grau durchzogen. Sie könnte um die Fünfzig sein.

Ich frage mich, welches Leben sie wohl früher geführt hat. Ob sie Kinder zurückgelassen hat? Ob sie überhaupt eine Familie hatte?

Sie summt mit unheimlicher Ruhe ein Lied vor sich hin, während sie mir weiter die Haare kämmt. Für einen Moment glaube ich, es kommt mir bekannt vor. Es klingt nach einem alten Kirchenlied. Meine Zähne haben zu klappern aufgehört. Ich habe immer noch überall Gänsehaut, auch wenn ich die Kälte gar nicht wirklich spüre, da meine Füße und Hände taub sind. Bis auf meine feuchten Haare bin ich wenigstens trocken. Der Tümpel hat einen öligen Film auf meiner Haut hinterlassen.

Der Stuhl, auf dem ich sitze, ist aus schwerem, dunkelbraunem Holz. Auf dem Fenstersims vor mir stehen mehrere Schatullen, Dosen, Kelche und brennende Kerzen. Die Steinwände der Kammer sind mit Farbe bemalt. Ich erkenne nicht ganz genau, was die Zeichnungen bedeuten sollen. Es könnten ein Meer und eine Sonne sein, dann Pfeile, die kreisartig nach unten zeigen, und kahle Bäume, Knochen und … Masken? *Vielleicht ein Gleichnis?*

Aber was mich noch viel mehr beunruhigt, ist der Blick durch die Lücke des verrammelten Fensters: Der volle Mond prangt bereits am Tageshimmel. Selbst im grauen Nachmittagslicht verkündet er meine bevorstehende Hinrichtung in aller Deutlichkeit. Ich stelle mir vor, dass er nur ein weißer Ballon wäre, den ich mit einer spitzen Nadel anpieksen könnte, damit er zerplatzt. Weil das alles hier nicht echt ist.

Lydias Summen verstummt. Dann öffnet sie eine der goldenen Schatullen auf dem Sims. Sie holt ein paar schwarze Muscheln hervor, die sie dann in mein feuchtes Haar mit einflechtet.

Zuerst die Waschung, nun das Hübschmachen, und anschließend gibt es ein gemeinsames Mahl. Ich brauche diese Zeremonie nicht. Die Muscheln zwicken mich an der Kopfhaut. Lydia öffnet eine weitere breite Schatulle. *Was kommt als Nächstes?*

Ein schwerer Druck liegt auf meiner Brust. Wieder starre ich aus dem Fenster, ich kann kaum mehr wegsehen. Der Mond hat mich in seinen Bann gezogen. Er ist der Vorbote meines Endes.

Wenn mir nicht sogleich ein neuer Plan einfällt oder Vanjo mich findet, dann …

Lydia zieht einen weißen Stoff aus einer Kiste heraus. Sie hebt das Kleidungsstück an und schüttelt es aus. Flusen fliegen davon und zischen über den flackernden Flammen der Kerzen. Ein langes Kleid offenbart sich mir. Es hat weite, ausgestellte Ärmel, und um die Taille ist es verziert mit eingestickten grünen Pflanzenranken. Ebenso um den ovalen Ausschnitt herum. Es hat einen unschuldigen, fast mittelalterlichen Touch. Ich würde behaupten, dass es schön ist, wenn es nicht das Kleid wäre, in dem ich sterben soll. Und langsam kehrt auch wieder Gefühl in meine tauben Zehen und Finger zurück.

Lydia streicht andächtig über den hellen Stoff, dann blickt sie zu mir. Ihre Augen glänzen. *Weint sie etwa?*

»Ich habe diesen Moment, an dem ich es endlich über die Schultern unserer Auserwählten werfen kann, so lange herbeigesehnt«, sagt sie sanft und gleichzeitig bestimmt.

Ich schüttle kaum merklich den Kopf, weiß nichts, das es dazu zu sagen gäbe.

Der Stoff legt sich kühl auf meine Haut. Das Kleid ist mir ein bisschen zu groß, so als würde ich ein Nachthemd tragen. Aber dann tritt Lydia hinter mich und zieht an den Schnüren, die eine kleine Korsage am Rücken bilden. Es sitzt nun etwas strammer um die Mitte, aber meine Arme verschwinden trotzdem unter den langen Ärmeln und verdecken die roten Striemen von den Fesseln an meinen Handgelenken.

Dann bekomme ich einen Kranz aufgesetzt, an dem vertrocknete dunkle Wildblumen hängen, und als Letztes wird mir eine Kette mit einem sternenartigen Amulett umgehängt. Das Metall wiegt schwer um meinen Hals und erinnert mich an ein Pentagramm. Ich lasse das alles über mich ergehen, denn einen Kampf gegen Lydia, in einer kleinen Kammer wie dieser, würde ich nicht gewinnen. *Jetzt nicht durchdrehen, Ira.* Mir wird etwas einfallen, an ein anderes Szenario traue ich mich gar nicht zu denken.

Lydia betrachtet mich eine ganze Weile, rückt noch einmal den Kranz zurecht und scheint dann zufrieden zu sein mit ihrem Werk. Sie greift hinter sich und reicht mir einen Handspiegel. »Sieh dich an«, sagt sie.

Ich erschrecke vor mir selbst. Als hätte ich vergessen, wie ich aussehe. Der letzte Blick in einen Spiegel ist so lange her. Meine Haut ist dünn und fahl. Violette Schatten zeichnen sich wie Sicheln unter meinen Augen ab. Die Lippen sind trocken und rissig.

Obwohl mein Gesicht sonst eher eine rundliche Form hat, sieht es nun schmal aus. Die restliche Schminke, die noch auf meinen Wimpern hing, ist längst verschwunden. Ich bin mir fremd. Nur das Braun meiner Augen hat seine Farbe behalten. *Wer ist das, die mich da ansieht?*

Und plötzlich fühle ich mich etwas wacher. Die Realität ist mit einem Schlag wieder da. Ich vermisse schmerzlich mein altes Ich. Die Probleme, die ich zu Hause hatte, die Gedanken, mit denen ich mich noch vor ein paar Tagen beschäftigt habe. Welche Hausaufgaben wir aufhaben oder welche Nachricht auf Whatsapp ich noch beantworten muss.

Ich würde wahrscheinlich gerade vom Training nach Hause kommen. Mama hätte mir Essen aufgehoben, das ich mir warm machen kann. Und ich würde mich darüber aufregen, dass Vanjo verkatert und launisch ist und ich nichts mit ihm anfangen kann.

Scheiße.

Wo bin ich denn hier? Ich weiß nicht mal, welchen Wochentag wir heute haben. Nur dass dort draußen sieben weitere Wicca auf mich warten und meinen Tod wünschen. Ich unterdrücke die aufsteigende Panik und gebe Lydia den Spiegel zurück. Sie legt ihn ab und nimmt mich dann an der Hand. »Das Essen wartet auf dich«, sagt sie, und ich fühle mich wie eine Puppe, die sie sich immer gewünscht hat und mit der sie nun endlich spielen darf.

Scheiße, ich darf nicht sterben.

Tag 9, 17:30 Uhr, Waldkapelle, Hauptsaal.

In der Kapelle spielt wieder die Orgelmelodie. Sie krabbelt unter meine Haut wie tausend Insekten. Die Musik begleitet mich, während Lydia mich zu meinem Platz führt. Die Einstimmung auf meine Opferung. Aber kaum sind die schaurigen Töne da, verschwinden sie plötzlich wieder. Die Schnüre an meinem unteren Rücken sind eng und quetschen in meinen Magen. Ich kann kaum atmen.

Der Saal der Kapelle wirkt anders als vorher, festlicher. Die Fackeln, die an den Wänden aufgesteckt sind, werfen abgehackte Lichtspiele um sich. Das Mahl, das die Wicca auf der langen Tafel angerichtet haben, steht im Zentrum der Kapelle.

Bis auf Lydia haben bereits alle Platz genommen. Drei Wicca auf der linken Seite, drei auf der rechten und am Kopf der Tafel die Pelzfrau.

Die Flammen der Kerzenständer in der Mitte lodern auf. Als könnten sie die unruhigen Energien spüren, nun, wo ich den Saal betreten habe. Alles ist hergerichtet. Fransige Blumengestecke zieren die Tischfläche. Gefüllte Tonkrüge und Schalen blitzen dazwischen hervor.

Der leere Stuhl am Ende der Tafel wird der meine sein. Ob hier wohl sonst der Wicca saß, den Mark erschossen hat?

Alle Augen sind auf mich gerichtet. Die Wicca haben ihre Hände rechts und links von ihren Gedecken liegen, auf denen bereits das Essen dampft. Sie alle warten nur auf mich. Ob sich Vanjo so gefühlt hat, als er auf dem OP-Stuhl saß und der Narbenmann ihm die Symbole verpassen wollte?

Ich reibe mir die Arme, meine Schritte machen klackernde Geräusche auf dem Marmorboden. Lydia zieht mir den schweren Holzstuhl zurück, auf den ich mich setze, um ihn dann wieder an den Tisch heranzuschieben. So weit, dass die Stuhllehnen gegen die Tischkante stoßen und ich mich darin eingesperrt fühle.

Noch immer ruhen die Blicke der Wicca auf mir. Die Mundwinkel unseres ehemaligen Gefangenen zucken selbstgefällig. Er genießt offensichtlich den Triumph, aber ich tue ihm sicher nicht den Gefallen, mich davon sichtbar beirren zu lassen. Auch wenn ich kurz davor bin, direkt hier auf dem Stuhl zusammenzuklappen.

Ich werfe einen Blick auf meinen gefüllten Teller. Um das Stück Fleisch herum liegen ein paar große Salatblätter, Rotkraut und zur Verzierung am Tellerrand ein paar grüne Trauben. Sie sind frisch gewaschen. Wassertropfen kleben auf ihrer hellgrünen Oberfläche, und sie sehen prall aus, fast künstlich. Sie erinnern mich an das Deko-Obst, das man in Möbelhäusern auf die Tische legt, damit sie belebter aussehen. Woher sie das Essen wohl haben?

Dampf steigt von dem rotbraunen, glitschigen Stück Fleisch auf. Ich rümpfe die Nase, es duftet nicht wie herkömmliches Fleisch.

»Rehleber.« Es ist die Stimme der Pelzfrau, die das Schweigen bricht. Ich sehe über den Tisch hinweg in ihr schmales Gesicht und erschrecke erneut vor ihrem durchbohrenden Blick. Sie macht eine einladende Geste über ihren Teller hinweg. »Koste.«

Ich zupfe zuerst eine von den Trauben ab. Ich habe Angst, in pures Gift zu beißen, spüre dann jedoch, wie der kalte Saft aus ihr herausläuft, als ich die Schale zerbeiße. Sie ist sauer.

Mit zittrigen Fingern versuche ich, die Rehleber anzuschneiden. Ohne sie länger anzusehen, schiebe ich sie mir schnell in den Mund. Gar nicht lange drüber nachdenken, einfach kauen.

Widerlich. Sowohl die Konsistenz als auch der faulige Geschmack. Es dreht mir den Magen um. Ich muss würgen. Schlucke schnell und kippe dann hastig etwas von dem Wein hinterher, den man mir in einem selbst geschnitzten Holzkrug dazu serviert hat. Die Pelzfrau mustert mich ungeniert. »Ausgezeichnet, nicht wahr?«

Ich würde ihr die Essensreste in meinem Mund am liebsten ins Gesicht spucken. »Ausgezeichnet«, sage ich jedoch stattdessen und spiele bei diesem grausamen Spiel mit.

Nun beginnen auch die anderen Wicca mit dem Essen, das Klirren des Geschirrs erfüllt den hohen Raum der Kapelle.

»Der Gehorsam steht dir«, sagt die Pelzfrau, und der Blick ihrer grünen Augen wandert dabei über mein Kleid.

Ich funkle sie über den Tisch hinweg böse an. »Wozu das alles?«, frage ich.

»Nicht doch.« Sie schnalzt mit der Zunge. »Ihr jungen Menschen versteht gar nicht mehr den Sinn von Traditionen. Sie machen unsere Existenz erst tragfähig. Sie stabilisieren uns.«

Und nun stechen die Zacken ihrer Gabel in die dunkle Leber und pressen Saft aus ihr heraus. Ich muss an den Kampf am Moortümpel denken, als das Blut aus dem Knie des angeschossenen Wicca herausgespritzt ist wie aus diesem Stück Fleisch. Und gleich, gleich wird es mein Blut sein, das sie bei der Opferung vergießen. Mir wird schwindlig. Das kann nicht mein Ende sein. *Ich muss etwas tun! Sofort!*

»Wozu?«, platzt es aus mir heraus. »Wozu dieses ganze Ritual?«

»Um die Kraft des Gehörnten in unseren Adern fließen zu spüren, mein Kind. Du wirst der Schritt sein in eine neue, erleuchtete Ebene, du wirst uns auf eine Weise beseelen, wie es der Gott nur an Samhain zu verschaffen vermag.« Ihre krallenartigen Finger legen sich nun wieder zufrieden um das Messer, es schabt über das Porzellan, das Geräusch tut mir in den Zähnen weh. Ich beobachte, wie sie das aufgespießte Stück Fleisch zu ihrem Mund führt, es darin verschwindet, sie die Unterarme wieder auf der

Tischkante ablegt und kaut. Ihre Backen bewegen sich mit. Sie kaut lange. Dann schluckt sie das Stück herunter, ich erkenne an ihrem Hals, wie der Klumpen die Speiseröhre hinabrutscht. Sie greift nach ihrem Kelch und spült nach. Sie leckt sich über die Lippen, um die fettigen Reste der Rehleber zu verwischen. *Nein, so etwas werde ich tatsächlich nie verstehen können.* Und die schlimmste Folter, merke ich, ist die Zeit.

»Schön.« Dann deutet die Pelzfrau auf meinen vollen Teller. »Iss, wir werden auf dich warten.«

Ein Blick auf das rotbraune Fleisch reicht. Mir ist kotzübel. Aber sie wollen wohl tatsächlich warten, bis ich mir das letzte Stück hinuntergezwungen habe.

Die Essensgeräusche bohren sich in meine Ohren. Klirren von Besteck, schneiden, in den Mund schieben, kauen, schlucken. Kauen, schlucken. Als wäre es das Einzige, das meine Ohren herausfiltern und zwischen diesen Wänden widerhallt. Ich werde wahnsinnig.

Ich fange einen feindseligen Blick von Nisaj auf. Ich kann nur ahnen, wie sehr er diese Show um mich genießt. Ich klammere meine Finger fester um das kalte Metall der Gabel, stelle mir vor, wie ich damit in seine Hand hineinsteche.

»Nur der Tod ist in der Lage, neues Leben zu erschaffen«, sagt die Pelzfrau theatralisch.

Na warte, denke ich.

Gleich schlagen die Flügeltüren der Kapelle auf. Gleich stürmen Vanjo, Mark und Benny herein. Hinter ihnen direkt Alva, Henrike, Julian, Theo und Tim. Sie sind alle bewaffnet und erledigen einen Wicca nach dem anderen, ehe diese auch nur verstehen, was vor sich geht. Danach trifft eine Kugel in die Stirn der Pelzfrau. Ihr Kopf fällt vornüber, direkt mit dem Gesicht in ihre ach so köstliche Rehleber hinein.

Aber es kommt niemand.

Ich werde allein sein, wenn es passiert. Heute Abend beim Blutmond werde ich sterben.

Ich muss aufhören, mir etwas vorzumachen. Hier sitzen acht Wicca um mich herum. Ich habe keine Chance, zu entkommen.

Ich fasse mir an die Kehle, presse die Augen zusammen. Nein … ich will nicht … meine Eltern und Vanjo, sie brauchen mich! Ich kann nicht sterben, das … ich kriege keine Luft mehr, jetzt ist alles zu spät, und Vanjo wird sich die Schuld für alles geben, und das darf er nicht, er darf dann nicht aufgeben, er muss es ohne mich dort rausschaffen, das … Luft! Ich brauche Luft, und mir ist schwindlig, die ganze Kapelle dreht sich um mich – Hände packen mich nun plötzlich rechts und links an den Armen, zerren mich von meinem Stuhl hoch. »Lasst mich los!«, kreische ich. »Lasst mich los! Nein! Hilfe! HILFE!« Ich versuche, mich an den Stuhllehnen festzukrallen, rutsche ab. »VANJO! MARK!« Ich schreie jetzt immer lauter, schlage und trete um mich, beiße in die Arme, die mich wegzerren. »NEIIN! LASST –« Meine Worte ersticken unter fremden Händen, ich zapple mit den Füßen, gebe nicht auf. »NEEEEIIIN!«

Tag 9, 20:59 Uhr, Moorwald, Opferstätte.

Es ist so weit.

Ich kann ihn sehen, den blutenden Mond. Rote Schlieren ziehen sich über das fleckige Rund. Nicht eine Wolke hat sich vor den Verkünder meines nahen Endes geschoben.

Sie haben mich zu einer Lichtung gebracht.

Mit schwarzem Pulver ist ein Kreis auf die Wiese gezeichnet. In kurzen Abständen stecken die grünen Fackeln den Bereich ab, erhellen die Opferstelle.

Die Wicca haben sich um mich versammelt. Remus' große Hände schlagen in rhythmischen Abständen auf Trommeln, an denen die angebundenen Federn bei jedem Schlag erzittern. Ihre dumpfen Klänge lassen mein Inneres erbeben. Lydia hat mich an einen Holzpfahl gebunden, der im Zentrum des Kreises im Boden steckt. Ob schon andere Menschen vor mir für irgendwelche Rituale an diesen Pfahl gebunden wurden? Ob dort noch ihr Blut klebt?

Die aufgescheuerten Flächen an meinen Handgelenken reißen vom kratzigen Hanfseil wieder auf. Aber dieser brennende Schmerz kümmert mich nun am wenigsten. Die Wicca sind bereit. Die Pelzfrau klatscht in die Hände. Das Ritual beginnt.

Samhain, genau so, wie es Henrike prophezeit hat.

Für die Zeremonie hat die Pelzfrau eine seltsame Schnabelmaske aufgesetzt, aus der zusätzlich riesige Hörner heraussprießen. So wie bei der Holzstatue des Gehörnten Gottes auf dem Altar. Ihre Erscheinung inmitten des rot schimmernden Waldes lässt sie ungeheuerlich wirken. Als wäre sie nun halb Mensch, halb Tier.

Sie breitet ihre Arme aus, und ihr Gewand fächert sich dabei zu zwei riesigen Flügeln auf. »Du, Gehörnter, sprichst durch den Mann mit der heiligen Haut zu uns. Wir danken dir für das Opfer, das du uns auserwählt hast. Wir haben es für dich gereinigt, um es würdig zu machen für unseren Gott.« Die Trommeln werden schneller, lauter. Funken sprühen von den Fackeln in die Dunkelheit.

Gänsehaut kriecht meine Wirbelsäule hinauf. In den Worten der Pelzfrau liegt so viel Kraft, so viel Überzeugung, dass ich selbst fast glaube, jeden Moment erscheint eine Gestalt im rötlichen Licht. Lydia beginnt zu singen, sie hat ihre Augen geschlossen, verliert sich darin. Ihr Gesang hat etwas Wehmütiges, Schweres. Man kann keine Wörter darin verstehen, es erinnert mich eher an ein Jaulen. Als könne sie mit diesem Gesang alle in Trance versetzen. Sie hat eine Rassel in der Hand, über die Schlangenhaut gespannt ist. Sie schlägt immer wieder mit dem Instrument in ihre Handflächen, im gleichen Rhythmus wie Remus trommelt. Dann tritt sie in den schwarzen Kreis hinein und kommt auf mich zu. Erst als sie direkt vor mir haltmacht, öffnet sie die Augen. Doch sie sieht mich gar nicht richtig, ist irgendwo versunken. Es ist, als hätte jemand anderes von ihr Besitz ergriffen. Als wäre sie nicht mehr die Lydia, die nach der Waschung mit mir gesprochen hat.

Sie schwingt mit der Rassel um meinen Körper herum. Der Gesang wird immer lauter, die Trommeln immer drängender, sie verschmelzen mit dem schnellen Schlagen meines Herzens. *Poch, poch, poch.*

Hier, irgendwo inmitten des Waldes, gehüllt in ein weißes Kleid und umgeben von Hexen, geht alles zu Ende. Ich kann nichts mehr ausrichten gegen die Wicca.

Sie haben mich.

Ich kann nun nichts mehr tun, außer zu hoffen, dass es kurz und schmerzlos sein wird. Am liebsten würde ich einfach gar nichts mehr fühlen.

Die Stimmen der Wicca vereinen sich nun zu einem unheimlichen Chor. Der Mond hüllt ihre Gesichter in seinen rot schimmernden Glanz.

»Gehörnter der Wildnis,
Geflügelter der glühenden Himmel,
Strahlender der brennenden Sonne,
Gefallener in den Schreien des Samhain,
Hör unsere Rufe unter deinem blutenden Leib,
Höre uns und erhebe uns aus deiner Kraft,
Gib uns deinen letzten Feueratem,
O Gehörnter, bevor die Reise von Neuem beginnt.«

Lydia tritt wieder aus meinem Kreis heraus. Sie verbeugt sich vor der Pelzfrau, zückt einen Dolch aus ihrem Gewand und legt ihn ihr ehrfürchtig in die Hände. Ich erstarre.

Damit werden sie mir die Kehle durchschneiden, damit werden sie mein Blut für den Gehörnten Gott vergießen. *Er wird euch holen. Er holt uns alle.* Ich höre noch das Rauschen des Funkgeräts auf dem Dach.

Jetzt will ich doch schreien, rütteln, mich aus diesen Fesseln losreißen und rennen, einfach nur wegrennen.

Aber für das alles ist es zu spät.

Ich bin zu keinerlei Regung mehr fähig, sosehr ich auch möchte.

Den letzten Tag meines Lebens habe ich mir anders vorgestellt. Aber die letzten Gedanken, ich glaube, sie wären die gleichen gewesen. Ich denke an meine Eltern, sehe ihre lächelnden, vertrauten Gesichter vor mir. Unten im Wohnzimmer. Die Sonne flutet durchs Fenster und spiegelt sich im Glas der Vitrine. Papa im Ohrensessel, Mama redet, und ich spüre unendliche Dankbarkeit.

Und dann sehe ich ein paar meiner Freunde, Kalle, meinen Trainer, und dann Vanjo.

Vanjo, wenn ich dir jetzt etwas sagen könnte, einen letzten Wunsch aussprechen, dann, dass du es schaffen musst, allein für uns beide weiterzuleben. *Halte durch.*

»Hör unsere Rufe unter deinem blutenden Leib,
Höre uns und erhebe uns aus deiner Kraft,
Gib uns deinen letzten Feueratem,
O Gehörnter, bevor die Reise von Neuem beginnt
… Meister der Bestien und Sonne
Meister der Bestien und Sonne
Meister der Bestien und Sonne
Meister der Bestien und Sonne …«

Gerade hatte ich mich so weit an die Stimmen des Chors gewöhnt, dass ich sie ausblenden konnte, als sie nun plötzlich versiegen.

Ich habe Angst.

Ein Windstoß wirbelt meine Haare auf. Die Pelzfrau tritt hinter mich, ich höre das Klackern der Knochen an ihrem Umhang.

Ich nehme einen letzten, tiefen Atemzug, die Waldluft ist frisch und duftet nach Holz. Sie setzt den Dolch an meiner Kehle an, ich schließe die Augen. Das Metall der Klinge auf meiner Haut ist kalt.

Es tut mir so leid, Vanjo.

Susan

Tag 9, 20:09 Uhr, Winkenburg, Parkplatz am Waldrand.

Eine Clownsfratze lächelt mich an.

Rote Knollnase. Gelbe Augen. Struppige Haarbüschel. Er grinst einfach durch mich hindurch – ich zucke heftig zusammen.

»Was tut ihr hier, verflixt?!«, schreie ich auf und knalle die Tür des Dienstwagens erschrocken hinter mir zu.

Der kleine Junge im Kostüm wimmert, er rückt näher an seine anderen vier verkleideten Freunde. »Süßes oder Saures?« Seine verschüchterte Stimme klingt gedämpft unter dem Clownsgesicht.

Mein Herz pocht. *Es ist nur eine Maske.* Ich wische mir Schweiß von der Oberlippe, *nur eine Maske. Das sind nur Kinder. Es ist Halloween, reiß dich zusammen.* Ich atme tief ein, sehe, wie die Finger des Kleinen nervös am Beutel mit den bunten Süßigkeiten herumpfriemeln. Der ist doch gerade mal acht Jahre alt.

»Macht, dass ihr wegkommt. Hier am Waldrand ist es zu gefährlich. Ihr solltet wenigstens in der Stadt bleiben. Wo sind denn eure Eltern?«

Der Junge neben dem Kleinen im Gespenstkostüm sieht zu meinem Dienstwagen und dann wieder zu mir. »Suchen Sie nach den verschwundenen Schülern?«

»Macht, dass ihr wegkommt, habe ich gesagt!«, fahre ich die Kinder mit plötzlicher Heftigkeit an.

Ich stocke, will mich entschuldigen. Aber da huschen sie schon davon, rennen beinahe die Straße herunter.

Du bist vollkommen fertig, Susan, hat Martin gesagt. *Mach Feierabend, du brauchst Schlaf, und zwar dringend.* Ich blicke ihnen hinterher, bis das wackelnde Licht ihrer Kürbislaternen in der Ferne verschwindet. Sie sollten besser auf der Hut sein.

Gib den Fall ab, Susan. Du packst das nicht mehr lange. Du hast seit neun Tagen kaum geschlafen.

Ich blicke an der Waldfront hoch. Die Bäume stehen vor mir aufgereiht. Mir ist schwindelig. *Neun Tage.* Ich weiß, dass du irgendwo dort bist, Theo. Das spüre ich. Ich knipse die Taschenlampe an und schlüpfe ins Dickicht, gehe in diesen dunklen Wald. So tief hinein, bis er mir Antworten geben wird.

Meine Beine sind Klötze, meine Schläfen pochen, meine Ohren dröhnen, meine Augen brennen. Ich muss mich auf den Weg konzentrieren. Ich kämpfe mich vor, zucke zusammen, wenn Äste unter meinen Schuhen krachen. *Du musst aufhören, Susan. Du brichst noch zusammen.* Die Bäume huschen wie lang gezogene Gesichter an mir vorbei. Es ist eiskalt. Theo muss sicher frieren.

Ich spüre die Taschenlampe in meiner Hand für einen Moment gar nicht mehr. Der Waldboden verschwimmt vor meinen Füßen, ich remple einen Baum an. *Susan, es reicht jetzt. Du musst damit aufhören.* Aber ich kann nicht, ich laufe weiter. Keine Ahnung, wie lange, es ist egal. Den Weg zur Anstalt kenne ich mittlerweile, auch im Dunkeln. Oder?

Mein Hemdkragen ist nass von kaltem Schweiß. Es geht bergauf, ich keuche.

Ein Ton trällert plötzlich durch die Stille. Ich zucke erneut zusammen, blicke über die Schulter. Da fällt mir auf, dass es nur mein eigenes Handy ist. Zittrig hole ich es aus der Brusttasche, muss mich konzentrieren, die richtige Taste zu drücken. Ans Ohr halten. Ich bleibe stehen.

»Ja?«

»Susan, bist du das?«

»Ja.«

»Wo bist du?«

»Zu Hause.«

»Gut.«

Kurze Stille am anderen Ende der Leitung. Ich warte.

»Es haben sich Zeugen gemeldet. Touristen, die vor drei Wochen auf Durchreise waren. Sie berichteten, Menschen in schwarzen Kutten gesehen zu haben. Im Wald.«

Im Wald?

»Susan, bist du noch dran?«

Menschen in Kutten?

»Susan?«

»Ja«, sage ich nur und laufe weiter, kneife die Augen zusammen. Der Empfang wird schlechter, ich verstehe Martin kaum noch. Doch vor mir tut sich etwas auf. Die Anstalt?

Nein. Das ist eine breitere Waldfläche, auf der sich das Taschenlampenlicht in einem rötlichen Schimmer verliert.

»Susan, wo bist du?!«

Ich lege jetzt auf, schiebe das Handy zurück in meine Tasche, ohne den Blick von dieser erleuchteten Fläche vor mir zu nehmen. Die Luft in meinen Lungen wird dünner.

Das ist eine Lichtung. Und in ihrer Mitte steht ein einzelner Baum. Als hätte man ihn dort im Zentrum wie einen Pfahl in den Boden gerammt.

Mit klopfendem Herzschlag schreite ich durch das nasse Gestrüpp näher heran. Mein Handy klingelt erneut. Aber ich ignoriere den Anruf. Die letzten Meter kommt es mir vor, als hätte Martin seine Hand hinten in meinen Hemdkragen geschoben und wolle mich zurückziehen. Das rauschende Blut in meinen Ohren ist nun so laut, dass es sich wie kleine Trommeln anhört. Als würde dort vor den Bäumen jemand sitzen und mit den Händen auf gespannte Tierhaut schlagen. Bum, bum, bum.

Du solltest Feierabend machen. Mach Feierabend. Du brichst noch zusammen, Susan. Ich bin jetzt im Zentrum der Lichtung, direkt vor dem allein stehenden Baum, strecke meine zitternden Finger nach seinem Stamm aus. Striche sind in die raue Rinde eingeritzt. Ich fahre mit den Kuppen über die eingekerbten Linien. Sie ergeben ein Symbol.

Ein Schauder überkommt mich. Denn ich lag richtig. Mein Gefühl hat mich selten getäuscht. Da sind noch Hinweise im Wald, welche, die wir übersehen haben. Leute in schwarzen Kutten wurden gesichtet. Und jetzt dieses seltsame Symbol. *Das kann kein Zufall sein, das ist eine Fährte.* Gänsehaut wandert über meine Arme. *Neun Tage. Vielleicht ist es eine Fährte, aber vielleicht bin ich viel, viel, viel zu spät.* Bum, bum, bum.

Ich sehe mich um, niemand hier. Dann lege ich den Kopf in den Nacken und blicke in den Himmel.

Der Mond ist rot, so rot wie die Nase des Clowns. Die Lichtung dreht sich im Kreis um mich, ich schwanke, aber ich kann nicht wegsehen. Es ist Halloween, und der Mond leuchtet rot.

EPISODE 6
Die Pelzfrau

Vanjo

Tag 8, 19:35 Uhr, Lungenheilanstalt, Bunker (gut 1 Tag zuvor).

»Her mit der Waffe, sofort!«

Benny hat sich vor dem einen halben Kopf größeren Mark aufgebaut und streckt die Hand aus. Ich weiß nicht, ob er nur furchtlos tut oder ob er wirklich einfach keinen Schiss hat. Damit wäre er so ziemlich der Einzige. Julian und Henrike sind ganz an das andere Ende des Bunkers zurückgewichen. Theo und Tim stehen nur kurz vor ihnen. Alva hat sich auf die Pritsche gesetzt und scheint alles noch gar nicht so richtig mitzubekommen.

Nach ihrer Rückkehr und dem ersten Schock haben wir uns trotz allem entschlossen, sofort den Weg zum Bunker anzutreten. Alles Weitere wollten wir dann aus dieser relativen Sicherheit heraus entscheiden, bevor die Wicca zum Kampfplatz am Tümpel zurückkehren und uns aus dem Verborgenen attackieren.

Aber eigentlich, eigentlich bin ich immer noch im Schock.

Anders kann ich mir nicht erklären, dass ich überhaupt noch bei Bewusstsein bin. Dass ich nicht tobe und schreie und gegen die Wände prügle, bis meine Fäuste blutig sind. *Sie haben Ira. Sie haben Ira, und es ist deine Schuld.*

Ich bin dankbar über die Taubheit, die diese Gedanken noch überlagert. Sonst wären sie ganz einfach nicht auszuhalten.

»Ich sage es nicht noch mal, Mark.« Bennys Gesicht ist verkrampft vor Anspannung.

»Beruhige dich«, erwidert Mark mit tiefer Stimme und hebt beschwichtigend die Hand, in der er keine Pistole hält.

»Ich beruhige mich nicht, du dreckiger Bastard. Her mit der *verfickten* Waffe!«

»Lass es mich doch wenigstens erklären.«

»Vergiss es!«

Benny ist drauf und dran, sich auf Mark zu stürzen.

»Benny«, sage ich taub. »Lass ihn erklären.«

Ein Querschläger bei einem Handgemenge, der einen von uns trifft, wäre das Letzte, was wir jetzt gebrauchen können.

Benny sieht mich an, dann wieder Mark. Sein Blick flackert. Schließlich macht er einen Schritt nach hinten und verschränkt die Arme.

»Na gut. Erklär.«

Mark holt tief Luft, bevor er anfängt zu sprechen: »Was wäre passiert, hättet ihr von der Waffe gewusst?« Er sieht nacheinander in unsere Gesichter. »Ja, ich habe sie gefunden, als wir das erste Mal in den Bunker gestiegen sind, und sie heimlich an mich genommen. Aber wie hätte ich mich darauf verlassen können, dass niemand nachts zu mir schleicht und sie in seinen Besitz bringt? Wem von euch würde es gefallen, wenn Paul sie jetzt hätte?«

»Das mit Paul konntest du doch zu dem Zeitpunkt überhaupt nicht wissen«, wirft Theo ein. »Wenn es denn überhaupt stimmt.«

»Das war doch nur ein Beispiel für die grundsätzliche Gefahr, die damit einherging«, gibt Mark zurück.

»Ich glaub dir nicht!« Benny schüttelt energisch den Kopf und kneift die Lippen zusammen. »Ich glaube dir kein Wort.«

»Scheiß doch drauf, Mann!«, platzt es plötzlich aus mir heraus. Ich weiß selbst nicht, wo das auf einmal herkommt. »Scheiß doch auf die Waffe! Ira ist verdammt noch mal in den Fängen dieser *Monster*. Es ist doch völlig egal, wo die Waffe herkommt, Hauptsache, sie hilft uns, Ira wiederzubekommen. Wir müssen jetzt los. Wir MÜSSEN etwas unternehmen. Die wissen, dass wir nach ihnen suchen. Die werden alles tun, damit wir sie nicht finden. Morgen ist Samhain. Und ihr redet über die *Waffe*?!«

»Vanjo, das ist doch auch wichtig«, sagt Henrike beschwichtigend.

»Nein, das ist überhaupt nicht wichtig. Und wenn Mark irgendwo noch eine Panzerfaust gefunden und es uns nicht erzählt hat – na und?« Ich mache eine wegwerfende Handbewegung. »Wenn sie uns helfen könnte, wäre ich sogar froh, wenn er sie uns jetzt zeigen würde. Hat er die Pistole auf uns gerichtet? Ich wäre bereits tot, wenn er nicht eingegriffen hätte. Ja, er hätte es uns sagen müssen, aber er hat immer auf unserer Seite gekämpft. Ich vertraue ihm.«

Ich vertraue ihm *nicht*. Kein Stück. Aber ich bin neben ihm durch den Wald gerannt, als wir die Wicca und Ira noch einholen wollten. Und seine Panik in dem Moment war ganz genauso echt wie meine. Ich vertraue ihm nicht. Aber ich vertraue seinen Gefühlen für Ira, die er ganz offensichtlich hat. Sobald Ira in Sicherheit ist, werde ich ihm die Waffe eigenhändig abnehmen.

Im Raum hat sich nach meinen Worten eine angespannte Stille ausgebreitet.

»Ich finde, Vanjo hat recht.« Es ist Julian, der gesprochen hat und jetzt in die Mitte des Bunkers vortritt. Sein Gesicht wirkt im spärlichen Licht ungewöhnlich kantig. »Ich finde es gut, dass Mark die Waffe hat. Ich finde, dass er diese scheiß Hexen alle abknallen soll, wenn sie uns Ira nicht geben wollen.« Julian sieht sich im Raum um. »Es heißt wir oder die.«

Wow. Das aus Julians Mund zu hören, hat wahrscheinlich viel mehr Wirkung, als wenn ich so was sage. Seine völlig kompromisslosen Worte jagen mir einen Schauer über den Rücken.

So weit hat die Anstalt uns alle also schon gebracht.

Trotzdem. Ich stimme Julian zu hundert Prozent zu.

Wieder sagt niemand ein Wort. Nach ein paar Momenten löst Benny seine Arme aus der Verschränkung und tritt zwei Schritte von Mark zurück, ohne ihn dabei allerdings wirklich aus den Augen zu lassen. Ich deute das trotzdem mal als Zustimmung.

Schließlich wende ich mich Alva zu, die immer noch auf der

kleinen Pritsche sitzt, die Arme um sich geschlungen und den Blick abwesend auf den Boden gerichtet.

»Alva«, sage ich vorsichtig. Sie scheint geradezu aufzuschrecken, als sie ihren Namen hört.

Sie sieht zu mir hoch. Ihre Augen sehen eingefallen aus, und ihr Blick ist glasig wie bei Grauem Star.

»Alva«, wiederhole ich langsam und gehe in die Hocke, sodass ich auf ihrer Höhe bin. Ich strecke eine Hand nach ihr aus und lege sie auf ihren Handrücken. Sie zuckt zusammen bei der Berührung, aber lässt es geschehen. Ihre Haut ist eiskalt.

»Kannst du dich daran erinnern, wo sie dich gefangen gehalten haben?«

Bei den Worten zieht sie ihre Hand weg, nur um sie dann wieder auf meine zu legen und ihre Finger so fest um meine Handknochen zu krallen, dass es schmerzt. Ich mache nichts dagegen. Sie schweigt und blickt geradeaus.

»Alva?«, sage ich noch einmal.

»Ich … Ich war in einem Käfig.« Ihre Stimme zittert wie ihr Körper. »Sie … Sie haben mich in einen Käfig gesperrt wie ein Tier. Wir waren in einem Gebäude außerhalb der Anstaltsmauern. Aber gar nicht so weit entfernt. Es … Ich glaube, es war eine kleine Kirche oder so was, keine Ahnung. Sie war in der Nähe eines großen Sumpftümpels und … da waren manchmal Gesänge. Undeutlich, so, als würde der Wind sie herübertragen, aber da waren Gesänge, und eine Orgel hat gespielt.«

Alva keucht. Meine Hand ist mittlerweile taub von ihrem Klammergriff, aber ich löse ihn nicht.

»Kannst du dich an den Weg erinnern, den du gelaufen bist?«, frage ich.

Sie überlegt. »Es ging alles so schnell. Und ich bin gerannt, ich bin gerannt wie eine Irre.« Alva schüttelt den Kopf. »Ich habe mir den Weg nicht gemerkt. Ich meine, ich wusste ja nicht, dass sie Ira …« Sie bricht ab.

»Ich weiß, dass das nicht einfach ist«, sage ich. »Aber denk noch mal ganz genau nach. Woran kannst du dich erinnern auf dem Weg? Jeder kleinste Hinweis könnte uns helfen, verstehst du?«

»Keine Ahnung. Ich kann mich nicht erinnern, ich weiß nicht.«

»Alva. Bitte. Irgendwas.«

Ihre Augen flackern, ihr Brustkorb zieht sich ruckartig nach oben, als sie einatmet. Ich nehme meine zweite Hand und lege sie um diejenige, die mir schon halb die Finger zerquetscht hat. Ganz langsam atmet Alva wieder aus. Sie kämpft.

Jetzt schließt sie die Augen, und ich sehe, wie sie nachdenkt.

»Da war etwas mit den Bäumen. So eine Astfäule oder so was, was weiß ich, wie das heißt. Da waren so schwarze Stellen und komische Rillen, und um die Kirche rum hatten das alle Bäume. Das wurde dann weniger, glaube ich, je weiter ich gelaufen bin.«

»Wie sicher bist du dir?«

»Ziemlich. Doch, ja. Ich bin mir sicher. Je näher wir an der Kirche waren, desto mehr von dieser Fäulnis war dort.«

»Kannst du dich sonst noch an irgendetwas erinnern, was uns helfen könnte?«

»Nein. Nur dass ich das Gefühl hatte, als ob jemand hinter mir her war, während ich durch den Wald geflohen bin. Ich meine nicht die Wicca. Ich meine jemand anderes, *etwas* anderes. Ich … Ich habe niemanden gesehen, aber die ganze Zeit hatte ich dieses Gefühl. Als wäre da noch etwas in diesem Wald. Genau wie in dieser Anstalt. Etwas, das dort nicht hingehört. Ich …« Alva bricht ab, ein zunehmendes Zittern erfasst ihren Körper. »Ich hatte solche Angst, dass ich euch nicht finde.«

Jetzt laufen die Tränen aus ihren Augenwinkeln, und ihr Körper bebt, während sie dabei keinen Ton mehr von sich gibt.

»Danke. Du hast uns gerade so, so sehr weitergeholfen«, sage ich warm.

Sie nickt stumm und wischt sich die Wangen ab.

Langsam löse ich mich von ihr und stehe auf. Ich sehe in die Runde. Alle haben gebannt Alvas Bericht gelauscht.

Schließlich ist es Mark, der wieder das Wort ergreift: »Wir ruhen uns im Wechsel aus, und beim ersten Sonnenlicht machen wir uns auf den Weg.«

Ich sehe es förmlich in Bennys Gesicht zucken, er will diese Ansage von Mark jetzt nicht schon wieder so stehen lassen. Aber schließlich sagt er nichts und gibt wie alle anderen die stille Zustimmung.

Mark hat natürlich recht, wir müssen bis zum Morgengrauen warten. Das weiß auch ich, und das weiß sogar Benny. Aber ich bin mir trotzdem sicher – weder Mark noch Benny werden heute Nacht ein Auge zutun.

Mein Blick geht zu Alva, die wieder abwesend vor sich hinstarrt und die das erlebt hat, was meine Schwester gerade erlebt.

Es ist ein neues Risiko, in das wir uns begeben. Wir werden uns wieder in feindlichem Gebiet bewegen, ohne überhaupt zu wissen, ob die Suche nach der Astfäule uns an den richtigen Ort bringen wird.

Diesmal werde ich niemanden dazu auffordern, sich mir anzuschließen. Aber ich glaube, die meisten von ihnen werden mitkommen. Ich sehe das Gesicht von Ira so klar vor meinem inneren Auge, als wäre sie hier. Sie werden das Risiko eingehen. Ich und Mark werden das auf jeden Fall, so viel ist sicher.

Tag 8, 22:49 Uhr, Lungenheilanstalt, vor dem Bunker.

Es ist unvernünftig, aber ich musste kurz raus.

Ich stehe direkt am Eingang. Die Luke habe ich wieder geschlossen, und ich stütze die Hände auf die Oberschenkel, als wäre ich gerade weit gerannt. Oder als müsste ich mich gleich übergeben.

Mein Atem geht flach, aber die Luft, die in meine Lungen strömt, ist frisch und angenehm. Da drin zwischen den engen Bunkerwänden habe ich es gerade einfach nicht mehr ausgehalten. Es kam mir vor, als würden sie sich immer enger um mich winden wie … *wie ein Käfig.*

Es fühlt sich an, als könnte ich die engen Stäbe um Ira selbst spüren, sogar hier draußen noch. *Wie sehr sie sich gerade fürchten muss.*

Ich versuche, mich auf die Umgebung zu konzentrieren, nur das Hier und Jetzt wahrzunehmen, damit die Selbstvorwürfe mich nicht übermannen. Die Nacht ist still. Der fast volle Mond ist nur in der Mitte von einem schmalen Wolkenstreifen verdeckt, aber selbst der ist dünn – er wirkt wie eine Schliere beim Fensterputzen. Das blasse Licht fällt auf das Anstaltsgelände und gibt den Ruinen einen seltsam metallischen Glanz. Alles ist so unbeweglich, die kargen Bäume, der große, massive Hauptbau, die Außenmauern. Als wäre es in der Zeit eingefroren. Als könnte uns hier nichts passieren. Der Wald hinter den Anstaltsmauern aber schluckt das Mondlicht und ist eine einzige dunkle Masse. *Und irgendwo dort in dem endlosen Schwarz ist Ira.*

Wieder wollen mich die Gedanken richtig zu Boden drücken. Ich hätte es anders machen müssen! Ich hätte …

Die Luke zum Bunker schiebt sich knirschend auf. Zuerst sehe ich einen blonden Haarschopf, dann ist Alva auch schon oben bei mir. Das wundert mich jetzt. Sie schien ja kaum in der Lage, noch einen Schritt vorwärts zu machen. Alva schließt die Luke hinter sich, ohne mich anzusehen. Sie tritt neben mich, ihre Schulter dicht an meiner, aber ohne mich zu berühren. Ihr Blick ist auf den Boden gerichtet.

»Ich musste da raus«, sagt sie leise.

»Klar«, gebe ich zurück. Natürlich verstehe ich sie.

Wir schweigen. Ich versuche, sie nicht anzustarren. Trotzdem nehme ich wahr, dass der Daumen ihrer linken Hand unaufhörlich über die anderen Fingerkuppen fährt. Bestimmt gibt mir das nur eine leichte Ahnung davon, was noch immer in ihr drin los sein muss. Ich würde sie gerne in den Arm nehmen, aber keine Ahnung, ob ihr das im Moment guttut. Also warte ich, sage nichts, ich finde es gerade auch schön, einfach nur beieinander zu sein.

»Es tut mir leid«, sagt Alva nach einer ganzen Weile und sieht jetzt flüchtig zu mir hoch. »Es tut mir leid, dass ich Tim geglaubt habe und dachte, Ira wäre das gewesen mit Ricarda. Es … Gott, du musst uns *hassen* nach dem, was jetzt passiert ist.«

»Tu ich nicht«, sage ich und schaue ihr direkt in die Augen. »*Ich* habe es verbockt und niemand sonst.«

»Du weißt schon, dass das der größte Scheiß ist, den ich gehört habe, seit Julian uns von fauligen Nüssen erzählt hat, aus denen Tiere schlüpfen.«

»Es stimmt aber.«

Alva schnaubt. »Ich bin zu erschöpft, um wütend zu werden. Aber wenn du das wirklich denkst, bist du einfach nur ein Trottel.«

Ein ganz bisschen muss ich sogar grinsen. Das ist die alte Alva, die da spricht.

»Und außerdem …«, setzt sie nach. Es kommt mir vor, als

würde sie den Klang ihrer eigenen Stimme gerade gerne hören, weil ihr das ein Stück mehr Sicherheit gibt. »… konntet ihr ja wirklich nicht wissen, dass ich kurz vorher entkommen bin. Niemand hätte das ahnen können.«

Ich nicke einfach kurz. Es nützt eh nichts, ihr zu widersprechen. Da kommt mir ein anderer Gedanke. Ich zögere, frage dann aber doch: »Du musst nicht schon wieder drüber reden, wenn du nicht willst. Aber … *wie* bist du denn eigentlich entkommen?«

Ein Schatten scheint über Alvas Augen zu huschen.

»Tut mir leid«, sage ich schnell.

»Nein, nein. Schon gut«, gibt sie gefasst zurück. »Es … Das war ja nicht der schlimme Teil. Ich hätte schon früher davon erzählen sollen. Ich bin nur einfach echt durch gewesen … na ja, bin es immer noch.«

»Ja, ist doch verständlich.«

»Die Sache ist die – ich bin nicht allein entkommen. Da … Da war jemand, der mir den Käfig geöffnet hat.«

»Einer von den Wicca?«

»Nein … Nein, das waren die nicht. Sie haben sich wohl ziemlich sicher gefühlt, dass ich da nicht rauskomme. Wäre ich ja auch nicht. Und ich habe mitbekommen, wie sie alle gemeinsam los sind, um irgendetwas im Wald zu erledigen. Ich war in einer Art Verlies, ich konnte nicht sagen, ob sie wirklich alle weg waren. Aber ich war mir eben doch ziemlich sicher. Plötzlich wurde die Tür aufgedrückt, und eine Gestalt kam rein. Sie hatte sich die Kapuze einer Jacke weit übers Gesicht gezogen, und es war zu dunkel, um groß was zu erkennen. Aber sie war eher klein und schmal, also wenn ich tippen müsste, würde ich sagen, eine Frau. Sie hat kein Wort gesagt. Sie ist einfach zum Käfig hin und hat ein paarmal mit einem spitzen Stein auf das Schloss eingeschlagen, bis es aufgesprungen ist. Dann meinte sie nur ›schnell‹, und ich hab natürlich nicht nachgefragt. Ich war so überrascht. Wir sind raus und da kamen die Wicca gerade schon zurück, vielleicht hatten sie auch was gehört. Also bin ich gerannt. Die Fremde hatte ich schon nach ein paar Metern verloren.«

Alva schweigt.

»Und du glaubst nicht, eine der Wicca hat sich einfach von der Gruppe abgespalten, um dir zu helfen?«, frage ich zweifelnd.

Alva schüttelt den Kopf. »Sie hatte ganz normale Klamotten an und nichts von diesem Hexenscheiß. Da hätte sich doch niemand extra umgezogen für. Und es wäre auch den anderen aufgefallen im Nachhinein. Ich glaube, dass mir vielleicht eine andere Seite geholfen hat.«

»Wie meinst du das?«

»Wenn hier irgendwelche *Kräfte* am Werk sind, die wir nicht verstehen – vielleicht sind uns dann nicht alle feindlich gesonnen.«

Ich muss an den Keuchenden Mann denken. Auch er wollte uns anscheinend mit seiner Warnung helfen. Aber Sinn macht das Ganze für mich trotzdem nicht.

Alvas Blick ist jetzt abwesend in die Nacht vor uns gerichtet. Sie ist im Kopf noch im Wald, das kann ich erkennen. Und mit jedem Moment verhärtet sich ihr Blick weiter.

Ich sehe sie mir genau an. Wenn das Mondlicht die Umgebung zu Metall macht, dann ist ihre Haut jetzt Feinsilber. Sie sieht so schön aus.

Bevor sie noch mehr zurück in diese schlimmen Erinnerungen schlüpft, wage ich es einfach: Ich greife nach ihrer Hand. Sie zuckt erneut zusammen bei der Berührung. Dann recke ich mich vor und nehme sie behutsam in den Arm.

Ich spüre ihre Anspannung – sogar, wie sie sich in meiner Umarmung kurz noch mehr verkrampft. Erst dann entspannt sie sich ganz langsam. Ihr Körper fühlt sich viel zerbrechlicher an, als er eigentlich aussieht. Sie lässt sich geradezu in diese Umarmung fallen, aber ich genauso. Denn auch sie hat jetzt die Arme um meinen Rücken geschlungen, und so fallen wir gemeinsam, ohne zu stürzen.

Ich schließe die Augen. Nehme den Moment wahr. Nehme *sie* wahr und dass sie lebt, dass sie entkommen ist. Sie legt ihre Stirn auf meiner Brust ab, ich spüre ihre Wärme. Jetzt öffne ich die Augen wieder, lege meine geschlossene Hand sanft unter ihr Kinn und hebe es an, sodass wir uns in die Augen blicken. Ich würde gerne mit meinen Lippen ihre berühren, will das, was da gerade zwischen uns ist, genauer spüren. Und ich merke, dass mein Gesicht ihrem schon näher ist. Aber dann nehme ich ihren Kopf sanft in beide Hände und drücke ihr einen einzigen, langen Kuss auf die Stirn. Ich löse mich und sehe sie an. Sie lächelt schwach.

Irgendwie scheinen wir beide zu spüren, dass alles Weitere zu viel wäre, und so schmiegt sie sich wieder an mich, und wir bleiben einfach stehen.

Eine lange Zeit stehen wir da draußen vor dem Bunker, und es ist wieder wie vorhin, als ich hier rausgetreten bin: Der Mond hellt die Nacht auf und lässt sie glitzern. Sterne funkeln über uns. Und die Umgebung wirkt nahezu friedlich. So stehen wir da, und ich glaube, ich könnte das ewig so machen.

Aber dann lösen wir uns doch irgendwann wie auf ein unsichtbares Zeichen voneinander.

Wir gehen wieder rein, um diese Stimmung zu behalten, bevor dieser Ort wieder seine entstellte Fratze zeigt.

Tag 9, 07:22 Uhr, Lungenheilanstalt, Eingangstor.

Die Zeit läuft.

Die Zeit läuft, das geht mir immer wieder durch den Kopf, während wir durch das geöffnete Anstaltstor gehen und uns auf die dichten Bäume des Waldes zubewegen. Meine Sneaker versinken bei jedem Schritt ein kleines Stück im matschigen Untergrund, was allerdings nur eine frische Schicht Braun auf dem ohnehin von Dreck verkrusteten Stoff zur Folge hat.

Die Zeit läuft. Ich weiß, dass der Gedanke nicht hilft, dass er nur die aufkeimende Panik in mir bewässert. Aber wahr ist er trotzdem. Wir müssen Ira so schnell wie irgend möglich finden, alles andere ist keine Option.

Oberhalb der Baumwipfel hebt sich die Sonne allmählich an den Himmel. Sie schickt rote Farbmuster über die Wolken, und auch der Wald ist von diesem rötlichen Schein durchdrungen wie ein überbelichtetes Polaroid.

Selbst meine Begleiter wirken irgendwie anders in diesem Schimmer. Mark geht neben mir an der Spitze der Gruppe. Seine kantigen Züge sind weichgezeichnet, und seine Augen haben einen seltsam dunklen Glanz. Vielleicht liegt das aber auch einfach daran, dass er die gleiche heftige Sorge wie ich mit sich trägt.

Ich schaue mich kurz nach hinten um. Es sind tatsächlich alle mitgekommen. Ich hatte ja die Befürchtung, dass Alva es ganz einfach nicht packt, nach allem, was sie dort durchmachen musste. Aber hier ist sie. Stapft mit düsterem Blick voran, nur wenige Schritte hinter mir, die blonden Haare fallen ihr strähnig ins Gesicht. Ihre Lippen sind trocken und rissig, leicht entzündet an der Oberlippe. Sie erinnert kaum noch an die püppchenhafte Alva, die hier angekommen ist und sich über alle möglichen Kleinigkeiten aufgeregt hat. Na ja, wir alle sind jetzt nicht mehr die, die wir vorher waren.

Es kommt mir weit weg vor, dass ich mit Alva hier langgegangen bin, um ihr Handy zu suchen. Auch wenn wir da natürlich schon in der Scheiße steckten, erscheinen mir die Probleme jetzt irgendwie lächerlich, und fast wünsche ich mich dorthin zurück. Mit dem Wissen von heute hätten wir viele der Dinge, die passiert sind, verhindern können.

Aber hätten wir das wirklich?

Ich weiß noch, wie ich auf diesem Pfad hier dachte, etwas Riesiges würde uns jeden Moment niederwalzen. Ich erinnere mich noch an unsere Suche nach dem Keuchenden Mann, die seltsame Stimme im Funkgerät, die Hunde, Iras Anfall, *den Mann mit der heiligen Haut.*

Wenn wir ehrlich zu uns selbst sind, wissen wir noch immer rein gar nichts über diesen Ort, geschweige denn, wie wir hier je wieder wegkommen sollen. Wer weiß schon, ob wir wirklich etwas hätten ändern können.

Aber nein. Das will ich nicht glauben. Denn ich weiß, dass wir *jetzt* etwas ändern können. Entschlossen richte ich meinen Blick wieder nach vorne in den blutroten Moorwald. Iras Schicksal können wir ändern.

Die Schlammschicht auf meinen Sneakern wird dicker.

Die Zeit läuft.

Tag 9, 09:09 Uhr, Wald.

»Meinst du das hier mit Astfäule?«

Benny ist neben einem Baum stehen geblieben, der in der Hälfte entzweigebrochen ist. Ob das durch einen Blitzschlag oder aus anderen Gründen passiert ist, kann ich nicht sagen. Die eine Hälfte des Stammes fächert auf und ist zum Boden gebeugt wie lange Spinnenbeine. Das Holz ist schwarz und morsch.

Aber Alva schüttelt den Kopf. »Sie war meistens in unbeschädigten Bäumen. Nur ein paar von ihnen waren umgekippt, dort, wo sie besonders heftig war.«

Benny verzieht das Gesicht, aber sagt nichts weiter.

Wir setzen unseren Weg fort. Wir haben noch nicht eine Pause gemacht, seit wir los sind, aber ich spüre keine Erschöpfung in meinen Muskeln.

Tag 9, 11:49 Uhr, Wald.

Ich bleibe stehen und untersuche den Boden.

Dort sind Abdrücke von Pfoten. Frisch. Sie sind nicht riesig, aber auch viel zu groß für einen Hasen oder so was. Wenn ich es nicht besser wüsste, würde ich auf einen großen Hund tippen. Ich muss an die Geräusche denken bei unserem ersten gemeinsamen Weg durch diesen Wald. Aber auch da haben wir uns das doch nur eingebildet. Oder? Die Spuren verlieren sich schon nach ein paar Metern wieder.

»Ist was?«, fragt Theo, der neben mir angehalten hat.

Ich schüttle den Kopf. Wahrscheinlich nichts Wichtiges.

»Das hier kenne ich!« Es ist Alva, die sich mit Mark weiter vorne befindet.

Sie deutet auf die Uferböschung eines kleineren Moortümpels.

»Der Baum, der hier so halb ins Wasser gebrochen ist. Da bin ich dran vorbei auf meiner Flucht.«

Ja, Mann. Endlich eine gute Neuigkeit. Jetzt müssen wir nur noch die nächstgelegenen Ausläufer der Fäulnis finden. *Ira, wir kommen.*

Tag 9, 14:17 Uhr, Wald.

Es hat zu regnen begonnen.

Da die Bäume hier kaum noch Blätter tragen, prasselt ein großer Teil des Niederschlages gnadenlos auf uns runter.

Wir haben die Fäulnis nicht gefunden.

Alva ist verwirrt. Sie ist sich nicht mehr sicher, ob sie den Ort vorhin wirklich kannte. Ich unterdrücke die aufkeimende Panik in meiner Brust. Noch haben wir Zeit. Weiter.

Tag 9, 16:13 Uhr, Wald.

Meine Hände sind eiskalt. Ich kann das Zittern nicht mehr unterdrücken. Der Regen hat aufgehört, aber meine Hose und meine Schuhe sind durchnässt, und die Kälte frisst sich langsam meinen Oberkörper hoch.

Es ist aber nicht nur diese Kälte. Es sind auch die Gedanken. Sie drängen sich mir immer mehr auf. Sie hämmern in meinem Kopf.

Wir finden sie nicht. Wir finden sie nicht. Wir finden Ira nicht.

Tag 9, 17:14 Uhr, Wald.

Die Dämmerung setzt bald ein. Wir suchen.

Tag 9, 18:05 Uhr, Wald.

Das darf nicht sein. Es muss doch irgendwo eine Spur geben. So groß ist dieser fucking Wald doch nicht. Es muss doch … es kann nicht …

Tag 9, 18:32 Uhr, Wald.

»Vanjo?«

»WAS?«

»Wir müssen einen Weg zurück zur Anstalt suchen, wir können bald gar nichts mehr sehen. Alle sind am Ende.«

»Sollen sie. Ich drehe nicht um.«

»Vanjo …«

Tag 9, 18:57 Uhr, Wald.

Nein. Nein, nein, nein. Es muss uns zu weit nach draußen verschlagen haben. Jetzt stehen wir wieder vor der Anstalt.

Nein, nein, nein. Wir können nicht zu dumm sein, um einen dieser bescheuerten Bäume mit der Astfäule zu finden. Wir können nicht an so was scheitern. So groß ist der Wald um die Anstalt nicht, da müssen wir doch mal auf irgendwas stoßen!

Ich lasse mich zu Alva zurückfallen, die auf der Spitze einer kleinen Bodenwelle steht, und sich suchend umsieht.

»Du hast gesagt, du erinnerst dich!«, fahre ich sie an.

»Hab ich mich doch auch.«

»Ja, hat uns ja gut weitergebracht. Vielleicht gibt es diese Astfäule nicht mal!«

»Vanjo!«, sagt Benny. Er, Henrike und Julian haben zu uns aufgeschlossen. »Bringt doch jetzt auch nichts.«

»Ja, genau!«, feuere ich zurück. Ich werde immer wütender. »Das alles hier bringt überhaupt nichts. Ich hätte es von Anfang an allein durchziehen sollen, das war schon immer die beste Option. Das hier hat nur Zeit gefressen! Das hier bringt meine Schwester um!«

»Vanjo«, sagt Henrike und greift nach meinem Unterarm. »Beruhig dich. Bitte.«

Ich reiße mich los. Mein Kopf brennt. »Beruhig dich! Beruhig dich! Fickt euch doch einfach alle!«

Damit wende ich mich ab und stürze los. Die machen vielleicht schlapp. Die halten mich auf. Ich werde suchen, bis ich umkippe, das ist mir so scheißegal! Keine Ahnung, ob mir jemand nachkommt, ich drehe mich nicht um.

Plötzlich höre ich Tim rufen: »Leute! Leute, da sind Lichter. Da vor dem Wasser, dort schweben Lichter in der Dunkelheit.«

Jetzt halte ich natürlich doch an. Ich wende mich um und sehe, wie Tim uns aufgeregt zu sich ranwinkt. Schnell eile ich zu ihm rüber, meide die Blicke der anderen.

»Seht ihr? Da vorne.« Tim deutet auf einen kleineren Moorteich, den wir gerade eben schon erfolglos abgesucht haben.

Er hat recht! Sie sind gar nicht so einfach zu erkennen, aber da bewegen sich kleine gelbe Lichter vor der Uferlinie. Sie schweben in gut einem Meter Höhe durch die Finsternis.

»Wir müssen näher ran.« Ich setze mich in Bewegung.

Die anderen folgen ohne Widerrede.

»Aber passt auf!«, keucht Julian atemlos. »Geht nicht zu dicht ran. Wir könnten die Lichter verschrecken.«

Noch vor neun Tagen hätte ich ihn ausgelacht für so eine Warnung. Aber diesmal folge ich seiner Anweisung. In knapp zehn Meter Entfernung gehen wir in Deckung und spähen zu der Uferböschung rüber. Die gelben Lichter bewegen sich nicht mehr vorwärts. Sie schweben über dem Boden, als würden sie auf irgendetwas warten. Sie sind jeweils kaum größer als eine Faust, aber ihr Schein ist hell und warm, und er bewegt sich unstet hin und her wie bei einer Flamme. *Was hat das denn schon wieder zu bedeuten?*

Nun bewegen sich die Lichter plötzlich erneut. Sie schweben voran. In gleichmäßigem Tempo und in unverändertem Abstand zueinander bewegen sich die Lichter nach vorne.

»Wir müssen hinterher!«, flüstere ich den anderen zu.

»Wenn wir diesmal mitkommen dürfen«, meint Benny, doch in seinen Augen ist keine Wut.

»Leute …«, beginne ich, habe aber gerade keine Worte.

»Scheiß drauf, Vanjo, komm jetzt«, sagt Alva. Und gerade von ihr weiß ich das zu schätzen.

Die Lichter bewegen sich allmählich weg von der Uferböschung und in Richtung der dichteren Baumreihen. Wir folgen.

Tag 9, 19:32 Uhr, Moorwald.

Die Lichter sind verschwunden.

Von einem Moment auf den nächsten waren sie plötzlich weg. Ich stürze vor, um genau dahin zu gelangen, wo ich sie gerade noch gesehen habe. Sie haben einmal kurz aufgeflackert und dann sind sie alle zum gleichen Zeitpunkt verschwunden. *Scheiße!*

Das war unsere einzige Hoffnung. Ich meine, das kann doch kein Zufall sein, dass sie hier aufgetaucht sind. Deswegen sind wir ihnen nach … deswegen … habe ich kurz gedacht, dass sie uns zu Ira führen.

Hat die Anstalt uns wieder in die Irre geführt? Hätten wir uns den Lichtern doch komplett nähern müssen, um dem Phänomen auf den Grund zu gehen? Haben wir noch mehr wertvolle Zeit einfach in den Wind geschossen?

Nein, das ist unmöglich! Es muss mal irgendetwas klappen hier!

Ich spüre, wie Resignation von mir Besitz ergreifen will. Die Energie schwindet aus meinen Gliedern. Hoffnungslos sehe ich mich nach den Lichtern um. Sie können doch nicht einfach so verschwunden sein.

»Hier!« Alva ruft so laut, dass ich zusammenzucke. Sie steht vor einem etwas isolierten Baum, der vom Mondlicht gut angestrahlt wird. Sie tippt auf einen großen Ast, der auf Schulterhöhe seitlich absteht. »Die Fäule! Diese Fäule meinte ich!«

Hastig versammeln wir uns um den Baum. Dort auf dem großen Ast ziehen sich schwarze Linien durch die Borke. Sie spalten sich auf wie dunkle vergiftete Adern. *Die Astfäule.* Wir haben unseren Anhaltspunkt gefunden.

»Sehr gut«, meint Theo. »Wir müssen uns ein bisschen aufteilen und gucken, in welcher Richtung noch mehr Bäume mit dieser Fäule sind. Das wird nicht einfach, aber wir kriegen das hin!«

Tag 9, 20:54 Uhr, Moorwald, vor der Kapelle.

Wir haben es geschafft. Wir haben tatsächlich den Ort gefunden, an dem sie Ira vermutlich gefangen halten. Da vorne schälen sich die Umrisse eines hohen, schmalen Gebäudes aus der Düsternis. Das muss die Kapelle sein, in der Alva gefangen gehalten wurde. Das muss das Hauptquartier der Wicca sein! Dort wird Ira auf uns warten!

Wenn es nicht schon längst zu spät ist.

Den Gedanken lasse ich nicht gelten. Noch ist gar nichts zu spät. Wir werden Ira befreien, und alles wird gut sein.

Ich tausche einen Blick mit Mark. Er hält die Pistole in der rechten Hand.

»Sie werden uns hier nicht erwarten«, sagt er mit rauer Stimme. »Wir sollten keine Zeit verlieren.«

Ich nicke. »Theo und ich gehen voraus – falls einer von ihnen uns überrascht, können sie uns die Pistole nicht gleich entwenden.«

Mark nickt. »Alles klar.«

Also huschen wir geduckt los. Theo und ich vorne, Mark danach, der Rest der Gruppe folgt mit etwas Abstand. Natürlich versuchen wir trotzdem, uns dem Eingang seitlich und im Sichtschutz der Bäume zu nähern, aber für großes Auskundschaften oder so was haben wir keine Zeit mehr. Ich kann auch keine Wache am Eingang der Kapelle entdecken. Wenn da irgendwo eine ist, dann hat sie sich auf jeden Fall gut verborgen.

Schon sind wir knapp vor dem Gebäude. Wir warten einen kurzen Moment in der Deckung der Baumreihen, spähen noch einmal alle Orte ab, die wir von hier aus erkennen können. Niemand zu sehen. Also los. Im Sprint überwinden wir die freie Fläche zwischen Baumreihe und Kapelle. Pressen uns dann augenblicklich an die Seitenwand des Gebäudes. Noch immer scheint niemand auf uns aufmerksam geworden zu sein.

Könnte das eine Falle sein? Nein, unmöglich, sie ahnen doch nicht, dass wir sie wirklich finden könnten.

Wir schieben uns an der Wand entlang vor bis zur Ecke. Nur wenige Schritte nach rechts ist die große Eingangstür zur Kapelle. Atemlos sehe ich mich zu Mark um. »Wir stürmen rein, du folgst direkt, in Ordnung?«

Mark nickt angespannt.

»Auf drei«, flüstert Theo. »Eins …« Wir werden Ira da rausbekommen, koste es, was es wolle. »Zwei …« Gleich bin ich bei dir, Ira. »Drei!«

Wir eilen los. Um die Ecke rum, blitzschnell überwinden wir den Weg zur großen Eingangstür und stoßen sie mit Wucht auf. Rein.

Doch schon nach ein paar Schritten halten wir abrupt an.

Die Kapelle ist leer.

Hastig sehe ich mich in alle Richtungen um. Da sind alte bunte Fresken von irgendwelchen Heiligen an den Wänden. Überdeckt werden sie von in roter Farbe gemalten Wicca-Symbolen. Da ist eine große, leere Tafel in der Mitte des Kirchenschiffes, aber keine Spur von den Wicca selbst. Und da ist eine gewaltige hölzerne Statue auf dem Altar, ein Mischwesen aus Mensch und Tier, dem echte Geweihe aus der Stirn wachsen. Wie ein albtraumhafter Dämon wacht sie über den leeren Saal.

Ich gehe weiter und entdecke eine halb offen stehende Tür am hinteren rechten Ende der Kapelle. Mit wackligen Schritten gehe ich darauf zu, öffne die Tür ganz und sehe – einen Käfig.

Da unten steht ein leerer Käfig mit offener Tür. Die Gitterstäbe sind aus schwerem Eisen, und er ist gerade groß genug, um einen einzelnen Menschen darin gefangen zu halten. Hastig eile ich die

Stufen hinab. Das muss das Verlies sein, in dem Alva war. Hier muss auch Ira drin gewesen sein. Aber … *wo ist sie? Wo ist meine Schwester?*

Eine tiefe Furcht überkommt mich beim Anblick dieses leeren Käfigs, eine Furcht, so umfassend und machtvoll, dass sie mich jeden Moment zu erdrücken scheint. Und dann sehe ich etwas zwischen den Gitterstäben. Ganz unscheinbar liegt es da in der hinteren linken Ecke auf dem Boden, aber ich erkenne es sofort.

Dort ist Iras Handy. Mit bebendem Körper ducke ich mich in den Käfig und hebe es von den dreckigen Steinplatten auf. Ich komme auf den Home-Button, und das Display blinkt mit einem einzigen Prozent Akku. Das Hintergrundbild: Ira und ich, als wir uns vor einer Weile zufällig bei der Party unserer Freundin Laura getroffen und ein angetrunkenes Selfie gemacht haben. Ich blicke uns in die Augen, ich blicke ihr in die Augen. Ich wusste nicht, dass sie uns als Profilbild hat. Ich hatte keine Ahnung, dass … die Akkuanzeige blinkt noch einmal auf, dann wird der Bildschirm schwarz.

Plötzlich trifft mich die Erkenntnis mit einem so unvermittelt heftigen Schlag, dass ich geradezu zurücktaumle. Es ist die Erkenntnis, die sich eigentlich schon beim Anblick des leeren Käfigs angebahnt hat.

Du bist zu spät.

Sie haben Ira bereits mitgenommen und sie dem Gehörnten Gott geopfert. Du bist zu spät, sie haben deiner Schwester die Kehle aufgeschnitten und sie langsam ausbluten lassen, während sie ihre dunklen Gesänge anstimmten. Sie ist tot. Und es gibt nichts, das du daran ändern kannst. Du bist zu spät.

»Vanjo.« Henrike steht neben mir, aber nicht mal sie kann das Entsetzen in ihrer Stimme verbergen.

Ich drehe mich um. Noch irgendjemand kommt auf mich zu.

Ich weiß nicht mal, wer. Raus hier. Ich muss raus hier, ich bekomme keine Luft.

Mit dem Handy in der Linken taumle ich auf die Ausgangstür zu und stolpere aus der Kapelle.

Rotes Mondlicht fällt auf uns herab und brennt sich in meine Haut. Wir stehen unter einem blutenden Mond.

Ich halte die Hand mit Iras Handy vor mich wie einen Fremdkörper. Mit jedem Moment ergreift dieses unsägliche Grauen mehr Besitz von mir.

Und während ich noch immer auf das schwarze Display starre, krachen rechts im Unterholz die trockenen Äste der Büsche.

Und etwas in mir weiß, dass es der Narbenmann ist, der jetzt kommt, um mich, um uns alle zu holen. Vielleicht ist das besser so, bevor ich noch mehr fühle.

Das Krachen wird lauter. Ich hebe den Kopf. Ich bin bereit.

Aber …

Die Luft entweicht ruckartig aus meinem Körper wie nach einem festen Schlag in die Magengrube.

Ich blinzle. Ich blinzle weiter, aber die Person, die da soeben aus dem Wald getreten ist, verschwindet nicht, und sie ändert auch nicht ihre Gestalt.

Das ist nicht der Narbenmann.

Vor mir steht meine Zwillingsschwester.

Vor mir steht Ira.

Tag 9, 21:25 Uhr, Moorwald, vor der Waldkapelle.

»Du … Du *lebst.*«

Meine eigenen Worte erreichen mich kaum. Erstarrt stehe ich da und sehe Ira an, die in ihrer dunklen Jacke und mit verdreckter Hose vor uns steht, die Haare zerzaust, aber ansonsten so, als wäre nichts gewesen.

»Du auch«, sagt Ira mit einem warmen Lächeln. »Du lebst auch, Vanjo.«

»Klar«, gebe ich mit trockener Kehle zurück, weil ich nicht weiß, was ich sonst sagen soll.

Eine Sekunde bleiben wir noch in diesem seltsamen Freeze, das auch die ganze mir nachgekommene Gruppe erfasst zu haben scheint. Dann neigen sich unsere Oberkörper nach vorne und wir lassen der Schwerkraft ihren Lauf. Wir stürzen aufeinander zu und schließen uns fest in die Arme.

Ira. Meine Schwester ist am Leben. Das Gefühl der Erleichterung in mir lässt sich kaum fassen. Wie ein Zug, der auf mich zugerast, und einen Millimeter vor mir zum Stehen gekommen ist.

Ich halte sie fest, spüre ihren Herzschlag, *sie lebt*, ich will sie gar nicht mehr loslassen.

Mache ich natürlich dann aber doch, und wir treten einen Schritt voneinander zurück. Ich sehe mich zur Gruppe um. Ihnen steht die Erleichterung genauso wie mir ins Gesicht geschrieben. Ich sehe, wie ein paar Tränen aus Alvas Augenwinkeln fließen. Nur einer wirkt ganz und gar nicht erleichtert.

Mark starrt Ira mit zusammengekniffenen Lippen an. Seine Stirn ist in tiefe Falten gelegt. Er öffnet und schließt seine verkrampften Hände. Anspannung zittert in ihm.

Jetzt trifft Iras Blick seinen. Sie schauen sich in die Augen. Ira sieht ihm geradezu herausfordernd entgegen.

Was zur Hölle ist denn jetzt los?

»*Du* bist es, oder?«, presst Mark zwischen zusammengebissenen Zähnen hervor.

Was ist denn plötzlich mit ihm los?

Langsam hebt Ira ihre Hand und deutet mit ausgestrecktem Zeigefinger auf Mark.

»Er steckt dahinter.« Ihre Stimme bebt. »Ich habe die Wicca reden hören. Ich habe alles gehört. Er hat uns für sie hierhergelockt. Er hat das alles von Anfang an geplant. Und er weiß auch, wie wir hier wieder wegkommen. Er hat den Schlüssel. Er will uns nur hier an diesem Ort festhalten. Er … Er ist das kranke Hirn hinter all dem.«

»Ich wusste es!«, schreit Benny und macht mit erhobenen Fäusten einen Schritt auf Mark zu, der instinktiv zurückweicht.

»Das gibt es doch einfach nicht!«, ruft Tim und ist sofort neben Benny.

Wie von selbst bildet sich nun eine Art Halbkreis um Mark. Der große Biologiestudent hebt beschwichtigend die Hände und lehnt seinen Oberkörper nach hinten, während er von Ira zur Gruppe und wieder zu ihr zurückblickt.

»Nein, nein, ihr versteht nicht.« Es ist kaum noch was von seiner sonst so unerschütterlichen Ruhe zu erkennen. »Es ist kein bisschen, wie ihr denkt. Es ist … lasst es mich erklären.«

»Was gibt es da denn noch zu erklären?«, brüllt Benny. »Du warst es die ganze Zeit! Du hast uns diesen Albtraum aufgezwungen. Das alles hier!«

»Was für ein Spiel ist das, Mark?«, setzt Henrike mit bebender Stimme nach.

»Ja, was soll das alles, Mark?«, fragt Julian.

Und genau das frage ich mich auch. Das kann einfach nicht sein. Ich bin mit Mark durch diesen Wald gehetzt. Seine Angst war doch echt. Seine Rettungsaktion am See war doch echt. Das … *Das kann gar nicht sein.*

Hilflos schaue ich Ira an. Sie erwidert meinen Blick, tiefe Verletzung ist darin zu sehen. Wie schlimm das erst für sie sein muss.

»Lasst mich bitte erklären«, sagt Mark, während er noch einen Schritt nach hinten macht.

»Da gibt es nichts zu erklären!«, feuert Benny zurück. »Kennst du einen Weg, wie man von diesem verdammten Ort abhauen kann, und hast ihn uns nicht gesagt?«

»Ja, vielleicht, aber …«, beginnt Mark, doch Benny lässt ihm keine Chance mehr zum Ausreden.

»Hast du von diesem Ort vorher gewusst? Hast du Ira und Vanjo hierhergebracht und uns dabei mit reingezogen?«

»Ja, habe ich, nur …«

»Nein, kein Wort mehr von deinen Lügen!«

Benny macht noch einen Schritt auf Mark zu, Tim und Theo haben ihn flankiert und scheinen genauso bereit zu sein, sich auf Mark zu stürzen. Sag mal, haben die seine Knarre vergessen?! Ich muss etwas unternehmen!

In diesem Moment trifft Marks Blick meinen, seine schreckgeweiteten Augen fixieren mich für mehrere Sekunden. »Trau ihr nicht«, stößt er hervor.

Damit dreht er sich abrupt um, Tim will noch nach ihm greifen, aber Mark stößt ihn weg und sprintet in den Wald.

»Fuck!«, schreit Tim. »Ihm nach!«

Aber diesmal bin ich schneller. Ich haste zu Tim rüber und greife ihn fest am Ärmel, als er gerade losrennen will. »Stopp!«, rufe ich.

Feindselig wirft Tim den Kopf herum, aber er bleibt stehen. Auch Benny, der schon ein paar Schritte gemacht hat, hält ruckartig an.

»Vanjo, geht's noch? Er entkommt uns!«

»Ja, tut er«, feuere ich zurück. »Aber das können wir nicht ändern. Habt ihr vergessen, dass der Typ eine Waffe hat? Wollt ihr euch bei der Jagd verlieren und wieder in die Arme der Wicca laufen? Von dem Scheiß hab ich genug.«

Benny setzt zu einer Erwiderung an, schließt den Mund dann aber wieder und nickt mir kurz zu.

Ich atme durch. Alter, dass ich hier mal der bin, der auf besonnen macht, hätte ich auch nicht erwartet. Aber ich will meine Fehler einfach nicht wiederholen.

»So ein Dreck!«, flucht Tim. Ich lasse ihn los, auch er scheint nicht mehr hinter Mark herzuwollen. »Was machen wir denn jetzt?«, fragt er aufgebracht.

»Wir sollten nicht mehr allzu lange hierbleiben«, wirft Julian ein. »Die Wicca suchen bestimmt schon längst nach Ira.«

Damit wendet sich die Aufmerksamkeit der Gruppe wieder Ira zu. »Wie bist du überhaupt entkommen?«, fragt Henrike.

»Und weißt du vielleicht, wo Mark jetzt hinwill, Ira?«, frage ich.

Es ist offensichtlich, wie überfordert sie noch mit der Situation ist. Alle starren sie aufgewühlt an, ich kann den schnellen Atem der Gruppe hören, obwohl wir gerade nicht gerannt sind. Ira guckt zu dem Fleck, wo Mark in den Wald verschwunden ist, dann zu Henrike, dann zu mir. Es ist, als würde sie alles mit Verzögerung wahrnehmen. Für einen Moment sieht sie so hilflos aus, dass ich sie am liebsten einfach nur wieder in den Arm nehmen würde. Dann geht ein Ruck durch ihren Körper, und sie scheint wieder hier zu sein.

»Ja, ich hab noch mehr bei diesen Hexen mithören können. Es gibt irgendein wertvolles *Ding*, ein Gerät oder so was, keine Ahnung … es muss eine Art Schlüssel sein, um hier wieder wegzukönnen. Dieses Ding hat Mark irgendwo auf dem Anstaltsgelände oder in der Anstalt versteckt.«

Ich nicke, versuche, meine rasenden Gedanken zu ordnen. »Gut möglich, dass er dann jetzt selbst da hinwill, oder? Wenn wir also schnell genug zur Anstalt zurückkehren, können wir ihn vielleicht direkt dort abfangen.«

Ira nickt.

Ich sehe mich zur Gruppe um. »Dann sollten wir keine Zeit verlieren.«

Tag 9, 21:52 Uhr, Wald.

Ira führt uns an.

Ich folge ihr nur einen halben Meter seitlich versetzt. Keine Ahnung wie, aber sie scheint den Weg genau zu kennen, hält nicht eine Sekunde inne. Ab und zu wirft sie einen Seitenblick zu mir rüber, wie um sich zu versichern, dass ich noch da bin.

Bei dem Gedanken, was für eine grässliche Angst sie in den letzten vierundzwanzig Stunden ausgestanden haben muss, wird mir ganz anders. Sie ist so knapp dem Tod entronnen, aber gönnt sich nicht eine Pause. Wir waren immer Kämpfer. Dass sie so tapfer ist, habe ich trotzdem nicht gewusst.

Natürlich würde ich sie gerne fragen, wie sie sich gerade fühlt. Ich weiß ja noch nicht einmal, wie sie aus der Scheiße wieder rausgekommen ist. Aber das hat Zeit. Jetzt brauchen wir jedes bisschen Sauerstoff in unserem Körper, um den Verräter zu erwischen.

Schweigend eilen wir durch den Wald. Nur unser keuchender Atem und ab und zu das Rascheln von Laub oder das Brechen kleiner Äste ist zu hören. Ich fühle mich noch immer halb betäubt von dem Schock, geglaubt zu haben, ich hätte Ira für immer verloren. Alles passiert hier stets Schlag auf Schlag, und es kommt mir vor, als würde mein Herz da mit den Empfindungen nicht mehr ganz hinterherkommen.

Ob Ira den Weg wirklich so sicher weiß? Oder muss sie gerade einfach nur das Gefühl von Kontrolle haben? Das könnte ich schon verstehen. Theo hat so viel Erfahrung im Fährtenlesen, vielleicht sollte er sich einschalten.

Aber ich habe meine Schwester schon wieder unterschätzt. Im nächsten Moment lichten sich die Bäume ein wenig und geben einen Waldweg frei, der nach hinten hin breiter wird. Dort ist das

Tor der Lungenheilanstalt. Sehr gut, Ira! Damit hat sie uns auf jeden Fall im Spiel gehalten.

Wir werden langsamer und bleiben hinter den letzten Baumreihen verborgen. Ich spähe in alle Richtungen. Es kann gut sein, dass Mark hier jeden Moment auftaucht, um durchs Tor zu gelangen – dann müssen wir vorbereitet sein. Nach und nach schließen auch die anderen zu uns auf.

»Habt ihr schon irgendwas gesehen?«, fragt Theo.

Ich schüttle den Kopf. »Er kann natürlich auch bereits auf dem Gelände sein«, flüstere ich. »Aber wir waren halt echt schnell.«

»Ja, Mann«, bestätigt Benny. »Ira, wie hast du das gemacht?«

»Ich habs irgendwie einfach gespürt«, murmelt sie.

»Wir sollten ein bisschen dichter ran und uns in Position bringen«, sage ich. »Wir müssen ihn so plötzlich überraschen, dass er seine Waffe auf keinen Fall benutzen kann.«

»Gut«, sagt Theo. »Die Hälfte kommt mit mir auf die andere Seite, dann verbergen wir uns in einer Art Zangenformation im Unterholz. Wenn er doch etwas merkt, werde ich versuchen, ihn abzulenken, alles klar?«

»Alles klar.« Ich weiß sowieso, dass Theo sich von dem Risiko, das er notfalls eingehen will, nicht abbringen lassen wird. Dazu kenne ich den LARP-Spieler mittlerweile dann doch gut genug.

Wir pirschen uns also vor. Theo, Tim, Henrike und Julian überqueren währenddessen eilig den Waldpfad und verschwinden auf der anderen Seite zwischen den Bäumen. Jetzt gehe ich wieder voran, Ira ist gleich hinter mir. Danach folgen Alva und Benny.

Mein Herz schlägt schnell. Ob wir Mark wirklich so unerwartet überraschen können, dass er nicht mit seiner Pistole auf uns schießen kann?

Und klar, das hier ist wahrscheinlich der beste Ort, um ihm

aufzulauern. Aber wenn Mark das alles hier so gut kennt – kennt er dann vielleicht auch einen anderen Zugang zum Gelände? Kann er aus diesem seltsamen Gefängnis verschwinden und uns hier zurücklassen, ohne dass wir es überhaupt mitbekommen?

»Ira«, flüstere ich, als wir uns nebeneinander in Position gebracht haben. Alva und Benny sind ein bisschen weiter hinten in Deckung gegangen, sodass sie uns nicht hören können.

»Ja.«

»Kommst du klar? Ich mein, du … die Wicca, das mit Mark. Ich will nur, dass du weißt, dass ich für dich da bin, okay?«

»Das weiß ich doch, Vanjisco.«

Ich schnaube leise. *Vanjisco* – der Spitzname ist so alt, dass ich ihn selbst schon fast vergessen hatte. Am liebsten würde ich sie einfach noch mal umarmen, damit bei mir wirklich ankommt, dass ich sie nicht verloren habe. Stattdessen greife ich im Dunkeln nach ihr und lege meine Hand für einen Moment um ihr Handgelenk. *Ira lebt.* Ich spüre den dünnen Arm, der so viel kräftiger ist, als es den Anschein hat. Ich fühle die irgendwie ledrige Haut, die in unserer Familie alle haben, und … Einkerbungen auf der Innenseite ihres Armes, gleich am Handgelenk. Hä? Ich fahre einmal mit dem Daumen direkt darüber, ja, wie kleine Rillen sind sie da eingestanzt. Ira zieht ihre Hand weg.

»Ira, was ist denn da …?«

»Schau!«

Meine Schwester deutet auf den Weg. Eine Gestalt hat sich aus dem Duster des Waldes geschält und bewegt sich langsam auf die Lungenheilanstalt zu. Sie ist groß und scheint sich vorsichtig umzusehen, während sie weitergeht. Jetzt ist sie auf der Höhe, wo wir vorhin gerade noch waren. *Das muss Mark sein!*

Schritt für Schritt kommt die Gestalt näher. Ich gehe noch ein bisschen weiter in die Knie. Mein Körper spannt sich an, um jeden Moment losschnellen zu können. Die Umrisse von Marks Gesicht werden deutlicher, die zerzausten schwarzen Haare, die markanten Wangenknochen – er ist es wirklich. Und jetzt kommt auch die Wut.

Da vorne schleicht der Typ, der offensichtlich für all das hier verantwortlich ist. Er war es, der die Wegschilder verändert haben muss. Er war es, der dann ach so plötzlich aufgetaucht ist und uns bis zu dieser Anstalt geleitet hat. Er hat die ganze Zeit gewusst, was hinter diesem ganzen Horror steckt, und er hat nicht ein Wort gesagt!

Aber … *warum*?

Wobei mir das eigentlich gerade so was von scheißegal ist. Ich will ihm einfach nur die Fresse dafür polieren.

Ruhig bleiben, Vanjo. Ihr müsst nur geduldig abwarten, dann habt ihr ihn.

Auf der anderen Seite bleibt es auch ruhig. Sie halten sich ebenfalls an den Plan und lassen ihn näher kommen. Nicht mehr weit.

Ein dunkles, vibrierendes Knurren erklingt hinter mir. *Ach du Scheiße.* Ira und ich zucken zusammen und erstarren dann. *Ach du Scheiße, was ist das denn jetzt?* Und gleich danach schießen mir Alvas Worte durch den Kopf: *Ich habe niemanden gesehen, aber die ganze Zeit hatte ich dieses Gefühl. Als wäre da noch etwas in diesem Wald.*

Ganz langsam, Millimeter für Millimeter, fange ich an, mich herumzudrehen. Mein Körper ist bis aufs Äußerste gespannt. Was auch immer das hinter uns ist, noch hat es nicht angegriffen. Das will ich auf keinen Fall mit einer falschen Bewegung provozieren.

Langsam, langsam. Ein erneutes Knurren. Jetzt blicke ich in fremde Augen. Ein lumineszierender blauer Schimmer umgibt die großen, dunklen Pupillen des Tieres vor mir. Sie bleiben auf mich gerichtet, während das Tier wieder ein tiefes Knurren ausstößt. Ein länglicher Kopf mit aufgestellten Ohren. Eine Reihe spitzer Fangzähne, deren Weiß im Dämmer aufzuleuchten scheint wie unter Schwarzlicht.

»Es ist nur ein Hund«, flüstert Ira neben mir beinahe stimmlos. »Nur ein Hund.«

Sie hat recht. Mein panischer Verstand will daraus vielleicht eine Bestie machen, aber das große Tier, das sich da unbemerkt hinter uns aufgebaut hat, ist einfach nur ein Hund. *Einfach nur* ist dabei aber gut.

Es ist ein hochgewachsener Dobermann. Seine Beine sind durchgestreckt, sein Kopf ist bis unter Schulterhöhe gebeugt und ebenfalls durchgestreckt. Wieder zieht der Hund die Lefzen hoch und zeigt mir damit seine Waffen.

Ich wage es immer noch nicht, mich nennenswert zu bewegen. Mein Herz pumpt in wilden, angstvollen Stößen Blut durch meinen Körper. Und in meinem Kopf schreit es: *Renn!* Ich höre nicht darauf. Auch Ira neben mir bewegt sich kein Stück.

Wo kommt dieses Biest von einem Hund plötzlich her? Hat es uns verfolgt? Wie konnten wir es nicht kommen hören?

»Warte einfach«, flüstert Ira. »Der lässt uns gleich in Ruhe.«

Vielleicht hat sie recht. Noch hat er nicht angegriffen. Erschrocken stelle ich fest, dass ich ihm schon wieder in die raubtierhaften Augen starre. Ich glaube, Hunde hassen das. Schnell senke ich den Blick ein wenig.

Und … sehe ein Halsband um seine Kehle. Ja, da schlingt sich wirklich ein schweres, rund geformtes Lederband um seinen Hals, und daran hängt eine kleine, metallene Plakette, in die etwas eingraviert ist.

Jetzt … Was zum …? Für einen kurzen Moment hat das Tier …

geflackert. Wirklich geflackert, es war weg und dann wieder da, so wie ein Glitch in einem PC-Game.

Jetzt ist davon nichts mehr zu sehen, und es hält uns wieder in seinem lauernden Fokus, den auch ein Halsband nicht weniger bedrohlich macht.

Aber Moment. Das Flackern eben war doch alles andere als normal. Ich meine … das Hundegebell haben wir schon mehrmals gehört, nie war wirklich einer da. Vielleicht ist das hier genauso eine Täuschung unseres überreizten Verstandes.

Wenn Mark unser möglicher Ausweg ist – vielleicht will die Anstalt dann nicht, dass wir an diesen Ausweg kommen.

Der Hund bewegt sich nicht. Vielleicht ist er gar nicht echt.

Und sowieso. Mark entkommt uns, wenn wir nicht etwas tun. Dann ist unsere einzige Chance auf Rettung dahin. Ich muss das Risiko eingehen. Das ist nicht echt.

Langsam beginne ich damit, mich aufzurichten. *Das ist nicht echt. Das ist nicht echt.*

Das Knurren des Tieres wird lauter.

»Vanjo, nein«, zischt Ira. »Bitte, warte einfach.«

Das ist nicht echt, das ist nicht echt!

Ich habe mich zu voller Größe aufgerichtet. Ein schneller Seitenblick, Mark ist jetzt genau auf der Höhe, auf der wir ihn haben wollten.

Ich mache einen entschiedenen Schritt zur Seite.

Der Hund springt vor.

Und die Wucht, mit der das Tier mich trifft, ist alles andere als *nicht echt*. Der schwere Körper wirft mich unvermittelt nach hinten auf den Boden. Mein Rücken prallt auf den Walduntergrund, ich falle auf etwas Hartes, und Schmerz jagt durch meinen Körper. Der Dobermann bellt zweimal mit geiferndem Maul, bevor er nach meinem Jackenkragen schnappt und mich daran nach hinten über den Boden zerrt. *Verdammte Scheiße!* Ich muss mich irgendwie wehren, ich muss …

Der Hund ist weg.

Kein Knurren, kein Bellen, keine Zähne direkt neben meiner Kehle. Der Hund ist einfach nicht mehr da. Es ist genau wie bei den Lichtern, nur dass ich diese Bestie *physisch* gespürt habe.

Doch bevor ich auch nur einen weiteren Gedanken daran verschwenden kann, gellt ein Schrei über den Waldpfad.

»Ihm nach!«

Es ist Tim.

Ich rapple mich hoch und sehe gerade noch, wie Mark im Toreingang der Anstalt verschwindet. Tim, und etwas versetzt hinter ihm Julian, sind bereits auf den Pfad gestürzt und rennen ihm nach. Jetzt lösen sich auch die anderen aus dem Unterholz.

Mist! Der Hundeangriff muss Mark gewarnt haben!

Ohne weiter nachzudenken, sprinte auch ich los. Ira ist direkt neben mir. Ungläubig taste ich dabei nach meinem Hals. Nein, keine Wunde, nichts. Nur tiefe Löcher im Kragen meiner Jacke. Aber die sind echt. Die bilde ich mir nicht ein … *oder*?

Egal, schneller! Meine Füße jagen über den rutschigen Boden. Da vorne rennt Tim. Er hat Mark wahrscheinlich noch im Blick. Ich kann den Betrüger nämlich nicht mehr sehen. Also konzentriere ich mich voll auf den Bootcamp-Chef. Ich überhole Julian. Schneller, schneller, schneller. Wir rennen direkt auf das Hauptgebäude der Anstalt zu. Gleich bin ich auch bei Tim. Der wird gerade langsamer, um direkt vor dem Eingang der Anstalt zum Stehen zu kommen. Schon bin ich bei ihm.

»Er ist da rein«, keucht Tim. »Was, verdammt, ist denn da los gewesen bei euch?«

Ich antworte nicht und reiße die Eingangstür zur Anstalt auf. Eile hinein.

Und halte ruckartig an.

Mark steht mit dem Rücken zu mir. Er hat die Hände über seinen Kopf gehoben wie bei einer Verhaftung. Grüne Lichter flackern vor ihm in einem Halbkreis, und ihr Schein klettert an den rissigen Wänden der Eingangshalle hoch. Und dort an den Mauern ragen auch lange Schatten auf, die Speere und Dolche in ihren Händen halten.

Die Wicca stehen zwischen den geisterhaften Fackeln und haben ihre Waffen auf Mark gerichtet. Sollte er auch nur auf die Idee kommen, seine Pistole zu ziehen, wird ihn ein Speer durchbohren. Ich sehe genau die Ausbeulung in seinem hinteren Hosenbund. Dort wird er nicht schnell genug rankommen.

Hinter mir höre ich Tim aufkeuchen, der ebenfalls reingekommen ist. Er bleibt neben mir stehen. Auch Ira ist da.

»Wir haben gespürt, dass hier ein guter Ort wäre, um mit unserer Suche zu beginnen.« Die Pelzfrau tritt dicht vor Mark. »Aber dass ihr uns direkt in die Arme lauft, haben nicht einmal wir voraussehen können. Kommt nur alle rein.« Sie macht eine heranwinkende Geste, als der Rest der Gruppe den Eingang des Foyers erreicht hat. Alva, Benny, Julian, Theo, Henrike. Auch sie sind jetzt gleich hinter mir. »Aber sollte einem von euch einfallen, dass er wieder rausgehen will, ist euer Anführer hier vorne sofort tot.«

»Pff, das interessiert uns nicht mal!«, feuert Benny aus dem Hintergrund.

Ich kann ihn sogar verstehen. Aber mit Mark würde unsere einzige Hoffnung auf Rettung für immer verloren gehen.

»Oh, so schnell ist es also dahin mit der Einigkeit.« Die Pelzfrau macht noch einen Schritt auf Mark zu. In der Hand hält sie einen langen, gekrümmten Dolch. »Das ist, weil euch keine Kraft zusammenhält. Das ist der Grund, warum der Gehörnte euch wieder in unsere Arme geführt hat. Eure permanente Entwurzelung.«

»Ich bring das Miststück um«, zischt Alva neben mir leise.

»Stell dich hinten an«, murmle ich ihr zu.

Jetzt geht der Blick der Pelzfrau an Mark vorbei und bleibt neben mir an Ira hängen.

»*Du.* Du hast überhaupt keine Vorstellung davon, was du und der Keucher uns angetan habt mit deiner Flucht. Wir haben den heiligen Moment des Samhain verwirkt. Wir haben den Zorn des Gehörnten riskiert, wir … warum kann sich keiner von euch einfach dem Schicksal fügen, das euch Unwürdigen zugedacht ist?« Jetzt wendet sie sich wieder Mark zu. »Und du? Gehörst du zum Keucher? Wer bist du, und was hat dich hierher verschlagen? Diese unheilige Waffe wirst du doch nicht zufällig mit dir geführt haben.«

Was? Die Pelzfrau und Mark kennen sich nicht? Das passt doch überhaupt nicht zu dem, was Ira gesagt hat!

Oder ist das wieder nur irgendein durchtriebenes Spiel, das sie mit uns spielen?

Aber dann hätte Mark doch niemanden von ihnen abgeknallt. Hat Ira das falsch verstanden? Nur … versteht man so was falsch?

Ich werfe einen kurzen Seitenblick zu meiner Zwillingsschwester. Angespannt starrt sie nach vorne, die Adern an ihrer Schläfe sind hervorgetreten – wie vor einer der Impfungen, vor denen sie immer so große Angst hatte.

Die Pelzfrau will noch einen Schritt nach vorne machen, als Mark plötzlich ein lautes »Halt!« hervorstößt.

Und tatsächlich hält die Pelzfrau inne. Sie hebt einen Arm, um den Wicca hinter ihr zu bedeuten, dass sie nicht attackieren sollen.

»Du hast etwas zu sagen?«, fragt sie mit einem bösartigen Grinsen.

»Ihr habt keine Ahnung, in was ihr hier reingeraten seid«, sagt Mark mit deutlicher Stimme. »Das hier hat rein gar nichts mit euren Göttern zu tun. Es ist nur ein dummer Zufall, dass ein Irrer gerade eure Zeichen besonders hübsch fand.«

»Es gibt keinen Zufall!«, zischt die Pelzfrau.

»Vielleicht nicht, vielleicht doch. Aber ich versichere euch, das alles hier ist ganz anders. Und wenn ihr jemals wieder von diesem Ort wegwollt, dann sind wir nicht eure Feinde. Im Gegenteil.«

Wovon redet Mark da? Warum gibt es immer nur neue Fragen und *niemals* Antworten?

»Wir sind genau am richtigen Ort«, erwidert die Pelzfrau ohne das kleinste Anzeichen dafür, dass Marks Worte sie irritiert hätten. »Ihr habt nicht die Kraft gespürt, die wir gespürt haben. Und ihr habt nicht die Segnung des Mannes mit der heiligen Haut erfahren dürfen. Ihr könnt nicht verstehen.«

Doch, diese *Segnung* durfte ich am eigenen Leib erfahren. Wie irre muss man sein, um so jemanden als Bote seiner Götter anzusehen?

Die Pelzfrau breitet die Arme aus. »Wisst ihr, ich verstehe, dass ihr Angst habt. Am Ende sind auch wir noch Menschen, wenngleich bereits auf einer ganz anderen Stufe des Geistes. Aber wir erkennen die einfachen Manöver, die hinter all euren Worten stecken. Sie prallen an uns ab, sie zerspringen wie Tropfen auf großen Felsen. Ihr werdet euch unserer Macht fügen, auf die eine oder die andere Weise.« Ihr Blick fällt erneut auf Ira neben mir, und instinktiv stelle ich mich ein Stück vor sie. »Du hast den Zorn des Gehörnten über uns gebracht, und du hast den machtvollsten Moment dieses Kreislaufes für uns zerstört. Aber wir werden dies nicht mit blinder Rache vergelten.« Ihr Blick schweift nun über unsere Gruppe. »Wir werden dem Gehörnten ein dreifaches Opfer darbringen, drei Seelen, drei Blutfarben gemischt, auf dass er uns erhebe.«

Ich höre und ich spüre den Schreck durch meine Freunde fahren. Mich selbst berühren ihre Worte kaum noch. Ich bin bereits im Kampfmodus.

Die Pelzfrau streckt einen ihrer langen, krallengleichen Finger aus und deutet auf Ira und Alva. »Wir fordern die beiden Frauen, die wir bereits gereinigt haben, und noch ein drittes Opfer. Das könnt ihr entscheiden. Aber sie alle müssen sich aus freien Stücken dem Gott darbringen, der Zauber dessen ist um ein Vielfaches kraftvoller. Die anderen lassen wir am Leben. Unnötiges Leid ist nicht Teil unserer Religion.«

Keiner rührt sich, während ich die Umgebung nach einem möglichen Ausweg abscanne. Das hier wird zu hundert Prozent in einem Kampf enden, das ist jetzt schon klar. Ich starre auf die Ausbeulung in Marks hinterem Hosenbund. Er kann dort nicht rankommen, ohne dass ihn mindestens zwei Speere durchbohren. Aber im letzten Kampf mit den Wicca konnten wir nur wegen der Schusswaffe bestehen. Wir brauchen diesen Vorteil wieder, sonst gehts uns an den Kragen. Mark spricht aus, was wir wohl alle denken:

»Wenn ihr glaubt, dass wir uns auf so etwas einlassen würden, dann seid ihr noch verrückter, als ich angenommen hatte.«

Fuck, wie kriegen wir die Waffe? Mark ist tot, wenn wir nicht sofort etwas unternehmen, und wir auch!

»Nun gut, dann soll es so sein.« Die Pelzfrau wendet sich zu ihren Wicca. »Lasst so viele am Leben wie möglich für die Gabe an den Gehörnten. Aber erledigt den Mörder unseres Bruders.«

»Halt!« Iras Ruf klingt laut durch die alten Ruinen der Anstalt. Sie ist vor mich getreten. »Mark spricht nicht für die ganze Gruppe. Auch für uns ist er ein Abtrünniger. Wir geben euch drei Freiwillige, wenn ihr die anderen dafür verschont. Mich, Alva und meinen Bruder, Vanjo.«

Bitte? Was ist denn jetzt in Ira gefahren?

»Vertrau mir«, flüstert sie mir zu, ohne dabei sichtbar die Lippen zu bewegen.

Fuck. Sie scheint irgendeinen Plan zu haben. Aber wie soll der aussehen? Wenn es nur darum geht, Zeit zu schinden, hilft uns das auch nicht weiter.

Die Pelzfrau hebt eine Hand, um ihren Wicca zu bedeuten, dass sie doch noch nicht angreifen sollen. Sie dreht sich langsam zu uns herum. Ihre Augen scheinen zu funkeln. »Wenn das eine List ist, dann werden wir das merken, und es wird euch sehr, sehr leidtun.«

Mein Blick geht zu Alva, die mich völlig entgeistert anschaut.

»Bitte, vertrau mir einfach«, wiederholt Ira neben mir leise.

Es ist Ira. Sie würde so etwas nicht sagen, wenn sie sich nicht ganz sicher wäre. Sie war ihre Gefangene, sie muss irgendetwas wissen, das ich nicht weiß. Sie würde mich sonst nicht mit reinziehen. Wenn sie sagt, ich soll ihr vertrauen, dann tue ich das.

Ich fixiere Alvas Blick, so fest ich kann. Ich hoffe einfach nur so sehr, dass sie mir meine Zuversicht abnimmt.

»Es ist keine List«, sage ich laut. »Ich bin der dritte Freiwillige.«

Alvas Augen weiten sich noch mehr bei meinen Worten. Ich weiß nicht, ob sie einfach nur eine Scheißangst hat oder ob sie denkt, ich bin jetzt vollkommen durchgedreht. Zumindest widerspricht sie nicht, und vielleicht reicht das einfach für den Moment.

»Ihr werdet sogleich einzeln vortreten. Die Hände erhoben. Und ihr werdet langsam zu den Reihen der Unsrigen gehen und euch widerstandslos sichern lassen.«

Dabei kommen wir an Mark vorbei. Wenn ich schnell genug bin …

»Aber zunächst stellen wir die feige Waffe eures abtrünnigen Anführers sicher. Trägt er sie bei sich?«

»Sie ist in seinem hinteren Hosenbund«, antwortet Ira, ohne zu zögern.

»Wie kannst du nur?!«, stößt Mark wütend hervor.

Er geht anscheinend nicht davon aus, dass Ira einen Plan hat.

Aber das muss sie doch. Das muss sie.

Ich schaue zu ihr hinüber. Auf einmal, hier im grünen Licht der Wicca-Flammen, wirken ihre Gesichtszüge ganz fremd. Die Knochen über ihren Brauen stehen raus, das Gesicht ist so schmal, die Augen so dunkel. Und plötzlich ist da das Bild von Mark, direkt bevor er in den Wald flieht: *Trau ihr nicht.*

Hat er damit Ira gemeint? Hat er … nein, unmöglich!

Die Pelzfrau schickt eine Wicca vor, die flink auf Mark zueilt und ihm die Pistole entwendet. Mark lässt es über sich ergehen. Was soll er auch schon machen?

Die Wiccafrau bietet ihrer Anführerin die Schusswaffe an. Aber die schüttelt nur leicht den Kopf, und die Schwarzgewandete reiht sich damit wieder bei den anderen ein. Statt mit der Waffe zu zielen, hebt sie erneut ihren Dolch.

»So, nun die Freiwilligen.« Die Pelzfrau deutet auf mich. »Der Ungereinigte zuerst. Du weißt um deine Regeln.«

Ja, ich weiß um meine Regeln. Ich soll mich völlig ohne Gegenwehr in die Hände meiner Mörder begeben.

Mach das nicht! Mach das nicht! Kämpfe! Bring sie um! Töte sie, bring sie um!

Ich ignoriere die Gedanken. Ich ignoriere auch, dass jede Faser meines Körpers sich gegen meinen Willen sträubt, als ich nun meine Waffe am Boden ablege, die Hände über Kopfhöhe hebe und den ersten Schritt vorwärts mache. Ich vertraue Ira. Ich muss es einfach.

Langsam gehe ich vor. Alle Blicke sind auf mich gerichtet. Ich fühle mich wie eine Kuh auf dem Weg in den Schlachthof. *Kämpf!*

Nein. Es gibt jetzt kein Zurück mehr.

Ich passiere Mark und werde schon einige Schritte danach von zwei der Wicca in Empfang genommen. Sie tasten mich eilig auf weitere Waffen ab und binden mir danach die Arme grob mit einem Lederriemen hinter dem Rücken zusammen. Ich lasse es über mich ergehen.

Danach ist Ira dran. Während sie vorgeht, schaut sie mir mit unerschütterlicher Zuversicht in die Augen. Auch sie wird durchsucht, und während man sie fesselt, raunt sie mir ein paar Worte zu: »Spürst du das?«

»Was?«

»Das Vibrieren. Im Boden. Spürst du das? Es ist nicht wirklich physisch, sondern anders.«

Für einen kurzen Moment schließe ich die Augen. Tatsächlich. Da ist irgendetwas um uns. Ich hätte es nicht Vibrieren genannt, sondern vielleicht eher ein stummes Summen, das uns plötzlich umgibt. Unmöglich zu beschreiben. Aber es ist da.

»Ja«, sage ich also einfach nur.

»Gleich passiert was, und dann müssen wir vorbereitet sein«, flüstert Ira. »Siehst du die eingefallenen Treppenstufen knapp neben uns? Auf mein Zeichen müssen wir nur die wenigen Schritte dort hoch, und dann sind wir in Sicherheit. Wir dürfen nur den Moment nicht verpassen.«

»Sie werden uns doch sofort kriegen oder mit ihren Speeren verletzen«, gebe ich leise zurück.

»Werden sie nicht. Wir sind dann in Sicherheit. Glaub mir.«

Ira scheint sich ihrer Sache mehr als gewiss zu sein. Das *Summen* ist auf jeden Fall nicht normal. Vielleicht ist das unser Ausweg. Nur …

»Was ist mit den anderen?«, frage ich.

»Ich verliere dich nicht noch mal, Vanjisco.«

Das ist ihr Plan? Sich einfach zu zweit in Sicherheit bringen, und die anderen ihrem Schicksal überlassen? Was zur Hölle?!

Trau ihr nicht.

In meiner Brust zieht sich alles zusammen. Wie konnte ich mich nur so in meiner Zwillingsschwester täuschen?

Jetzt, wo ich das stumme Summen erst mal wahrgenommen habe, ist es unmöglich, es zu ignorieren. Wie ein Geräusch, das einen erst stört, wenn einen jemand darauf aufmerksam gemacht hat. Und es wird stärker, immer stärker.

Alva ist vor den Rest unserer Gruppe getreten, die anderen stehen nur gebannt da, als würde man jedem Einzelnen von ihnen eine Speerspitze vor den Brustkorb drücken. Alvas Gesicht ist leichenblass. Sie kämpft mit sich, das sieht man.

»Vanjo. Du musst mitkommen, bitte. Es wird jeden Moment so weit sein. Sonst sind wir verloren«, zischt Ira, während Alva sich schließlich zitternd zu uns in Bewegung setzt.

Ich weiß nicht, woher Ira das alles weiß. Wenn es denn überhaupt stimmt. Aber so oder so steht für mich eins ganz klar fest: Ich werde niemanden hier seinem Schicksal überlassen, nicht einmal Mark.

»Vanjo!« Pure Verzweiflung liegt in Iras Stimme. »Jetzt.«

»Geh doch«, sage ich bloß abschätzig und wende mich von ihr ab.

Nun ist auch Alva neben uns. Wie endlos mutig von ihr, sich wieder in die Hände ihrer Entführer zu begeben. Und das alles nur, weil sie meiner Zuversicht vertraut hat.

Ach du Scheiße. Ich habe nicht nur mich, sondern auch sie schutzlos diesen Bestien ausgeliefert.

Das stumme Summen ist verschwunden. Von jetzt auf gleich kann ich es plötzlich nicht mehr spüren. Ira stößt ein verzweifeltes Schluchzen aus.

»Wir stehen zu unserem Wort«, sagt die Pelzfrau. »Ihr anderen dürft nun diesen Ort wieder verlassen. Wir werden das Opfer gleich hier durchführen, um die Gnade und die Geduld des Gehörnten nicht weiter zu beanspruchen. Ich nehme nicht an, dass ihr dem beiwohnen möchtet.«

Meine Freunde stehen wie eingefroren da. Vielleicht warten sie immer noch darauf, dass jetzt der großartige Plan einsetzt, den Ira hat. Aber es gibt keinen großartigen Plan. Ich spüre, wie die Fesseln schmerzhaft in meinen Unterarm drücken. Wir sind am Ende.

Nur Mark scheint nicht überrascht. Er tritt einen Schritt zurück und senkt vorsichtig die Arme.

»Gut.« Er sieht mir dabei direkt in die Augen. »My pytajemsja spasti was.«

Wir versuchen, euch zu retten. Keine Ahnung, woher Mark Russisch kann. Aber er hat uns noch nicht aufgegeben. Ich muss also so viel Zeit wie irgend möglich rausschlagen.

Der Rest unserer Gruppe bewegt sich mit Mark zusammen rückwärts, auf die Tür nach draußen zu. Sie wenden sich nicht ab, weil sie wohl noch immer mit einem Angriff der Wicca rechnen. Doch die scheinen mit ihren drei Blutopfern zufrieden zu sein.

Ein fetter Kloß sitzt in meinem Hals. Was sollen Mark und die anderen schon noch ausrichten? Außerdem bleibt ihnen kaum Zeit. *Du bist verloren. Du bist tot, Vanjo. Sie werden dich aufschlitzen und ausbluten lassen. Du wirst sterben.*

Jetzt haben die anderen die Tür erreicht. Theo öffnet sie langsam.

Eine schrille, quietschende Tonfolge erklingt von links, dort, wo das alte Klavier steht. Eine Melodie. Da reihen sich fünf dissonante Töne aneinander in einer sich wiederholenden Abfolge. Sie dringen mir bis in die Knochen. Noch mal und noch mal. Dann wendet sich die dunkle Gestalt vor dem Piano in unsere Richtung. Das Licht der Wicca-Fackeln fällt so, dass sie nur eine schwarze Silhouette ist.

»Kein Applaus?«

Oh nein. Ich habe diese Stimme schon einmal gehört. Dicht an meinem Ohr, während ein rostiges Skalpell in meine Brust drückte. Schwindel greift nach mir. *Nein, alles, nur das nicht.*

Tag 9, 22:22 Uhr, Lungenheilanstalt, Foyer.

Der Mann im Dunkeln macht einen Schritt nach vorne. Grünes Licht flackert über die geschwungenen Narben in seinem Gesicht.

Augenblicklich lassen die Wicca ihre Waffen fallen und werfen sich auf die Knie. Die beiden Schwarzgewandeten hinter uns drücken uns mit nach unten. Ich werde mit einem eisernen Griff im Nacken gehalten. Mit meinen gefesselten Händen kann ich mich so unmöglich befreien. *Aber das musst du! Das musst du!*, schreit eine panische Stimme in meinem Kopf. *Er ist es. Es ist der Narbenmann, und er wird beenden, was er angefangen hat!*

»Eure Ehrerbietung weiß ich zu schätzen.« Der Narbenmann tritt weiter vor. Er schreitet die Reihen der Wicca ab. *Er kommt näher.*

Kurz macht er halt und hebt die Pistole auf, die neben einer der Wicca auf dem Boden liegt, und begutachtet sie. »Wie interessant.«

Er nimmt sie mit sich und geht weiter. Jeder seiner Schritte scheint in meiner Brust widerzuhallen wie ein Zusammenprall. Als er noch näher kommt, kann ich nicht anders – ich senke den Blick. Nicht aus Ehrfurcht, nein, mein ganzer Körper besteht nur noch aus Angst. Alles in mir bebt.

»Und du bist auch hier. Wie schön.« Seine widerliche Hand streicht mir über den Kopf und jagt Kälte durch meinen Schädel. »Dein Kunstwerk hat so ein jähes Ende finden müssen. Sehen wir, ob du eines neuen Anlaufs würdig bist.«

Damit wendet er sich wieder von mir ab und tritt auf die Pelzfrau zu. Seine von einem dichten roten Adergeflecht durchsetzen Augen verengen sich. »Weißt du, ich war heute zum richtigen Zeitpunkt bereit. Ich war bereit, einen Körper im Mondlicht in ein rot schimmerndes Kunstwerk zu verwandeln.«

»Ja, Heiliger. Voll Demut erkennen wir unser Versagen an. Wir haben Euch und wir haben den Gehörnten Gott enttäuscht.«

Der Narbenmann packt die Pelzfrau am Schopf und reißt ihren Kopf nach hinten, obwohl er in dieser Hand sogar noch die Pistole hält. Mit der anderen Hand zieht er ein rostiges Skalpell unter seinem grauen Hemd hervor. »Vor allem habt ihr *mich* enttäuscht.«

Er gräbt die Spitze des Skalpells in ihre Stirn und kreuzt das dort bereits vernarbte Symbol mit zwei langen Strichen durch. Die Pelzfrau lässt es ohne einen Laut über sich ergehen. Blut fließt ihre Stirn und ihre Schläfen hinab.

Der Narbenmann lässt von ihr ab.

»Heiliger«, keucht sie. »Nun seid Ihr doch hier. Mögen die hohen Mächte unsere Bitte um Vergebung annehmen. Wir haben reichlich Fleisch, das Ihr in Schönheit verwandeln könnt. Ihres und unseres.«

»Mir ist nicht mehr danach.«

»Und der Gehörnte Gott …«

»Ja, dem auch nicht!«, unterbricht der Narbenmann die Pelzfrau unwirsch und macht eine wegwerfende Bewegung mit der Pistole in seiner Linken. »Deine Zunge redet mir etwas viel.«

Nun schweigt die Pelzfrau und starrt konzentriert auf den Boden.

Der Narbenmann seufzt. »Ich weiß nicht, um wen von euch ich mich kümmern soll. Ich will euch die Schönheit zeigen, die ich erfahren durfte, nur …« Ich sehe aus den Augenwinkeln, wie er sich den Griff des Skalpells fest an die Stirn drückt. »Ich habe mich wirklich geärgert heute im Wald, wisst ihr.«

Er dreht den Kopf zu unserer Gruppe herum.

»Ein guter Weg, um mehr Klarheit zu bekommen, wäre es vielleicht, einen kurzen Hauttest bei jedem durchzuführen.« Er nickt. »Ja. Ja. Mich würde interessieren, wie sich eure Haut kerbt.«

»Nein!«, schreit da plötzlich jemand.

Erschrocken reiße ich den Kopf hoch, so laut ist der Ruf. Das gibt's nicht: Julian ist vor den Rest der Gruppe getreten, seine Fäuste sind geballt, und er blickt dem Narbenmann wütend entgegen. »Nein, mir reicht es jetzt! Du machst mir keine Angst mehr! Ich habe keine …«

Ein Schuss donnert durch den Raum, und Julian kippt mit einem Loch in der Stirn leblos zu Boden.

»Was zur …«, brüllt Tim und stürzt vor, um zu Julian zu gelangen, als ein zweiter Schuss den Raum durchschlägt. Tim sackt ebenfalls getroffen zu Boden. Sein Körper schlägt mit einem dumpfen Aufprall auf die Steinplatten.

Jetzt tut sich rein gar nichts mehr. Nur stummes Entsetzen hat mich und sicher auch die anderen ergriffen. Ich höre meinen Herzschlag laut in meinem Kopf pulsieren, starre ungläubig auf die beiden leblosen Gestalten am Boden. *Er hat … nein. Nein. Das ist nicht echt.*

»Seid ihr jetzt endlich ruhig?«, zischt der Narbenmann verärgert und begutachtet die Pistole in seiner Hand. »Doch ganz nützlich.«

Das ist nicht echt. Das ist nicht echt. Das ist nicht echt.

»Aber vielleicht ist das wirklich zu aufwendig.« Der Narbenmann geht ein paar Schritte auf und ab. »Wir brauchen eine Entscheidung. Es sind zu viele hier in der zweiten Anstalt. Das gefällt mir so nicht mehr.« Er schaut nachdenklich auf das Skalpell in seiner Linken. »Wir entscheiden es in einem Zweikampf. Du.« Sein Skalpell deutet auf die Pelzfrau. »… Und du.«

Sein Skalpell zeigt auf mich.

Ohne zu zögern, trete ich vor. Ich spüre sowieso nichts mehr. Es ist, als habe sich eine schwere Schicht aus Beton um alle meine Gefühle gelegt.

Das ist alles nicht echt.

Aber ein Teil von mir weiß, dass es das ist. Und dass ich jetzt für uns kämpfen muss.

Ich drehe mich zu Ira um. »Wenn du eingreifst, tötet er dich.«

»Ich weiß.«

Die blanke Angst steht in ihren Augen geschrieben.

Egal, was ist, ich *muss* diesen Kampf gewinnen. Die Pelzfrau ist ebenfalls vorgetreten. Wir stehen einander mit etwa drei Meter Abstand gegenüber. Ihre Augen funkeln.

»Zeigt mir, wer von euch mehr leben will«, sagt der Narbenmann, während ich nur noch meine Feindin im Blick habe. »Eure Waffen sind eure Hände und eure Zähne. Los gehts.«

Die Pelzfrau greift sofort an. Zwei schnelle Schritte vorwärts, dann springt sie mit erhobener rechter Hand auf mich los. Reflexartig reiße ich beide Arme hoch. Ihr Schlag wird abgeleitet und streift mich immerhin nur mit halber Wucht an der Schläfe. Die Ringe um ihre Finger reißen mir die Haut auf.

Ich muss … da hat sie schon mit der linken Hand nach meinen Haaren gegriffen und reißt meinen Schopf kräftig zur Seite. Ihre Zähne schnellen vor, graben sich in meinen Unterarm.

Schmerzerfüllt schreie ich auf. Scharfe Blitze jagen durch mein Fleisch. Ich ziehe mein Knie hoch und ramme es ihr in die Magengegend. Sie keucht auf. Lässt aber meine Haare nicht los, sondern wirft sich zur Seite, sodass ihr ganzes Gewicht an meinen Haarwurzeln reißt. Ich kann nur zu Boden gehen. Schlage hart mit der Schulter auf den Steinfliesen auf. Will mich gerade aufrappeln, aber da ist sie schon über mir.

Sie sitzt auf meinem Bauch und lässt die erste Faust von weit oben auf mich herabsausen. Wieder reiße ich die Hände hoch, um irgendwie mein Gesicht zu schützen. Das klappt so halb. Die Erschütterung donnert durch meinen Schädel. Noch ein Hieb, noch ein Hieb. Immer wieder. Wie eine Furie drischt sie auf mich ein, jeder Schlag verstärkt durch ihre unzähligen Metallringe. Wütende, animalische Schreie begleiten ihre Angriffe. Mein Kopf. Vor meinen Augen flimmert es. Ich halte die Arme hoch. Aber zu viele Schläge gehen durch. Mein Kopf. Ich kann nicht … ich muss – jetzt oder nie. Sie verschnauft einen winzigen Moment.

Ich schwinge mich abrupt vor und meine Beine nach oben, schlinge meine Unterschenkel von hinten um ihren Hals. Dann reiße ich meine Beine mit aller Kraft wieder nach unten. Mit einem knirschenden Geräusch wird der Kopf der Pelzfrau nach hinten gerissen und so auch ihr ganzer Körper.

Das muss ich nutzen. Ich werfe mich herum, sodass mein Körper jetzt über ihrem ist. Die Schraubzwinge meiner Beine lockere ich kein Stück.

Wie wild kreischt sie auf und bleckt ihre Zähne. Ihre Hand tastet nach meinem Gesicht, ihre Nägel graben sich in meine Wange und schlitzen sie mir komplett auf, bevor ich ihren Arm nach unten drücken kann. Feuriger Schmerz flackert über mein Gesicht. *Scheiß drauf, ich habe sie.* Sie greift nach meinen Handgelenken, damit ich nicht zum Schlag ausholen kann. Auch wenn sie nicht so aussieht, sie hat mindestens so viel Kraft wie ich. Ich schaffe es, meinen Ellenbogen zu heben, und lasse mich mit meinem ganzen Gewicht auf sie hinabfallen. Das kann sie nicht mehr abwehren. Senkrecht stößt mein rechter Ellenbogen auf ihr Gesicht herab und bricht ihr mit einem krachenden Geräusch die Nase.

Die Pelzfrau kreischt auf, schafft es aber trotzdem, ihre Hände um meine Handgelenke zu halten und so einen Fausthagel von mir zu verhindern. Sie windet sich heftig, sodass mir nichts anderes übrig bleibt, als die Schraubzwinge meiner Beine etwas zu lockern. Blut strömt aus ihrer zerstörten Nase und fließt über ihr

Gesicht. Sie saugt mit einem schleimigen Geräusch die Luft ein, und dann rotzt sie mir ein Gemisch aus Blut und Spucke ins Gesicht.

Instinktiv schließe ich die Augen und ducke mich.

Genau in dem Moment windet sie sich kraftvoll herum und entkommt aus meiner Umklammerung. Sie rollt sich um ihre eigene Achse und springt auf. Ich sehe zu, dass ich selbst auf die Beine komme. Hebe die Arme in Erwartung eines neuen sofortigen Angriffs. Aber diesmal bleibt die Pelzfrau auf Abstand.

Sie hat die Hände ebenfalls vor sich zu Fäusten gehoben, und wir beginnen, uns zu umkreisen. Hastig wische ich mir mit dem Ärmel ihre blutige Rotze aus dem Gesicht.

»Du dreckiges kleines Nichts. Glaubst du wirklich, du kannst gegen meine Macht ankommen?«

»Wenn deine große Hexenmacht weiterhin nur aus Kratzen und Beißen besteht, dann vielleicht schon«, sage ich, spüre aber gleichzeitig den zehrenden Schmerz der Wunden, die sie in meine Haut gerissen hat. Spüre meinen lädierten Schädel, der sich anfühlt, als wäre er von innen angeschwollen.

Obwohl noch immer Adrenalin ohne Ende durch meinen Körper pumpt, fühlen sich meine Beine plötzlich wacklig an. Wann habe ich das letzte Mal richtig was gegessen? Ich spüre die Blicke der anderen in meinem Rücken. Und ich weiß, dass dort auch zwei leere Augenpaare auf die rissigen Fugen im Boden dieser grauenhaften Anstalt starren.

Die Pelzfrau macht einige Schritte nach vorne. Ich weiche zurück. Ich fühle mich plötzlich so … *schwach.* Sie rückt nach, ich gehe weiter nach hinten. Ein bösartiges Lächeln erscheint auf ihrem Gesicht. »Gleich hab ich dich, du Nichts.«

Hinter mir ist die Wand. Ich kann nicht weiter zurückweichen. Ich sehe, wie die Pelzfrau lauert. Die zertrümmerte Nase scheint sie nicht mal zu interessieren. Sie wartet nur auf einen kurzen unaufmerksamen Moment von mir, um ihre furienartige Wildheit wieder auf mich losprasseln zu lassen.

Fokus, Vanjo. Bleib hier. Du musst *sie abwehren.*

Aber mein Blick gleitet trotzdem für einen Moment von ihr weg. Es ist nur ein Sekundenbruchteil, aber in genau diesem sehe ich jemand anderem in die Augen. Es ist, als würde Julians leerer Blick genau meinen treffen. Das dunkle Loch in seiner Stirn, die wie in Erstaunen geöffneten Lippen.

Wie mutig er war.

Die Pelzfrau springt vor wie eine Wildkatze. Mein Körper reagiert, ohne dass ich darüber nachdenke, in Gedanken bin ich immer noch bei Julian. Urplötzlich drehe ich mich seitlich um meine eigene Achse, sodass die Pelzfrau ins Leere greift. In einer fließenden Anschlussbewegung strecke ich mich, packe ihren Kopf mit beiden Händen und schleudere ihn, zusammen mit ihrer eigenen Vorwärtsbewegung, mit ungebremster Kraft gegen die steinerne Wand der Anstalt. Ein dumpfer, krachender Schlag. Die Pelzfrau sackt schlaff zu Boden.

Ich setze nach. Sie liegt auf dem Rücken. Ich bin über ihr. Sie ist kaum bei Bewusstsein, schüttelt sich verwirrt. Meine Hände umschließen ihren Hals, und ich drücke zu.

Jetzt kommt doch noch Leben in sie. Sie keucht auf. Packt hilflos nach meinen Händen, ihr Körper unter mir bäumt sich auf, aber vergebens. Meine Hände bleiben um ihren Hals geschlungen und drücken gnadenlos zu. Mein Kopf ist leer. Stumme Tränen fließen mir ungehemmt aus den Augen. Sie zappelt. Sie kämpft. Ihr Puls schlägt gegen meine Finger. Ich drücke. Sie kämpft, es wird weniger. Ich drücke. Ich drücke.

Tag 9, 22:39 Uhr, Lungenheilanstalt, Foyer.

Zwei Hände klatschen aufeinander.

Ein langsamer Applaus, der höhnisch durch den Empfangsraum der alten Lungenheilanstalt tönt. Der Narbenmann hat die Pistole weggesteckt und klatscht nur noch mit dem Skalpell in der Hand.

»Das war unterhaltsam.«

Erst da wird mir bewusst, dass meine Finger noch immer um den Hals der Pelzfrau geschlungen sind. Ich lasse los und ziehe meine Hände ruckartig zurück. Fassungslos blicke ich in zwei nach oben verdrehte Augen in einem leblos erstarrten Gesicht.

Ich habe sie getötet.

Ich stehe auf, taumle einen Schritt nach rechts, dann links, bevor ich mein Gleichgewicht wiederfinde. *Ich habe diese Frau umgebracht.*

Aber das Grauen dieses Satzes ist dennoch nicht schlimmer als das Gefühl, das nun in mir hochsteigt, als der Narbenmann direkt auf mich zukommt. Dicht vor mir bleibt er stehen. Sein fauliger Atem, seine entzündete Haut. Seine irren Augen.

»Ich habe gehofft, dass du gewinnst. Ich hasse unvollendete Werke, weißt du. Du sicher auch.« Ein geradezu sanfter Ausdruck legt sich auf sein entstelltes Gesicht, und er streicht vorsichtig neben den tiefen Kratzwunden an meiner rechten Wange entlang. »Das kriegen wir wieder hin.«

Mir ist übel. Ich muss mich gleich übergeben. Mit aller Kraft kämpfe ich dagegen an.

Der Narbenmann begutachtet für einen Moment mein Gesicht, dann wendet er sich den restlichen Wicca zu. Sie knien noch immer am Boden und sehen ehrfürchtig zu ihm hoch.

Der Narbenmann zuckt mit den Schultern. »Ihr habt verloren.« Er deutet mit dem Skalpell auf den Leichnam der Pelzfrau. »Ihr werdet jetzt eure tote Anführerin mitnehmen. Ihr werdet sie in den Wald tragen und dort im großen Moorsee versenken. Dann werdet ihr alle zusammen in den Moorsee steigen und euch selbst versenken.«

Stille.

Selbst in den sonst so unerschütterlichen Gesichtern dieser Hexer und Hexen kann ich den Schock ablesen.

Vorsichtig steht einer von ihnen auf und blickt dem Narbenmann in leicht geduckter Haltung entgegen. »Wenn … Wenn das der Wille des Gehörnten Gottes ist.«

Der Narbenmann verdreht die Augen. »Es ist der Wille des Gehörnten Gottes«, sagt er geradezu genervt.

»So sei es«, gibt der Wicca mit dünner Stimme zurück und verneigt sich noch einmal vor dem Narbenmann.

Dann erheben sich auch die anderen Wicca. Ohne einen Laut von sich zu geben, sammeln sie ihre Waffen auf, eilen zum toten Körper ihrer Anführerin, heben ihn an.

Fassungslos beobachte ich, wie sie ihn stumm aus der Lungenheilanstalt tragen. Nur das Zufallen der Tür klingt als lauter Schlag durch den Raum. Dann sind sie verschwunden.

»Spinner«, gluckst der Narbenmann leise.

Er wendet sich wieder mir zu, und ein widerliches Lächeln zieht sich über sein Gesicht. Er hat eine Hand wieder am Griff der Pistole.

»Ich bin jetzt beschäftigt«, sagt er in Richtung meiner Gruppe, ohne dabei jedoch den Blick von mir zu nehmen. »Wir beide gehen jetzt zurück in den OP-Saal. Ich erwarte, nicht gestört zu werden.« Nun schaut er doch kurz zu Ira hinüber. »Auch von dir nicht, meine Liebe.«

Vielleicht wäre das meine Chance gewesen, um irgendetwas

zu versuchen. Aber mein Körper gehorcht mir überhaupt nicht. Ich bin vollkommen bewegungsunfähig. Alles, was ich spüre, sind Wellen aus Angst, die von oben bis unten durch meinen Körper wogen.

Der Narbenmann kommt noch einen Schritt näher an mich heran. Dieser Geruch. Er streicht mir beruhigend über den Rücken. »Schschschschsch. Es wird bald alles besser sein. Du wirst schön. Alles wird gut sein.«

Ich erkenne die anderen kaum noch richtig, als wären ihre Gesichter verwischt. Doch ihr erstarrtes Entsetzen kann ich trotzdem wahrnehmen. Sanft, aber entschieden übt der Narbenmann Druck auf meinen Rücken aus, um mir zu bedeuten, dass ich nun losgehen soll. Ich weiß gar nicht, wie ich es schaffe, überhaupt meine Füße zu heben. Aber mechanisch bewege ich mich vorwärts. Er führt mich auf den Gang zu, der mich bereits zweimal zum OP-Saal gebracht hat. Das dritte Mal wird das letzte Mal sein.

Ich hoffe nur, niemand versucht jetzt irgendwas. Dieser Verrückte würde sie alle abknallen. Vielleicht hilft mir das gleich. Zu wissen, dass sie davonkommen. Wenn ich nur fest genug daran denke.

Ich versuche, niemandem in die Augen zu schauen, während ich an ihnen vorbeigehe. Dann schluckt mich der dunkle Korridor. Bereits nach wenigen Metern reichen die grünen Lichter der Fackeln nicht mehr bis in die Finsternis. Es ist jetzt sogar dunkler hier drin als die letzten beiden Male. Ich kann kaum mehr als Umrisse erkennen.

Der Narbenmann ist hinter mir. Seine große Hand auf meinem Rücken drückt mich sanft vorwärts. Ich gehorche. Beiläufig lässt er das Skalpell an der Wand entlangschaben, das kreischende Geräusch schmerzt in meinen Zähnen.

Nichts spüren. Ich muss mich ausklinken. Ich muss meinem Körper irgendwie entfliehen.

Aber das wird dir nicht gelingen.

Ich habe das Gefühl, jeden Moment zusammenzubrechen. Doch das wird ihn nur grausamer werden lassen, das weiß ich. Vorwärts, egal wie.

Wir kommen an der Stelle vorbei, wo der Boden eingebrochen ist. Vielleicht sollte ich mich einfach runterstürzen. Aber nicht mal das schaffe ich. Schon sind wir daran vorbei.

Und dann ist da plötzlich ein Keuchen in der Finsternis.

Schritte, schnelle Schritte. Ein großer Schemen, der auf uns zurast. Wieder Keuchen.

Jemand stößt mich zur Seite und rennt den Narbenmann mit krachender Wucht über den Haufen. Die beiden rollen übereinander. Der Angreifer reißt den Narbenmann mit sich. Sie stürzen in das Loch.

Was war das denn bitte? Und *wer*?

Ich zucke zusammen, als mich jemand an der Hand nimmt. Ich will mich wehren, aber nein, das ist kein Angriff.

»Komm«, zischt ein Mädchen. Die Stimme ist doch … nein, das kann nicht sein.

Scheiß drauf. Das Mädchen zieht mich mit sich. Zurück in Richtung Empfangshalle. Mein Körper gehorcht mir wieder, und ich renne mit. Sie ist schnell. Ich kann kaum mithalten.

Gemeinsam hasten wir durch die dunklen Korridore. Wer weiß schon, ob der Narbenmann wirklich abgestürzt ist. Wer sind meine Retter? *Wer ist das hier an meiner Hand?*

Wir werden keinen Moment langsamer, und schon sehe ich die grünen Lichtschimmer. Wir rennen die letzten Meter, stolpern in die Eingangshalle. Dort ist noch immer unsere Gruppe, sie haben sich um Julian und Tim versammelt.

Ira steht etwas abseits und blickt mir mit einem undeutbaren Blick entgegen. Freude? Angst? Verunsicherung?

Ich drehe mich herum, um das Gesicht meiner Retterin sehen zu können, und …

Jetzt bin ich tatsächlich verrückt geworden. Der Narbenmann muss mir den Verstand genommen haben. Das … Das ist nicht möglich. Das geht nicht.

»I… Ira?«, frage ich meine Retterin mit bebender Stimme.

»Ja«, sagt Ira und lächelt. Unter einer dunklen Jacke trägt sie ein helles, weißes Kleid.

Ich wende den Blick zur anderen Ira, die mich unverwandt ansieht. Tränen fließen aus ihren Augen.

Meine Retterin folgt meinem Blick und keucht fassungslos auf, als sie ihr Ebenbild sieht.

Jetzt setzt die Ira unserer Gruppe sich in Bewegung, und auch meine Retterin geht los. Sie gehen direkt aufeinander zu, der gleiche kurzschrittige Gang, die gleichen weit aufgerissenen Augen.

»Nein!«, ruft Mark plötzlich aus der Gruppe heraus, während alle das Schauspiel genauso fassungslos beobachten wie ich. »Ihr müsst anhalten!«

Aber die beiden Iras denken nicht daran, anzuhalten. Sie bleiben erst stehen, als ihre Gesichter sich fast berühren.

»Wer … Wer bist du?«, fragt meine Retterin Ira fassungslos. Sie hebt ihre Hand, als wolle sie testen, ob das, was sie vor sich sieht, überhaupt da ist.

Die andere Ira schlägt ihre Hand weg und macht sich groß. Ihr Blick hat plötzlich etwas Hasserfülltes. »Du hast etwas, das mir gehört.«

»Wahnsinn. Sie können sich einander nähern«, sagt Mark von der Seite und tritt vor.

Und jetzt wird mir alles zu viel.

Ich stürme los und packe die beiden Iras an ihren Schultern, reiße sie grob so herum, dass sie mich ansehen müssen.

»Was ist das hier?! Was hat das verdammt noch mal zu bedeuten?!«

Meine beiden Schwestern sehen mich an. Ihr Blick wird weich.

»Vanjo …«, sagen sie.